Never Love a Highlander
by Maya Banks

# ハイランドの姫戦士

マヤ・バンクス
出水　純=訳



マグノリアロマンス

NEVER LOVE A HIGHLANDER
by Maya Banks

テリーサに捧ぐ

## 謝辞

家族には大変お世話になりました。特に夫は、わたしが締め切りを守れるよう、洗濯、料理など家事のほとんどを引き受けてくれました。

エージェントのキム・ウェイレインは貴重なビジネスパートナーです。常にわたしの意欲を前向きに保たせ、落ちこんだときには励ましてくれます。

ジェイシー・バートン、ローリー・K、ヴィッキー・L、シャノン・ステーシーといった人たちは、わたしの背中を押し、なにものにも替えがたい貴重なもの——友情——をもたらしてくれます。ありがとう。

執筆は非常に孤独な活動かもしれません。でも、これまでに出会った人たちのおかげで、わたしの仕事はより容易に、よりやりがいのあるものになりました。彼らがいなければ、こんな仕事をしたいとは思わなかったでしょう。

# ハイランドの姫戦士

主な登場人物

リオナ・マクドナルド――マクドナルドの族長の娘。
シーレン・マケイブ――マケイブの族長の弟。
ユアン・マケイブ――マケイブの族長。シーレンの兄。
メイリン・マケイブ――前国王の庶子。ユアンの妻。
キーリー・マケイブ――治療師。リオナの友人。
アラリック・マケイブ――シーレンの兄。キーリーの夫。
グレガー・マクドナルド――マグドナルドの族長。リオナの父。
ダンカン・キャメロン――キャメロンの族長。マケイブの敵。
エルセペス・キャメロン――ダンカンのいとこ。

# 1

　一度目の結婚式はすばらしい天候に恵まれていた。一月としては珍しいほど暖かく穏やかで、ほとんど風がなく、丁寧に結われた髪はそよとも揺れなかった。ふたりの人間の心が結びつくのを、世界じゅうがじっと見守っていたかのようだった。

　リオナ・マクドナルドはふんと鼻を鳴らした。もうすぐ夫となる男――シーレン・マケイブがいぶかしげに片方の眉をあげた。

　二度目の結婚式の天候は？　西から冬の嵐が近づいており、空が暗く空気は湿っぽい。すでに身を切るほど寒くなり、激しい風が吹き荒れている。あたかも全世界がリオナの不安を知っているかのようだ。彼女の隣に立ち、ふたりを永遠に結びつける誓いの言葉を言おうとしている男への不安を。

　大広間の巨大な暖炉の前に立っているにもかかわらず、リオナの背筋に悪寒が走った。シーレンが顔をしかめ、窓を覆う毛皮の隙間から吹きこむ風から守ろうとするかのように、彼女に一歩近づいた。リオナは思わずあとずさった。この男がいると神経がぴりぴりしてしまう。彼女を怯えさせる人間など、そういるものではないのに。

　ますますシーレンが難しい顔になり、神父に注意を戻した。

　リオナはさっとまわりを見渡した。いまのやり取りを誰にも見られていなければいいのだが。夫を恐れていると思われたくはない。たとえそれが事実であっても。

マケイブ三兄弟の長男で、リオナが最初に結婚するはずだったユアン・マケイブは、広い胸の前で腕を組んで弟の横に立っている。この儀式をさっさと終わらせたがっているようだ。ユアンがメイリン・スチュアートと結婚したあと次にリオナが結婚しかけたアラリック・マケイブも、じれったそうな表情で階段のほうにちらちら目をやっている。いまにもそちらへ駆けていきたい様子だ。だが、それは責められない。彼の新妻キーリーが大怪我をして命を落としかけ、二階で床についているのだから。

これは三度目の正直となるのだろうか？

国王デイヴィッドは暖炉のそばに堂々と腰かけ、神父が話すのを満足げに見つめている。そのまわりには近隣の氏族《クラン》の族長たちが座っていた。誰もが、マクドナルドとマケイブとの同盟締結を待ち望んでいる。その同盟は、リオナがマケイブ三兄弟の最後のひとりシーレン・マケイブと結婚することによって結ばれるのだ。

最後、という部分が肝要だった。この結婚が成立しなければ、もうリオナが結婚できるマケイブ兄弟は残されていない。それに、今度拒絶されたらリオナのプライドはずたずたになるだろう。

彼女は王から集まった族長たちへ、そして暗い顔をした父へと視線を移した。リオナの父であるグレガー・マクドナルドは戦士たちから離れたところに座り、顔をゆがめて、女々しくすねたように唇を尖らせている。

束の間ふたりの視線がぶつかると、グレガーがうなるように唇をめくりあげた。父が族長の座にとどまりたいと懇願したとき、リオナは味方をしなかったのだ。シーレン・マケイブが父よりいい族長になるかどうかはわからないが、ましな人間であるのは間違いない。

気がつけば、すべての人々の視線が彼女に注がれていた。リオナはぎくりとして神父を見た。どうやら誓いの言葉を復唱するようにという合図を見逃したらしい。さらに恥ずかしいことに、神父がなにを言ったのかもわかっていなかった。

「おれに従い、貞節を守り、死ぬまで誠実に尽くすと誓うんだ」噛んで含めるようにシーレンが言う。

その言葉にリオナは背筋を伸ばし、まっすぐ彼をにらみつけた。

「それで、あなたはわたしになにを誓ってくれるの？」

シーレンが淡いグリーンの目で品定めするかのように冷ややかにリオナを眺め、特に重要なものはないと言いたげに視線をあげた。リオナは不愉快だった。彼女を拒絶したも同然の態度ではないか。

「きみを保護し、きみの地位にある女性にふさわしい敬意を払う」

「それだけ？」

リオナはつぶやいた。口に出して言うつもりではなかった。だが、彼女はうらやましかったのだ。ユアン・マケイブは見るからに妻のメイリンを熱愛している。そしてアラリックはついこのあいだ、国王や故郷に背いてまでも愛する女性と一緒になった——事実上、リオナを捨てて。

いや、怒っているわけではない。リオナはキーリーが大好きだし、幸せになってほしいと思っている。アラリックのような屈強で凛々しい男がキーリーへの愛を公言したことを、リオナは心から喜んでいた。

けれどもそのために、自分の結婚のむなしさがいっそう強く感じられたのだ。

シーレンが苛立ちもあらわに尋ねた。「なにがきみの望みなんだ？」

リオナはつんと顎をあげ、冷たく彼を見返した。「なにも。それで充分よ。あなたには敬意と思いやりを持って接してもらいます。だけど保護はいらないわ」

彼の眉があがる。「いらないだと？」

「ええ。自分の身は自分で守れるもの」

シーレンが含み笑いをすると、集まった男たちからも笑い声があがった。「さっさと誓いの言葉を言ってくれ。一日じゅう待ってはいられない。みんな腹を減らしているんだ。なにしろ二週間近くも祝宴を待たされたんだからな」

そうだそうだという声が部屋じゅうに響き、リオナは怒りでかっと頬が熱くなった。今日は彼女の結婚式だ。せかされたくない。食べ物や男たちの腹具合など、どうでもいいではないか？

リオナが怒りに駆られたのを察したかのように、シーレンが彼女の手を取って自分のほうへ引き寄せた。ドレスの布地を通して、彼の腿の熱さがリオナに伝わってくる。

「神父様」シーレンはうやうやしく言った。

「花嫁が言うべき言葉を、もう一度お願いできますか」

誓いの言葉を復唱するあいだずっと、リオナはいらいらしていた。なぜ目が潤むのだろう。シーレンとは愛し合って結婚するのではないし、アラリックのことも愛していたわけではなかった。マケイブ兄弟との結婚は父が発案し、マケイブのクランと国王とが推し進めた話だ。リオナは利用されて捨てられる駒にすぎない。

ため息をつき、リオナは首を横に振った。感傷的になるのはばかげている。世の中にはもっとひどいこともある。自分は幸せだと思わなければ。姉妹同然だったキーリーに再会できたのだから。キーリーの怪我が完全に回復するにはまだかなりかかりそうだが、彼女は幸せな結婚をした。しかも、リオナの父はもうクランの族長ではなくなる。

ちらりと目をやると、父はもう一杯エールを飲みほすところだった。深酒をしているのも無理はない。間もなくいままでの立場から追われるのだから。それでもリオナには、なんの悔いもなかった。

適切な指導者に率いられたなら、彼女のクランは大きくなれる――きっとなる。父は族長失格だった。父のせいでマクドナルドは弱体化し、より強いクランの援助と同盟を求めざるをえなくなったのだ。

リオナはあいている手をこぶしに握りしめた。クランに栄光を取り戻すのは彼女の夢だった。兵士たちを鍛え、すぐれた軍勢にしたかった。いまやその使命はシーレンに託され、自らの手でそれを行うことを切望していたリオナは、訓練を外から見守る立場に追いやられてしまう。

シーレンが不意に身を屈めて唇を軽く触れ合わせたので、リオナは驚いて息をのんだ。なにがあったのかと思う間もなく彼は離れてしまい、リオナは目を大きく見開いたまま、震える手で自分の口に触れた。

儀式は終わった。給仕女たちが大広間になだれこみ、大量の食べ物を運び入れる。その多くは、数カ月前にリオナの父が愚かな賭けに負けたためにマクドナルドのクランが差し出したものだ。

シーレンがリオナをちょっと見て、先に主賓用テーブルに向かうよう身ぶりで示した。ユアンとともにいるメイリンの姿が見えたとき、リオナはうれしくなった。無骨な男ばかりの中で、メイリン・マケイブは太陽のごとく輝いている。ほんものの太陽ほどギラギラしてはいないが、温かいことに変わりはない。

メイリンが明るい笑顔で駆け寄ってきた。「リオナ、すごくきれいよ。今日ここに、あなたより美しい女の人はいないわ」

その賛辞にリオナは頬を染めた。実は、アラリックと結婚しかけたときと同じドレスを着ていることを少し恥ずかしく感じていたのだ。自分がしわくちゃで着古した服のように思えた。だがメイリンが本当にうれしそうに笑っているのを見て、しおれていたリオナの気持ちは高揚した。

さらに力づけるかのように、メイリンがリオナの手を握った。

「まあ、手が氷みたい！」メイリンが叫ぶ。「わたしもあなたたちが誓いを交わす場にいたかったわ。ごめんなさいね」

「いいの」リオナは心からの笑みを浮かべた。「今日は、キーリーの具合はどう？」

心配そうに曇っていたメイリンの瞳が、少し明るさを取り戻した。「席につきましょう、食事ができるように。それからキーリーのことを話すわ」

とっさに結婚したばかりの夫のほうを見ると、彼は許すというように黙ってうなずいた。リオナは苛立ちに歯を食いしばり、メイリンの隣に腰かけた。結婚してまだ五分しかたっていないのに、ばかみたいに従順にふるまっている自分が情けなかった。

けれども本音を言えば、シーレンが怖かったのだ。アラリックは怖くなかったし、ユアンにも威圧感は覚えなかった。けれどもシーレンは恐ろしい。彼ににらまれると頭が働かなくなる。

少しはくつろげることを願ってメイリンの横に座ったものの、幸運は長つづきしなかった。夫が隣の椅子に腰をおろしてテーブルに身を近づけたのだ。そして脚をリオナの太腿に押しつけてきた。

メイリンのほうに体を寄せるのは無礼だし、夫を怖がっていることがばれてしまう。だからリオナは彼を無視することにした。シーレンには彼女になれなれしくする権利があることを忘れてはならない。ふたりは結婚したのだから。

そのときリオナははっと息をのんだ。彼は当然、夫の権利を行使するだろう。このあと初夜が待っており、彼女は夫に処女を与えねばならない。男たちのいないときに女たちがこそこそ話していることが、これから行われるのだ。

問題は、リオナはいつも男たちの中で過ごしていたため、内緒話をした経験がないことだった。キーリーとは、男女のことに関心を持つ年齢になる前に離れ離れになっていた。好色な男を父に持ち、キーリーのことを常に気に病んできたリオナは、男女の営みについて考えるだけで吐き気を催していた。だが、いまや彼女には夫がいる。彼は期待するだろう……その手のことを。なのにリオナには、それがどんなものなのか見当もつかないのだ。

恥ずかしさで顔がこわばった。メイリンに尋ねることはできる。マケイブの女たちの誰かに訊いてもいいだろう。みんなやさしい人たちで、リオナには親切に接してくれる。それでも、こういうことへの無知をさらけ出さねばならないと思うと、テーブルの下に隠れたくなってしまう。

リオナの剣の腕前はたいていの男よりもすぐれている。戦うこともできるし、動きは敏捷だ。挑発されれば相手を容赦なくやっつけられる。体は丈夫で、血を見て気を失ったりもしない。

けれども、キスについてはなにも知らない。

「食べないのか？」シーレンが訊いた。

顔をあげると、皆すでに席につき、テーブルには食べ物が並んでいる。シーレンがおいしそうな肉を切り分けて彼女の皿に置いてくれていた。

「食べるわ」リオナは小声で答えた。

実を言うと、飢え死にしそうだったのだ。

「水かエールは？」

これまで酒はほとんど口にしたことがなかったが、今日はエールを飲むほうがよさそうな気がした。

「エールをいただくわ」リオナは言った。シーレンがゴブレットにエールを注ぐのを待って手を伸ばしたが、驚いたことに彼はまずゴブレットを自分の口もとにつけてにおいを嗅ぎ、少量を飲みこんだ。

「毒は入っていない」シーレンが言い、ゴブレットを彼女のほうに滑らせた。

その行動の意味がわからず、リオナはぽかんと彼を見つめた。

「だけど、もし入っていたとしたら？」

シーレンが彼女の頬に手を触れた。一度だけ。彼が初めて見せた愛情のこもった仕草だ。いや、愛情はこもっていなくとも、心が慰められるやさしい態度だった。

「その場合、きみは毒を飲まず、死なずにすむ。前にもそういう卑怯な手によってマケイブの人間をひとり失いかけた。これ以上家族の命を危険にさらすつもりはない」

リオナはあんぐりと口を開けた。「そんなの筋が通らないわ！　あなたが死ぬほうがましだと思っているの？」

「リオナ、おれはきみを守るという聖なる誓いを立てたばかりだ。つまり、きみや将来生まれてくる子どものためなら、おれは命を投げ出すということだ。すでに一度、卑怯者がユアンの毒殺を企んだ。おれたちが結婚したからには、ふたつのクランの同盟を妨害するのに、きみを殺す以上に効果的な方法があるか？」

「あなたを殺すことよ」リオナは指摘した。

「ああ、そうかもしれない。だが唯一の後継者が死ねば、マクドナルドのクランは簡単に瓦解する。そうなったらダンカン・キャメロンの思うつぼだ。きみこそが同盟の鍵なんだ、リオナ。信じようと信じまいと。きみの肩に多くがかかっている。言っておくが、責任は重いぞ」

「ええ、それはよくわかっているわ」

「賢い女だ」

シーレンがゴブレットに指を伸ばし、慎重に持ちあげて、リオナの口もとにあてがった。まさしく祝宴で新婚の夫が花嫁にするように。

「飲め、リオナ。疲れた顔をしているぞ。緊張しているようだな。そんなに硬くなっていたら、くつろげないだろう。ひと口飲んで気を楽にしろ。夜までまだ長い時間耐えなくてはならないんだ」

彼の言うとおりだった。

リオナがうんざりするほど、乾杯に次ぐ乾杯が繰り返された。マケイブのクランへの乾杯。

生まれたばかりのマケイブの世継ぎへの乾杯。ユアンとメイリンは娘の誕生が誇らしげだった。彼らの赤ん坊は、スコットランドでも有数の広大で実り豊かな土地を相続するのだ。

それからアラリックとキーリーへの乾杯。キーリーの健康を願う乾杯。そして、リオナとシーレンの結婚を祝う乾杯が始まった。

いつしか乾杯の辞はシーレンの精力に関するみだらな内容となり、族長たちのうちふたりが、リオナがいつ身ごもるかについて賭けを始めた。

リオナは目がとろんとしてきた。あちこちで長々と祝福の言葉が繰り返されて退屈だったからだけではない。もう何杯目かわからないほどゴブレットに注がれるおかわりを、エールが腹の中で渦巻いて頭がくらくらするのもかまわずに飲みつづけたからだ。

マケイブ族長の命で、話し合って決定すべきことは多々あれど、今日はシーレンの結婚を祝って過ごすことになっていた。

メイリンの計らいだろうかとリオナは思ったが、そんなことはどうでもよかった。彼女自身は、ちっとも祝いたい気分ではなかったのだ。

横目でちらりと見ると、シーレンはゆったりと椅子にもたれ、テーブルを囲む面々を見渡していた。マケイブの男のひとりが無礼な言葉を投げかけると、同じような言い方でやり返す。彼の男としての能力がどうとかいう話だ。リオナは身震いして、彼らのやり取りを耳に入れまいとした。

もう一杯エールをごくりと飲み、勢いよくゴブレットをテーブルに置く。その大きな音に自分でもびっくりして身をすくめた。だが、誰も気づかなかったようだ。我慢できないほどうるさい音だと思ったのに。

目の前の食べ物がゆらゆらと揺れて見える。シーレンがひと口大に切ってくれていたものの、それを口に入れると考えただけで胸がむかついた。

「リオナ、どうかしたの？」

メイリンに小声で問いかけられて、ぼうっとしていたリオナはわれに返った。後ろめたい思いで目をあげると、突然メイリンがふたりに見えて、思わず目をしばたたいた。

「キーリーに会いたい」そんな言葉が口を突いて出た。

婚礼の祝宴の最中にキーリーに会いたがるリオナをいぶかしく思ったとしても、メイリンはそんなそぶりを見せなかった。

「よかったら、一緒に上まで行ってあげるわ」

リオナは安堵のため息をつき、立ちあがりかけた。するとシーレンがぱっと彼女の手首をつかみ、険しい顔で引き戻した。

「キーリーに会いに行きたいの。だって結婚式に出られなかったでしょう。もちろん、あなたのお許しをいただいて」

リオナは喉を詰まらせそうになりながら、その言葉を口にした。

シーレンは少しのあいだ彼女を見つめたあと、手首を握る力をゆるめた。「いいだろう」横柄な言い方だった。まさしく……夫のような。

ユアンに中座の断りを述べるあいだも、リオナの胸は波打っていた。結婚。ああ、そのとおり、自分は結婚した。だから夫に服従し、命令を聞く義務があるのだ。

メイリンのあとについて階段に向かいながら、リオナの手は震えていた。ふたりは静かに階段をのぼった。ユアンの部下のひとりが後ろからついてくる。メイリンは護衛なしではどこへも行かせてもらえないのだ。

もしかして、シーレンと結婚したいま、リオナも誰かに付き添われるようになるのだろうか？　護衛をつけずにはどこへも行けず、なにもできないなんて、考えるだけで息が詰まってしまう。

キーリーの部屋まで来ると、メイリンがそっと扉をノックした。アラリックが応答し、メイリンは低い声で義弟と言葉を交わした。

アラリックがうなずいて部屋から出てきた。「あまり長くならないようにしてくれ。彼女は疲れやすいんだ」

リオナは結婚するはずだった男をちらりと見て、心の中で彼の弟と比べずにはいられなかった。彼女が実際に結婚したほうの男と。

ふたりとも獰猛な戦士であるのは間違いない。けれどもリオナは、アラリックと結婚したほうがよかったと思うのを抑えきれなかった。彼は、シーレンほど……冷たそうではない。よそよそしくもない。それに……。

具体的にどうとは言えないのだが、シーレンの目を見ているとリオナは不安になり、警戒してしまう。まるで捕食動物から逃れようとする獲物のように。シーレンを前にすると、自分が小さく無防備に思えてくるのだ。まさしく女みたいに。

「リオナ」アラリックが軽く頭をさげた。「結婚おめでとう」

彼の目にはまだわずかに罪悪感がこもっていたが、正直なところ、リオナは怒っていなかった。彼が自分と結婚しなかったことについては。それでもアラリックがキーリーと恋に落ちたことで、リオナが捨てられて恥をかかされたのは事実だ。リオナはなんとか屈辱を感じまいとした。

「ありがとう」小さな声で答える。

アラリックが向こうに行くのを待って、リオナはキーリーの部屋に入っていった。

キーリーは上体を起こし、枕の山に寄りかかっていた。顔色は悪く、疲労のしわが額に刻まれている。それでもリオナと目が合うと弱々しく微笑んだ。

「結婚式に出られなくてごめんなさいね」

リオナは笑顔でベッドに向かった。キーリーに痛みを与えないよう気をつけて端に腰かけ、慎重に彼女の手を握る。

「そんなこと、どうでもいいの。自分でもなにがなんだか全然覚えていないんだから」

キーリーがあきれたように鼻を鳴らし、痛みに顔をゆがめた。

「どうしても会いたかったの」リオナは言った。「ちょっと……あなたに相談したいことがあって」

キーリーは驚いて目を丸くすると、リオナの後ろにいるメイリンを見やった。「いいわよ。メイリンがここにいてもかまわない？　信用できる人だから」

リオナはためらいがちな視線をメイリンに向けた。

「下におりて、エールをもらってくるわね」メイリンが言った。「そのあいだ、しばらくふたりきりで話せるでしょう」

リオナはため息をついた。「いいえ、待っているわ。ふたりに相談したほうがよさそうだから。なんといっても、キーリーは結婚したばかりだし」

キーリーの頬が薄く染まり、メイリンがくすくす笑った。「だったら、エールは誰かに持ってきてもらって、わたしたちは話をしましょう。この部屋にいる人間以外にはひとことも漏らさないから。約束するわ」

リオナはメイリンに感謝のまなざしを向けた。メイリンが扉のところまで行って、自分たちに付き添って階段をのぼってきたギャノンに声をかけた。

「扉の外に声は漏れない？」リオナはキーリーにささやきかけた。

「大丈夫、廊下にいたらなにも聞こえないわ」キーリーは目をきらめかせている。「さて、なにを相談したいの？」

リオナは黙ってメイリンがベッドの脇まで戻ってくるのを待ったあと、唇を湿らせた。これから自分の無知をさらけ出すのだ。まるで救いがたい愚か者のようではないか。

「初夜の床のことよ」

「なるほど」メイリンが訳知り顔で言う。

「なるほどね」キーリーがうなずく。

リオナはいらいらと息を吐き出した。「わたしはどうしたらいいの？　どうしなくちゃいけないの？　キスについても、男女の交わりについても……なにも知らないのよ。わたしにわかるのは、剣術と戦いのことだけ」

メイリンの目から面白がるような表情が消えた。リオナの手を自分の手で包んでぎゅっと握りしめる。「ほんのちょっと前は、わたしもあなたと同じ立場だったわ。わたしはこのクランの年配の女性たちに相談したの。あのときは確かに目からうろこが落ちたわね」

「わたしだって知らなかったわ」とキーリー。「そんな知識は生まれながらに持っているわけじゃないもの。わたしたちには、そういうことについて指導してくれる母親もいなかったし」気まずそうにリオナを見る。「少なくともあなたのお母様は、そういう言いづらいことを話題にはしなかったでしょう」

リオナはふんと鼻を鳴らした。「母はわたしに絶望していたわ。胸が出てきたときからずっと」

キーリーが眉をあげた。「胸が出てきた？」

リオナは顔を赤らめて自分の胸を見おろした。平らな胸を。もしもキーリーが――ほかの誰でも――この布の下になにが隠されているかを知ったら……。リオナの夫はもうすぐ知ることになる。服を着たまま床入りする方法を彼女が編み出さないかぎり。

メイリンがにっこり笑った。「そんなに難しくはないのよ、リオナ。ほとんどのことは殿方がやってくれるわ、最初のうちはね。だいたいのことがわかってきたら、自分でもいろいろ試してみればいいの」

「アラリックの愛し方はすてきよ」キーリーがため息をついた。

メイリンは赤くなって咳払いをした。「実は最初、ユアンはあまりそういうことが得意ではないのだと思っていたの。ダンカン・キャメロンの軍が迫っていたから、急いで床入りをすませなくてはならなくて。でもそういう屈辱的なことは例外で、あとからユアンはがんばって汚名を返上したわ。その結果には、わたしも大満足よ」

リオナは顔をほてらせて、ふたりの女性を交互に見た。夫のことを話すとき、彼女たちの目はうっとりとしてやさしくなる。自分がシーレンに対してそういう反応をするところを、リオナは想像できなかった。彼はあまりにも……近寄りがたい。そう、その言葉がいちばんよくシーレンを表している。

ノックの音に邪魔されて、三人は黙りこんだ。メイリンが返事をすると、ギャノンが入ってきた。いたずらをとがめるような表情をしている。

「ありがとう、ギャノン」彼がベッド脇の小さなテーブルに酒瓶とゴブレットを置くと、メイリンが言った。「さがっていいわ」

ギャノンは顔をしかめたが、そのまま部屋を出ていった。リオナはちらっと目をあげてメイリンを見た。夫の家来からそんな無礼な顔を向けられてどうして平気なのだろうと不思議に思ったのだ。メイリンはこともなげに微笑み、ゴブレットにエールを注いだ。

「ギャノンはわたしたちがいつも悪さを企んでいるのを知っていて、なにか言いたいのを懸命にこらえているのよ」

リオナにゴブレットを渡し、キーリーにはそっと手に持たせる。

「飲んだら少しは痛みがましになるわ」キーリーが言った。

「ごめんなさい、キーリー。もう出ていったほうがいい？　あなたにつらい思いをさせたくないの」リオナは言った。

キーリーはエールをすすり、ふうっと息を吐いて枕にもたれた。「行かないで。部屋に隔離されて、頭が変になりそうだったの。いてくれるのは大歓迎よ。それに、初夜についてのあなたの恐怖をやわらげてあげないと」

リオナはエールを一気に飲みほすと、メイリンにゴブレットを差し出しておかわりを求めた。いやなことを聞かされるような予感がしていた。

「怖がらなくていいのよ」メイリンがなだめた。「きっとシーレンがちゃんとやってくれるわ」それから鼻にしわを寄せる。「軍隊が奇襲をかけてこなくてよかったと思わなくちゃ。わたしの初夜はさんざんだったのよ」

リオナの顔から血の気が引いた。

「だめじゃない、メイリン。よけいに怖がらせているわ」キーリーが注意する。

メイリンがリオナの手を軽く叩いた。「なにもかもうまくいくわ。大丈夫」

「でも、わたしはなにをすればいいの？」

「そもそも、あなたはなにを知っているの？」キーリーが問いかけた。「そこから始めましょう」

リオナは情けなさに目を閉じて、ゴブレットの中身をごくりと飲んだ。「なにも」

「あらあら」メイリンが言う。「わたしもよくは知らなかったけれど、それでも修道院の院長様がおおまかなことは教えてくれたわよ」

「正直に、シーレンに怖いと言ったほうがいいと思うわ」キーリーが提案した。「乙女の不安を無視するような男は野蛮人よ。彼がアラリックの半分も巧みなら、あなたが不満に感じることはないはずだわ」

その自慢げな言い方を聞いてメイリンがくすくす笑い、リオナはまたエールのおかわりを求めてゴブレットを突き出した。

いかにも生娘らしい不安をシーレンに話すなど、絶対にしたくなかった。きっと彼はリオナのことを笑うだろう。もっと悪ければ、あの冷たくよそよそしい目をリオナに向けて、彼女を……ちっぽけでつまらない人間のような気分にさせるかもしれない。

「痛いの？」リオナは絞り出すように言った。

メイリンが口をすぼめて考えこみ、キーリーは一瞬眉間にしわを寄せた。

「確かに、ものすごく気持ちがいいというわけじゃないわ。最初はね。だけど痛みはすぐに引くし、相手が熟練した人なら、最後にはすばらしく感じるようになるの」

メイリンがふんと鼻を鳴らした。「ただし、軍隊が奇襲をかけてこないかぎりよ」

「もうやめて」キーリーが怒ったように言う。「軍隊なんて来ないんだから」

ふたりの女性は顔を見合わせてぷっと噴き出した。やがてキーリーが苦しげにうめいて、ぐったりと枕に寄りかかった。

リオナはそんな彼女たちをただ見つめていたが、床入りなど絶対にごめんだという思いはいっそう強くなっていた。大きなあくびをすると、部屋が奇妙な具合に回転を始めた。頭が岩のように重くなり、支えているのがどんどんつらくなっていく。

彼女は座っていたベッドの端から立ちあがり、扉に向かった。自分の臆病さにはうんざりだ。まるで……そう、まるで女のようにふるまっている。

ところがなぜか、行き着いたところは窓の前だった。窓を覆う毛皮の端がめくれあがり、冷たい空気が顔を打つ。リオナは戸惑いに目をしばたたいた。

「気をつけて」耳もとでメイリンがささやきかける。

彼女はリオナの手を取り、部屋の隅に置かれた椅子のところへ連れていって座らせた。

「しばらくここに座っていたほうがいいわ。階段をおりるのは無理よ。それに、なにをしていたのか男たちに知られたくもないし」

リオナはうなずいた。なんだかおかしな気分だった。そう、しばらく座っているほうがよさそうだ。部屋が勢いよく回るのが終わるまで。

シーレンは階段のほうを見た。これで百回目になるだろうか。ユアンもそわそわしている。リオナとメイリンはいっこうに戻ってこない。もう真夜中だし、そろそろ祝宴を終わりにしたかった。

なんという祝宴だ。花嫁は婚礼のあいだずっと身をこわばらせ、うわの空だった。その後は、皆が祝福するあいだじゅう黙りこくっていた。

あの態度からすると、リオナはシーレン以上にこの縁組をいやがっているらしい。しかし、そんなことはどうでもよかった。ふたりは義務により結婚したのだ。そして目下の彼の義務は、床入りをすませることだ。

突然、下腹部がこわばり、彼は意外なほどの欲望に襲われた。女性のことを考えてここまで強く反応するのは、ずいぶん久しぶりだ。といっても実のところ、初めてリオナを見たときからずっとこんなふうだったのだが。

兄の婚約者にこういう反応をしたことをシーレンは恥じていた。そんな欲望を感じるのは不誠実な裏切り行為だ。

だが、どれだけ自らを呪っても、彼女が部屋に入ってくるだけで彼の体が覚醒するという事実は変わらなかった。

そしていま、リオナは彼のものになった。

またもや階段ののぼり口に目をやったあと、シーレンはユアンに鋭い視線を向けた。兄もそろそろ自分の妻を連れ戻してベッドに行く時間だ。

ユアンがうなずいて立ちあがった。国王はいまだに宴を楽しんでいるが、それでもかまわない。祝宴はお開きにするので各自床につくようにとユアンは皆に告げた。

明日の朝にはもう一度全員が集合し、今後のことを相談する。ユアンは娘の代理として先王の遺産を受け取り、ダンカン・キャメロンに対して戦争をしかけるのだ。

シーレンとユアンが階段をのぼっていくと、ギャノンが待っていた。

「一時間前にイザベル様が目を覚ましてお乳を欲しがられましたので、レディ・マケイブはお部屋にお戻りになりました」

「おれの妻は？」シーレンが問う。

「まだキーリー様のお部屋です。アラリック様はキーリー様の以前のお部屋にいらっしゃいますが、そろそろしびれを切らして、奥方のところに戻りたくてうずうずしておられます」

「リオナはすぐに出ていくと兄貴に伝えてくれ」シーレンはそう言うと、扉に向かった。

ノックをする。ここはキーリーの部屋であり、突然入りこんで彼女を驚かせたくなかったからだ。自分の婚礼の祝宴を留守にしてこれほど長いこと二階にいるとは、リオナは失礼な態度をとってくれたものだ。

キーリーの小さな声を聞いてから、シーレンは扉を開けて中に入った。

枕にぐったりと寄りかかったキーリーを見たとたん、彼は表情をやわらげた。いまにもベッドから滑り落ちそうだ。シーレンはあわてて駆け寄り、彼女を支えた。疲れでキーリーの目のまわりにはくまができている。体の位置を直してやると、彼女の口からうめき声が漏れた。

「すまない」シーレンはささやいた。

「いいの」キーリーが小さく微笑む。

「リオナを連れに来たんだ」妻の姿がないのに気づいて、彼は顔をしかめた。

キーリーが部屋の隅のほうにうなずきかけた。「あそこよ」

シーレンは振り向いた。驚いたことに、リオナは椅子にもたれたまま熟睡していた。口を開け、首をのけぞらせている。彼が部屋をじっくり見回すと、酒瓶と空のゴブレットが目に入った。

不審に思って酒瓶をのぞきこんだところ、中身は空っぽだった。キーリーをちらりと見ると、あいまいに目玉をきょろきょろ動かしている。リオナに目を戻したが、さっきからまったく動いていない。そういえば階下にいたときから、彼女は何杯もエールを飲み、食べ物をほとんど口に入れていなかった。

「酔いつぶれたのか！」

「かもしれないわね」キーリーがもごもごと言う。「あの、たぶんそうよ」

シーレンはあきれて首を振った。愚かな女たちめ。

彼はリオナのほうに行こうとしたが、静かに懇願するようなキーリーの声に、ふと足を止めた。

「やさしくしてあげてね、シーレン。リオナは怖がっているのよ」

シーレンは座ったまま意識を失っている女を見おろし、それからゆっくりとキーリーを振り返った。「だからなのか？　おれが怖いから、リオナは酔っ払ったのか？」

キーリーが眉根を寄せた。「あなたという人が怖いというわけじゃないの。いえ、それもあるかもしれないけれど。でも、シーレン、リオナは恐ろしいくらい……なにも知らないから……」

彼女は髪の毛の根もとまで真っ赤になって黙りこんだ。

「言いたいことはわかった」シーレンはぶっきらぼうに言った。「気を悪くしないでほしいんだが、キーリー、これはおれと妻との問題だ。すぐに連れていくよ。きみは休んでいなくてはだめだぞ。飲んだくれるんじゃなくて」

「あなたは頭が固すぎるって、誰かに言われたことはない？」キーリーが不満そうに言った。

シーレンは身を屈め、リオナの細い体の下に手を滑りこませて持ちあげた。ほとんど重さが感じられない。そして意外にも、彼女を腕に抱いている感じは好ましかった。とても……いい気分だ。

大股で扉のところまで行き、向こう側に立っているはずのギャノンに大声で呼びかけると、扉はすぐに開いた。廊下に出ると、物問いたげに眉をあげているアラリックに出くわした。

「奥方の面倒をちゃんと見てやれ」シーレンは無礼に言い放った。「そろそろ意識を失っているだろうよ」

「なんだと？」

シーレンは兄を無視して自分の部屋に向かった。肩で扉を押し開け、リオナをそっとベッドに寝かせる。それからため息をついて一歩あとずさり、彼女を見つめた。

この小柄な戦士は怖がっていたのか。そしてシーレンから逃げるために、人事不省に陥るまで飲みまくった。シーレンにとってうれしい話ではなかったものの、しかたがないとも思われた。彼はこれまであまりやさしくしてやらなかったのだ。

シーレンは首を横に振ると、彼女の服を脱がせて下着姿にした。震える手で薄いリネンの下着をそっと撫でる。

胸はほとんど見えなかった。リオナは痩せていて、乳房はないに等しい。シーレンがいままでに会ったどんな女とも違う、引きしまった体をしていた。

下着を脱がせて裸にしたい。シーレンにはその権利がある。なんといっても、この女は彼の妻になったのだ。

だが、どうしてもできなかった。

いますぐ彼女を起こして夫の権利を行使することはできる。しかし彼は、自分が感じているのと同じ欲望に妻の目が燃えるのを見たいという思いに駆られていた。リオナが小さく歓喜の叫びをあげるのを聞きたい。怖がってほしくない。

シーレンは微笑み、首を横に振った。明日の朝、彼女は激しい頭痛とともに目覚めるはずだ。そして、ゆうべはなにがあったのかと思い悩むだろう。

妻が心も体も服従するまでは、当然の権利を要求せずにいてやってもいい。シーレンにもそのくらいの良心はある。だが、それをリオナにいますぐ教えてやらなくてもいいだろう。

彼は妻の隣に横たわって、自分たちの体に毛布をかけた。彼女の髪の香りが鼻腔をくすぐり、温かな体が彼を誘う。

シーレンは低く悪態をつくと、寝返りを打って顔を背けた。

ところが困ったことに、リオナがなにやら寝言を言いながら彼の背中にすり寄ってきて、温かくなまめかしい体をぴたりと添わせた。今夜、シーレンは一睡もできないだろう。

## 2

なにかが、あるいは誰かが頭の上に座っている。リオナは小さくうめいて邪魔なものを叩こうとしたが、そこにはなにもなかった。

まぶたをこじ開けると、すぐに後悔した。まわりは暗かったものの、目に空気が触れただけで刺すような痛みに襲われたのだ。

じっと横たわっているうちに、だんだんと奇妙なことがわかってきた。たとえば、とても温かくて硬い体が横にあることや、自分が下着姿でいることだ。

あわてて胸に手をやったが、乳房を押さえつけている布はまだそこにあった。つまりシーレンは無理に布をはぎ取りはせず、豊かな胸の存在をまだ知らないということだ。知られたからといって困るわけではないのだが。なにしろ彼は夫なのだし、どうせすぐにばれるだろう。永遠に隠しておけるものではない。

リオナは記憶を探ったが、ゆうべなにが起きたのかまったく思い出せなかった。最後に覚えているのは、キーリーの部屋の窓辺に立ったことだ。

いま、彼女はベッドで横になっている……夫の隣で。

たとえ覚えていなくても、これで床入りを果たしたことになるのだろうか？　床入りしたなら、着ているものをもっと脱ぐはずではないか？　キーリーとメイリンはそこまで具体的な話はしてくれなかった。そのときリオナはふと思った。覚えていないとしたら、そうひどいことではなかったのだろう。違うだろうか？

恥ずかしさで顔がほてり、胸が締めつけられた。いったい夫になんと言えばいい？　どうして彼の顔を見られるだろう？　どうしよう、自分が娼婦のようにふるまっていたら？　彼を落胆させたのなら？　あるいはもっと悪いことに、自分が未熟なために彼をうんざりさせたのだとしたら？

頭はがんがん痛み、胸がむかつく。それでもリオナはそっとベッドから出た。寒さに襲われて身を震わせる。夫の体から発散する熱で、ベッドの中は焼けつくような暑さだったのに。暗くてシーレンの姿が見えないのが幸いだった。さっきまで体を接していたので、彼がチュニックを着ていなかったことは知っている。どうしたらいいだろう、もし……もし彼が全裸だったら？

リオナの頭の中で、一目散に部屋から逃げていきたい気持ちと、上掛けをめくってのぞいてみたいというばかげた衝動とが交錯した。

そのとき、ふと気がついた。ここは彼女にあてがわれていた客室ではなく、シーレンの部屋だ。

自分のウエディングドレスにつまずきそうになり、またもやリオナの顔がほてった。彼が脱がせたのだろうか？　それとも自分で脱いだ？

ドレスを頭からかぶって裾をつまみあげながら歩き、扉を少しだけ開けて外をのぞいてみた。壁の半ば燃え尽きたロウソクに照らされた廊下はほの暗く、目の届く範囲に人はいない。よかった。

リオナは部屋を出て廊下を駆け抜け、自分の部屋まで行った。ドレスを脱いで、もっと楽な服を着る。暖かい細身のズボン《トルーズ》、着古したチュニック、革のブーツ。ひどく痛む頭をすっきりさせる方法としてリオナが唯一知っているのは、気持ちよく戦うことだ。

シーレンが目覚めたとき、横には誰もいなかった。冷たい隙間風が脚のあいだに吹きつけている。彼は悪態をつぶやきながら毛布をめくりあげ、妻を捜して部屋を見回した。

だがリオナはどこにもいない。シーレンは苛立ちを覚えた。いつもは彼が城でいちばんの早起きだ。朝早くから夜遅くまで活動しているユアンでも、シーレンより先に起きることはない。

かつての彼は孤独を求めていた。城のほかの人間がまだ寝ているあいだに起き出して、湖で泳いだり、戦いの腕を磨いたりしたのだ。

毛布を脇にやってシーレンは立ちあがった。裸のまま伸びをして、冷気に身をさらし、体を目覚めさせる。血液が勢いよく流れだして眠気を吹き飛ばした。

水差しから洗面器に水を注ぐと、顔を洗い、口をゆすいだ。妻は恥ずかしくて姿を隠したのかもしれないし、この結婚への嫌悪感をはっきり伝えているつもりかもしれない。いずれにせよ、花嫁としての心得を叩きこんでやる必要がある。早ければ早いほうがいい。

彼女を見つけしだい。

シーレンは服を着ると廊下に出た。普段は静かにしようと気を使うこともないのだが、いまは国王が泊まっているし、ゆうべは皆遅くまで起きていた。それに、妻がベッドから逃げ出したことは誰にも知られたくない。

リオナの部屋の前で足を止め、彼は顔をしかめた。ノックなどするものか。扉を押し開けると、中は真っ暗で……寒かった。暖炉に火は入っていない。

そういえば、彼の部屋の暖炉にも火が入っていなかったことを思い出した。いつもそうしているので彼は平気だが、リオナは小柄な女だ。きっとぶるぶる震えながら目を覚ましたのだろう。

シーレンは他人をもてなすことに慣れていない。特に自分の部屋では。しかしもう結婚したのだから、ある程度の譲歩は必要だろう。理屈のわかる男だということを、妻に教えてやるのだ。

部屋に入っていったが、ベッドには誰もいなかった。人が寝た形跡もない。椅子の背にはウエディングドレスがかけられていた。ゆうべ彼が脱がせた服だ。

こんな時間に、妻はいったいどこへ行ったのか？

疑いが芽生え、シーレンのはらわたがよじれた。婚礼の夜に愛人のベッドにもぐりこむほど、リオナは愚かではないはずだ。しかし、女が夜中に暖かいベッドを抜け出す理由が、ほかにあるだろうか？

なにか困ったことがあったのなら、リオナはシーレンを起こしただろう。いまやシーレンは彼女の夫であり、発生した問題を解決するのは彼の役目だ。

考えれば考えるほど、シーレンの怒りは募った。どれだけ忘れようとしても、昔に受けた女の裏切りはいまだに彼を悩ませていた。

マケイブのクランの運命を変えてしまったエルセペスの行為は、なにがあっても忘れられない。今度の結婚も、もとはといえばその裏切りが原因だ。若くて愚かだったシーレンは、感情に流されて冷静な判断ができずに過ちを犯した。その償いをするために結婚したのだ。

ダンカン・キャメロンの手によって壊滅寸前にされて以来、クランの者たちは長いあいだ苦しい生活を送ってきた。ユアンがメイリンと結婚してイザベルが生まれ、やっと暮らしが楽になったところだ。

同盟を強化すれば、シーレンたち兄弟が誰よりも憎む男を破滅させることができる。となれば、シーレンにその手段を拒めるはずがない。

そう、彼はリオナ・マクドナルドと結婚せざるをえなかったのだ。しかし、だからといって妻を寝取られたり、彼女の父親が長年してきたようにリオナを甘やかしたりするつもりはない。

リオナが好もうが好むまいが、シーレンはいまやリオナの主人だ。彼女には夫に従う義務がある。

窓の外から鋼と鋼のぶつかる音が聞こえてきた。シーレンは眉をひそめて窓辺まで歩いていき、毛皮をめくりあげた。この部屋からは中庭が見おろせる。それにしても、誰がこんな早くから剣の手合わせをしているのだ？　なんのために？

シーレンは身を乗り出し、中庭の中央を見た。たいまつに囲まれた場所で、ふたりの人間が激しく剣を交わしていた。愚か者のひとりは命取りになるほど戦いに没頭している。そいつが振り向いたとき、金色に輝く髪と、キッと引き結んだ女性らしい唇がシーレンの目に入った。

なんてことだ。

愚か者は妻だった。

彼は毛皮から手を離し、きびすを返して大股で部屋を出た。首を左右に振りつつ階段をおりる。大広間に入るとコーマックが横に並んで歩きだした。

「リオナが外で剣の打ち合いをしているのを知っていたか？」シーレンは噛みつくように言った。

コーマックが目を大きく見開き、恥じ入るような顔になった――どう言っていいかわからないという様子だ。

「いいえ」彼はようやくささやいた。「いま起きたばかりなので」

シーレンはうんざりとコーマックを一瞥した。「おまえは怠惰な軟弱者になってきたのか？」

コーマックはシーレンの非難を意にも介さず、にやりと笑った。「毎晩柔らかくて温かい妻がベッドにいると、あまり早く起きる気にはならないものです」

シーレンはうなった。

「不思議なのは、結婚式の翌朝に奥方様がベッドから出ていかれた理由です。いささか興味深い結論を引き出す人間もいるでしょうね」

シーレンは冷ややかに彼をにらみつけた。

彼の気分には無関心な顔で、コーマックは話しつづけた。「そもそも打ち合いができるほど体力があるということは、どうやらシーレン様のやり方が……正しくなかったのかも」

ひとりで面白がっているコーマックのからかいの言葉を聞いて、シーレンは唇をめくりあげた。「亭主の口に歯がなくなったら、クリスティーナはいやがるだろうな」

コーマックは降参するかのように両手をあげたが、顔にはずっと、ばかにするような笑いを浮かべたままだった。

外のすがすがしい冷気をシーレンは歓迎した。それは、気をゆるめるな、警戒を怠るなという警告だ。居心地のいいところでのんびりしていたら堕落してしまう。

彼はそうなるつもりはなかった。絶対に。自分のクランも堕落させるつもりはない——新たなクランも、これまでのクランも。

「いい腕前ですね」コーマックが言った。

シーレンは怖い顔で、たいまつに照らされた場所に近づいていった。

「リオナ!」大声で彼女の名を呼ぶ。

彼女がシーレンのほうに顔を向けた。そのとき相手の剣が突き出された。無防備になった喉に向けて。

シーレンは自分の剣でその剣を止めた。相手の刃が自分の喉のすぐ前で止まったのを見て、リオナが目を見開く。

手首を返して、シーレンは相手の手から剣を振り落とした。彼の表情を見て、相手があわててあとずさる。

てっきりリオナは怯えた顔を見せるか、きまり悪そうにするか、命を救ってもらったことに感謝の目を向けるかだろうとシーレンは予想していた。ところがそれは大間違いだった。

彼女は激怒していた。

たいまつに照らされてリオナの目がぎらぎら光っている。振り向いた彼女を見て、シーレンは威嚇のうなり声をあげる子猫を連想した。そんなことを言われたらリオナはもっと憤慨するだろうが、考えるだけでも楽しかった。

「どういうつもり？」リオナが叫んだ。「あなたのせいで死んでいたかもしれないのよ！剣の打ち合いをしているときに声をかけるなんて！」

シーレンは鼻孔をふくらませて彼女に歩み寄った。他人の前で妻が自分にそんな口のきき方をしたことに、猛烈に腹を立てていた。

「実際の戦場で、気を散らすものがなにもないと思うのか、リオナ？　誰もおまえを呼んだりしないと？　戦士は強いんだ。体だけでなく心もな。戦いの途中で注意散漫になるようなら、死んで当然だ」

リオナが剣先をおろし、赤面して顔を背けた。

「それから、なにがあっても剣をおろすな。いま攻撃されても防げないぞ」

彼女の唇が怒りにゆがんだ。「言いたいことはわかったわ、あなた」

「わかっただと？　いや、まだだ。おれはまだ言いたいことをほとんど言っていない。すぐ中に入れ。二度とこんなことをするな。いいか？」

リオナがあんぐりと口を開けた。金色の瞳が怒りと――屈辱でぎらぎら光る。

「朝食のテーブルにつくときには、マケイブのクランの栄誉を認め、王とこのクランの族長に敬意を示すようにしろ」

彼女が口を閉じ、反抗的ににらみつけてきた。シーレンはもう一歩前に進み、リオナと触れ合わんばかりに近づいた。千年たっても認めるつもりはないが、剣の稽古で乱れた彼女の姿を眺め、においを嗅いだだけで、彼の股間は破裂しそうだった。

リオナがこんな格好で走り回ったり男と剣の稽古をしたりするのは許せない。なぜなら、そうされたらシーレンの股間は四六時中硬いままになってしまうからだ。

もう用はないとばかりに、彼はリオナに手を振った。そして背を向けた彼女に後ろから呼びかけた。

「ああ、それからリオナ、湯浴みをしろ。臭いぞ」

3

臭い。臭いだなんて！　リオナは耳が湯に浸かるまで深く浴槽に身を沈めた。恥ずかしさでいまだに顔が熱い。城へ逃げ帰ったときの男たちの笑い声は、いまも頭の中で響いている。シーレンは彼女に恥をかかせた。言葉だけでなく行動によっても。彼はリオナが劣っていることを示し、彼女はシーレンの声に気を取られるという過ちを犯した。

わかっている。リオナもばかではない。剣の腕では人に負けない自信があるのに、彼の存在を意識した瞬間、分別はどこかに行っていた。

男のふりをしているだけの、不器用な愚か者になってしまったのだ。ほとほと自分に愛想が尽きる。

ノックの音がした。リオナは眉をひそめ、鼻と目だけを出して深く湯に潜った。すると扉が開いてマディが顔をのぞかせた。

「ああ、いらっしゃいましたね。シーレン様が、お手伝いが必要かもしれないとおっしゃったんです。三十分後に下におりて、朝食を召しあがっていただきたいとのことでした」

「あら、そうなの？」リオナがささやく。

「髪を洗ってさしあげます。そんなに短い時間で乾かすのは大変でしょう。長くて豊かな髪の毛ですね。おきれいですよ、湖にかかる夕日みたい」

マディにほめられて、リオナの沈んでいた心は慰められた。自分が美人でないことを彼女は知っていた。キーリーは美人だが、リオナは……。そう、責任の一端は彼女自身にある。もっと若いときに、もっと女らしくふるまう練習をすることもできたはずなのだ。いま、彼女の体には若さゆえの柔らかさが失われ、淑女にあるまじき筋肉がついている。腕も硬く、腰は細い。脚にはしっかりした筋肉がつき、尻はふっくらしていない。全体的に痩せすぎている。

ただひとつ女らしいところは乳房だったが、リオナはそれを嫌悪していた。ほかの部分とまったく釣り合っていない。

だから布を巻いて押さえつけているのだ。大きな胸があると邪魔だし、ついそちらに気を取られてしまう。

何度か、女らしい格好をするようにと父が言い張ったことがある。ほんのときたま、マクドナルドが高貴な客をもてなすような場合だ。母のドレスを仕立て直したが、それでもボディスはきつすぎた。胸のふくらみが服を押しあげ、男たちに好色な目で谷間をじろじろと見られることになった。

男なんて愚かな生き物だ。ちょっと乳房を見せてやるだけで、ばかみたいによだれを垂らす。

ばかといえば、ほかの誰よりもばかな男がひとりいる。リオナがいちばん恐れているのは、その男だった。でも男の格好をしているかぎり、よけいな注意を引く心配をせずにすむはずだ。

「さて、どうします？　お湯はどんどん冷めていきますよ。一日じゅう湯舟に浸かっているつもりですか？　それともわたしに髪を洗わせて、下へ行けるよう身支度をなさいますか？」

思いにふけっていたリオナは、われに返ってうなずいた。すぐさまマディが窓辺に置かれた木の手桶を持ってくると、前に体を倒すようリオナに手ぶりで示した。リオナが上体を起こしたとき、マディが目を丸くした。

「あらまあ、そんなものをどこに隠していたんです？」

リオナは下を向き、あらわになった胸をマディが見つめているのに気づいて顔を赤らめた。乳房は湯の中で上下に揺れている。彼女は胸の前で腕を交差させて、乳房を押さえつけた。

「みっともないわ」

「なにがみっともないものですか。そんな立派な胸、若い娘はみんなうらやましがりますよ。旦那様はご存じなんですか？」

リオナはしかめ面になった。

マディがくすりと笑う。「ご存じないということですね。さぞかしびっくりされるでしょう」

「まだしばらく見せないわ、うまくいけば」

マディがまた笑って、手桶にくんだ湯をリオナの頭にかけた。「永久に隠してはいられませんよ」

「ええ。永久にはね」

「ベッドに入ったとき、シーレン様がお宝を見たがらないとお思いですか?」

リオナは顔をしかめた。「どうして知っているの、まだ……」

マディがチッチッと舌打ちをした。「わかりますよ。ゆうべはぐでんぐでんに酔っていらっしゃったでしょう。ベッドに血のしみもありませんでしたし。あなたが生娘でなかったのなら別ですけれど」

リオナの顔がふたたび真っ赤になった。マディはずけずけとものを言う。ほかの女からあれこれ言われるのに慣れていないリオナは気まずく感じるばかりだった。

「旦那様のベッドを温める時間は、これからいくらでもあります。それまでは旦那様に、ほんの少しだけ味わわせてあげるといいでしょう。その胸をちらりと見せてあげたら、シーレン様は舌なめずりなさいますよ」

リオナは首を横に振った。「心配なのは夫の反応じゃないの」

「ほかの男が奥方様に近づくのを、シーレン様がお許しになると思うんですか? ご安心なさい。いやらしい連中に言い寄られるのを心配していらしたのかもしれませんけれど、女が自分の結婚式で最高にきれいにならなかったら、いつなるんです? 新婚の旦那様が横にいるのにあなたに言い寄る男がいたら、大ばか者ですよ」

「あなた、なにか企んでいるの?」リオナは警戒して尋ねた。

マディが得意げな笑みをたたえて、彼女の髪をすいだ。「わたしに任せてくださいな。

いいことを思いつきましたから」

シーレンの苛立ちは募る一方だった。すでに国王は朝食の席についているのに、この場に集まった人々はリオナが来るのを待たされている。出産と赤ん坊の世話で疲れているメイリンですら夫の横に座り、食事とそれにつづく話し合いが始まるのを待っていた。

シーレンが妻を上階から引きずりおろしに行こうとしたとき、大広間が静まり返った。あまりの静けさに不安を覚え、彼はうなじがぞくりとした。

一同の目が大広間の入り口に向けられているのに気づくと、シーレンも皆の視線を追った。最初は、長く待たされたことに立腹していた。だがリオナの姿を見たとき、様子が違うことに戸惑った。

どこが違うのか、すぐにはわからなかった。妻が遅れていることばかりを気にしていたからだろう。しかし変わった部分に気づくと、彼はぽかんと口を開けた。そしてあわてて口を閉じ、急いでまわりを見回して誰にも見られていないことを確かめた。

それから妻に目を戻した。

リオナが器量よしだというのは、最初からわかっていた。目は琥珀色と金色のまじった珍しい色合いだ。髪も同じ。赤でも褐色でもなく、といってブロンドとも少し違う。日光のあたり具合によって、金色に見えたり黄褐色に見えたりするし、薄くも濃くもなる。日没時の空を思わせる、さまざまな色合いの魅惑的な混合だった。

美しいと言ってもいいだろう。いつも男の格好をして、顔や手を泥だらけにしているのでなければ。

しかし、いまは……。

信じられない。あの女には胸がある。どういうことだ？　シーレンは喉のつかえをのみこんだ。こんな反応を示してはいけない。なぜなら、彼はこの興味深い事実を昨夜発見しているはずだったのだ。花嫁をベッドに連れていったときに。

あんな女らしい豊かなものを、リオナはいったいどこに隠していたのだろう？

そして、なぜ？

リオナは美しいドレスに身を包んでいた。見覚えのあるものだ。シーレンはメイリンをちらりと見て、彼女のためにつくられたドレスであることを思い出した。メイリンが着たときも充分美しかったが、リオナが着るといちだんと華々しい。

リオナは……優美だった。いままで思いつきもしなかった表現だ。華奢で女らしい。髪は頭頂に結いあげられ、うなじにかかるおくれ毛は陽光のごとくきらめいている。

そしてまた、とても頼りなげだった。

小柄な女戦士が不安そうに目を曇らせているのを見て、シーレンは眉をあげた。不安な気持ちを他人に知られるくらいなら、リオナは自ら喉をかき切るだろうと思っていた。ところがシーレンは、丸一日もたたないあいだに二度も花嫁の目に不安と弱さを見た。おかげで彼は、ばかげたことをしたくなってしまった。

たとえば、ひと晩じゅう彼女の隣でただ横になることを。抱いたらもっと怖がらせるのではないかと心配だったからだ。

シーレンはふんと鼻を鳴らしそうになった。あらゆるばかげたことの中でも、それは最たるものだ。彼が突然忍耐強くなったと知ったら、家来は笑い転げるだろう。

だから彼は、いま妻が見せている女らしい胸のことなど、すでに承知しているというふりをした。

いやらしい目を向ける男たちを怖い顔でにらみつけてから、シーレンは妻が席につくのに手を貸そうと前に進み出た。リオナの腕を取ったときにもまだ顔をしかめていた。そのせいか、彼女も目を細め、唇を引き結んだ。

とてもきれいだ、この変身をおおいに歓迎している、と言ってやるつもりだった。ところが、実際に口から出たのはまったく違う言葉だった。

「どうしてきちんと肌を隠さない？　見苦しいぞ」

リオナが彼の手から腕を引き抜き、男の股間を縮みあがらせるような目でにらみつけてから、優雅に腰をおろした。おかげでシーレンは最悪の暴君になった気分だった。

家来たちはいまだに、生まれて初めて女を見たかのようにだらんと舌を出してリオナを見つめている。シーレンはいま一度彼らをにらみつけた。

「きれいよ、リオナ」メイリンがテーブルの向かい側から声をかけてきた。

シーレンは罪悪感に胸を貫かれた。妻の華やかな美しさを称賛するのは自分の役割だったはずだ。なのに無神経なことを言ってしまい、他人にあと始末をしてもらう羽目になった。それでも彼の口からは、過ちを正すための言葉が出てこなかった。

「これほど美しい花嫁は見たことがない」王も大きな笑顔を見せた。

シーレンは不機嫌に王を見やり、非難の表情を向けたユアンを無視した。

王が声をあげて笑い、食事を始めた。

「われらは正しいことをしたのだな、ユアン」手の甲で口をぬぐいながら、王は心をこめて言った。

この同盟がどうしても必要だったと確信できればいいのだが、とシーレンは思った。メイリンやイザベル、そしてダンカン・キャメロンのことでこれまでずっと頭を悩ませてきたユアンは、いままでになく安心したように見える。そしてアラリックは……満足げだ。アラリックは長いあいだ、難しい選択を強いられて苦しんでいた。愛する女を取るか、クランへの忠誠を取るかという選択だ。かつて間違った選択をしたシーレンは、そういうことに関して自分に意見を言う資格はないと思っていた。

周囲の誰もが幸せそうなのを見るかぎり、正しいことが行われなかったとは言いがたい。ただひとつ問題なのは、シーレンとリオナだけは少しも幸せそうではないことだ。

ユアンがシーレンをちらりと見てから、王に向き直った。「はい、よいことをしました」

「赤子が旅に耐えられるほど大きくなれば、おぬしはただちにニアヴ・アーリンに入って支配権を確立せよ。われらの最後のよりどころを確保するのは重要なことだ」

そして王はシーレンに顔を向けた。「冬の嵐が近づいているが、おぬしがマクドナルド城へ行くことも重要だ。同盟は結ばれた。しかし先の族長が騒ぎを起こさないとはかぎらない。マクドナルドの領民を支配下におさめ、マケイブとの同盟を守るのは、おぬしの務めであるぞ」

その言葉に侮辱を感じ取ったのか、リオナが顔をあげて王に鋭い視線を送った。シーレンはさっと手を伸ばしてリオナの手をつかみ、警告するように握った。

「わたしがマケイブであるのをお忘れですか？　わたしが自らの同胞や実の兄を裏切るとお考えでしょうか？」シーレン自身、怒りを抑えるのに必死だった。彼もリオナもクランのために大きな犠牲を払っている。無礼な言葉を見過ごしにはできない。「マクドナルド族長に道義心がないからといって、民にもそれがないということにはなりません」

リオナがわずかに緊張をゆるめ、怒らせていた肩の力を抜き椅子にもたれた。そして澄んだ金色の目をシーレンに向けた。彼はそこに、彼女のクランの弁護をしたことへの感謝を見て取った。そして不承不承の敬意を。

「侮辱するつもりではなかった」王が言った。「しかし、おぬしの仕事は容易ではないぞ。マクドナルドの者たちは、そうあっさりとはおぬしを族長として受け入れないであろう。警戒をゆるめるな。ダンカン・キャメロンはどんな手を使ってでも同盟の無力化を図る。あの腹黒い人間は排除せねばならん」

「弟はきっと、ありとあらゆる手段を用いてマクドナルドを強い軍勢に仕立てあげるでしょう」ユアンが言う。「マケイブが強くなったのもシーレンのおかげです。実を言えば、弟を失うのが残念でなりません。たとえ、それによって強力な味方ができるとしても」

「失うわけじゃないぞ、兄貴」シーレンは微笑んだ。「隣人同士になるんだからな」

それまで沈黙を守っていたアラリックが、眉間にしわを寄せて兄と弟を交互に見た。「しかし、今後はどうするつもりだ、兄貴？　同時に二カ所にはいられないだろう。ニアヴ・アーリンの防御は重要だし、メイリンとイザベルのことはなんとしてでも守らなくてはならない。だからといって、この城とこのクランを放っておくわけにはいかないぞ」

ユアンがにやりと笑って、王と意味ありげな視線を交わした。「そうだ、アラリック。おまえの言うとおりだ。いま、自分のものと呼べる土地や財産を持たないのはおまえひとりだ。だから、おれがニアヴ・アーリンに住むようになったら、おまえがマケイブ城を守るしかない」

アラリックが唖然となった。兄弟を見ながら首を横に振る。「よくわからないんだが」

「おれはもう族長ではいられない」ユアンがささやき、愛情たっぷりの目でメイリンを見た。「おまえにもわかるはずだ。イザベルがこの世に生まれ出たとき、おれの運命は、おれたちみんなの運命は変化した。娘のものである遺産を守るのがおれの務めだ。クランと妻子とに義務を振り分けて、両方に公平に接するのは無理だ。だからおまえが族長になる。この務めを託すのに、おまえ以上にふさわしい人間は考えられない」

アラリックが髪をかきむしり、信じられないという顔でユアンを見つめた。「なんと言っていいかわからないよ。族長は兄貴だ。父上が死んだときから。そう決まっていた。自分が跡を継ぐなんて、考えたこともなかった」

王が眉をあげた。「すぐには返答できないということか？」

「もちろん違います。クランの安全と将来を確かなものにするためなら、必要なことはなんでもやります」

「わたしと結婚すること以外はね」リオナがそっと言った。

そのつぶやきが耳に入って、シーレンは妻に鋭い一瞥をくれた。リオナがアラリックに好意を持っているという可能性は、少しも考えたことがなかった。ふたりはそれほど長い時間を一緒に過ごしてはいないはずだ。だが、女心を読み解ける人間がいるだろうか？

アラリックはシーレンほど冷たくない。それにシーレンには、自分が無慈悲な男だという自覚があった。冷酷ですらある。アラリックのほうが女と打ち解けやすい。女は彼に憧れ、彼のことを凜々しいと思う。

別のマケイブと結婚してしまったことを、リオナは悔やんでいるのか？　これまでシーレンはそんなふうに思ってはいなかったが、いまそう考えると不愉快だった。

「では決まりだ」王がゴブレットを置いた。「族長たちを集めた前で、ユアンがアラリックをマケイブの新しい族長に指名するのだ」

「兵士はどうするんだ？」アラリックがユアンに尋ねた。

シーレンは身を乗り出した。これについては自分も聞いておく必要がある。マケイブの軍勢は強力だが、それをふたつに分けねばならないのはあまり望ましいことではない。

ユアンが顔をしかめた。「メイリンとイザベルの安全のために、ある程度大きな兵力を連れていく。だがニアヴ・アーリンに着いて、そこに駐在している国王付きの軍隊に満足できたら、一部は送り返す」

次にシーレンのほうを向く。「コーマックはここに置いていこうと思っている。結婚したばかりだし、新妻を連れてマクドナルド領まで行くのは大変だ。おまえに兵力を分けてやることはできないが、マクドナルドの兵士を訓練するためにギャノンをついていかせようと思う」

シーレンは驚いて兄を見た。「しかしギャノンはいちばん古参で、兄貴が最も信頼している部下だぞ。忠実にメイリンとイザベルを守ってきた」

「だからこそ、おまえに付き添わせるんだ」ユアンが静かに言う。「おまえには味方が必要だ。疑いの余地なく信じられる者が」そして、すまなそうにリオナをちらりと見た。

リオナは平然としていた。その視線は男たちを越え、暖炉の上にかかるタペストリーに向かっている。表情は岩のように硬く、なんの感情も表れていない。目を見ても、なにを考えているのかわからなかった。

やがて、まわりに座る人間たちの存在に気づいたかのように、彼女は顔を戻した。女らしく優雅に息を吸っているが、男のようにふんと鼻を鳴らしたいのを必死で我慢していることが、なぜかシーレンにはわかった。

「あなた方がマクドナルドのような者たちと組むなんて驚きですこと。明らかに劣っていて信頼もできないわたしたちと、どうしてわざわざ同盟を結ばれるのかしら？」

シーレンは骨も砕かんばかりに強く彼女の手を握った。小鼻がふくらむ。王と兄に対してそんな口のきき方をしたことを叱ってやりたかったが、彼女のまなざしの中のなにかがそれを押しとどめた。怒りではない。さっき彼女は感情をまったく見せようとしなかったが、いまその目には苦痛が宿っている。

ところがそれは瞬時に消えた。見間違いだったのかとシーレンが思ったほどだ。

王が含み笑いをし、ユアンは渋い顔になった。

「こんなことを聞かされるのはいやな気分だっただろう、リオナ。申し訳ない。しかし、味方もつけずに弟を敵意ある環境に送りこみたくないんだ」

「あなたの家来がいなくても、わたしの夫ということで彼はちゃんと守られます」リオナが反論した。「それより、わたしを侮辱しないように気をつけられたほうがいいと思いますわ」

その脅し文句に、ユアンがむっとしたように目を細めた。シーレンはそのやり取りを面白く思った。

「そのくらいにしておけ、リオナ。おまえがおれの寝こみを襲って腹を裂くんじゃないかと兄貴が心配するぞ」彼はゆったりと言った。

そして身を寄せてリオナのうなじをつかみ、彼女がここに入ってきたときからずっとしたかったことを実行した。唇を彼女の唇に押しつけたのだ。甘い仕草や愛の言葉を伴う誘惑のキスではない。

沈黙を命じるキスだった。彼の権威に従わせ、彼女が誰のものであるかを知らしめるための。

短気な小娘がシーレンの唇に噛みついた。血の味がしたが、同時に妻の甘さが伝わってきた。シーレンは彼女が期待したように身を引くどころか、キスをさらに深め、彼女の舌に彼の血を味わわせた。離れようとするリオナを胸に抱き寄せると、豊かな乳房がボディスの下で張り詰めた。

やがてリオナが緊張を解き、抵抗をやめた。ようやくシーレンはゆっくりと体を離した。彼女の目を凝視したまま、手の甲で口をぬぐう。

「な、兄貴、こいつは完全に無害だ。扱い方さえ知っていれば」

リオナが勢いよく立ちあがった。その目は怒りにぎらついている。「この最低の恥知らず！」

身を翻して飛び出した彼女を、シーレンはにやりと笑いたいのをこらえて見送った。いつもなら男のように大股でつかつか歩いていくのに、いまのリオナは長い布地が足もとに引っかかって歩きづらそうだ。だが、そう思われていることを知ったら、彼女は屈辱を覚えるだろう。まるですねて不機嫌になった女みたいだ。

そう言ってやったら、リオナは怒り狂うだろう。

4

「まあ、リオナ、どこからそんなものが現れたの？」キーリーが叫んだ。

リオナはしかめ面で部屋の扉を閉め、キーリーがなんのことを言っているかを察してうつむいた。

「これは胸よ！」

「ええ、それは見ればわかるわ。わからないのは、どうやってひと晩でそんなに大きくなったのかということ」

リオナは一瞬キーリーを見つめたあと、声をあげて笑いだした。笑わなければ泣いてしまいそうだったし、泣くくらいなら自分の目玉をくり抜くほうがいいと思ったからだ。

ベッドまで来て自分の横に突っ伏したリオナを、キーリーはなんとも楽しそうな目で見つめた。

「あいつは……あいつは……」

「なに、リオナ？　あいつはなんなの？」

「あいつは鈍感よ！　偉ぶった、うどの大木みたいな……口先男！」

「侮辱という分野では、あなたの語彙は乏しいみたいね」キーリーがそっけなく言う。

「気を使ったのよ」リオナはささやいた。

「あなたが言っているのは、花婿さんのことよね？」

リオナはため息をついた。「わたしたちは絶対にうまくいかないわ、キーリー。あなたとアラリックは愛し合っているでしょう。ユアンとメイリンだって。なのにシーレンときたら」

キーリーの顔に悲しみと不安があふれた。「あなたは不幸になると思っているの？」

たちまちリオナは罪悪感にとらわれた。大怪我をして、いま回復の床にあるキーリーは、リオナが結婚するはずだった男と結婚した。だからきっと、リオナが不幸であることに心を痛めているのだろう。

「どのマケイブと結婚しても、どうせわたしはみじめになるのよ。だからアラリックと結婚したことを後ろめたく思わないで。少なくともわたしたちのうちひとりは幸せなんだし、あなたを心の底から愛してくれる人がいることを、とてもうれしく思っているわ」

「ゆうべはどうだった？」キーリーが慎重に切り出した。

リオナは目を細めた。「わからないわ。最後に覚えているのは、この部屋の窓際に立っていたことよ。気がついたら、下着姿でシーレンの隣に寝ていたの。覚えていないとしたら、そんなにひどくはなかったのよね？」

「着るものは身につけていたということ？」

「ええと、裸じゃなかったのかという質問なら、そのとおりよ」

キーリーがくすりと笑った。「なにも起こらなかったのよ、リオナ。彼は床入りを果たさなかった。あなたはそこの椅子で意識を失ったの。シーレンが入ってきて、あなたを抱きあげて運んでいったわ。きっとドレスを脱がせてベッドに寝かせたんでしょうね」

リオナは悲しげに息を吐いて肩を落とした。「実は、さっさとすませてくれていたらいいのにと思っていたの。でもやっぱり、またびくびくしなくちゃならないのね」

キーリーがリオナの手を軽く叩いた。「心配しすぎよ。最初はちょっと痛いけれど、すぐに気持ちよくなるわ」

リオナには信じられなかったが、反論はしなかった。

「で、教えてよ。どうして急にそんな大きな……胸ができたのか」

リオナはくるりと目玉を回した。「ずっと布で縛っていたの。成長するにつれて、胸だけがどんどん大きくなったのよ。こんなものが弾んでいたら邪魔になって、剣を振ったり攻撃をかわしたり敏捷に動いたりすることはできないでしょう。シーレンの言葉を借りるなら、見苦しいわ」

キーリーが息をのんだ。「彼がそんなふうに言ったの？」

「肌を隠せとか言って、〝見苦しい〟という言葉を使ったわ。わたしも同感だけど」

「あなたの言うとおりね。彼は鈍感だわ」

リオナはにやりと笑い、ふうっと息をついた。「こんなドレスを着ていたら、頭がおかしくなりそう。着替えて外の空気を吸いに行きたいわ。城の壁に囲まれていると窮屈で」

「あなたはいつも、外にいるほうがくつろげたものね」キーリーが微笑んだ。「じゃあ、行っていらっしゃい。シーレンに訊かれても、あなたに会ったことは黙っているわ」

リオナは身を乗り出してキーリーの頬にキスをした。さっき階下で聞いた、アラリックが新しく族長になるという話をしたくなったが、彼の楽しみを壊したくはない。新婚のふたりには幸せに過ごす時間が必要だ。彼らはこれまで大変な思いをしてきたのだから。

「またあとで会いに来るわ。いまは休んでいてね、わたしの心の姉妹」

キーリーがいたずらっぽい顔でリオナを見つめた。「次に来たときは、体の交わりについてわたしが学んだことを全部教えてあげる。ちょっと触れたり、口を独創的に使ったりするだけで、どんな荒くれ男も手なずけられるのよ」

リオナの顔が真っ赤になった。うなり声を出し、手で耳にふたをする。

キーリーが枕にもたれてにっこり笑った。「あなたがここにいてくれてうれしいわ、リオナ。会えなくて本当に寂しかったもの」

「わたしだって」

リオナは急ぎ足で廊下を駆けていった。部屋に入ると、フリルだらけの薄いドレスを脱ぎ捨てた。本当はベッドで丸くなって恥ずかしさを忘れたい。だがそんな情けないことは耐えられなかったので、怒りに身を任せるほうを選んだ。

マディのお節介を許したのが間違いだった。ドレスで身を飾り立てるのは、優雅な社交の作法を身につけた美しい女のすることだ。話し方や歩き方を知り、おとなしくうやうやしくふるまうすべを知っている女。リオナとは正反対だ。

これまで彼女がしたのは、恥をかくことだけ。そしてシーレンには、またしてもリオナを辱める機会を与えてしまった。

あんな男は大嫌いだ。

彼は自分を、兄が捨てた花嫁をわが身を犠牲にして拾ってやった崇高な人間だと思っている。生意気で高慢な大ばか者だ。

もしリオナに妹がいたら、そちらを嫁に行かせられたのに。そうしたら彼女は好きな格好をして、好きなようにふるまい、好きなときに剣を持てただろう。

気がつけばリオナは、裸のまま寒い中で立ち尽くしていた。みすぼらしいトルーズをはき、お気に入りのチュニックを頭からかぶる。ブーツは古く、かかとに穴が開いている。それでも足にぴったりだし、これを履いていればみじめな気持ちにならずにすむのだ。

少しだけ時間をかけて髪を編み、固定した。剣を鞘におさめると、ふたたび自分自身になれた満足感に浸った。

そして身を翻し、大股で部屋を出た。

シーレン・マケイブなど地獄へ行けばいい。みんなそうなればいいのだ。マクドナルドのクランはいちばん強くも、いちばん賢くもないし、ほかのクランのような戦闘の腕もないかもしれない。それでも彼女のクランなのだし、ほかの人間にばかにされたくはなかった。クランをおとしめることなら、父が充分してきた。あの独善的なろくでなしが。

男たちがまだ話し合いをつづけていることを願いながら、リオナは音もなく階段をおりた。いちばん下にたどり着くと首を傾け、大広間から何人もの話し声が響くのを聞いた。

それから声とは反対側に向かい、通用口から中庭に出た。

近隣のさまざまなクランの男たちが剣の稽古をしていた。彼らは冗談を言い、笑い合っている。リオナは汗のにおいを嗅ぎ、金属のぶつかる音に聞き入った。どれもなじみがあり、心地よいものだ。

だが彼女は集まった兵士たちに背を向け、木々のあいだを通って湖に向かった。

「リオナ!」

呼ばれてあわてて振り向くと、父が立っていた。顔をしかめ、胸の前で腕を組んでいる。彼は片方の手を抜き、手招きで娘を呼んだ。

彼女は無視しようかとも思ったが、いまはだめだと判断した。間もなく地位を追われるとはいえ、父はまだ族長の座にあるのだ。しかし、その後はリオナの夫がクランを率いることになる。自分はいったいどちらの男をより恐れているのだろう。

リオナは歯を食いしばって父のほうに向かい、少し離れたところで立ち止まった。「なに、お父様?」

「おまえに話がある。シーレン・マケイブにマクドナルドのクランを乗っ取らせるわけにはいかない」

「そのことについては、どうしようもないでしょう」リオナは慎重に答えた。「マケイブと同盟を結ぶか、単独でダンカン・キャメロンと対決するか、ふたつにひとつよ」

「いや、ほかにも手はある」

リオナは眉をあげた。「いまさらそんなことを言い出しても手遅れだとは思わないの？わたしがシーレン・マケイブと結婚する前に、その解決策を持ち出すことはできなかったの？」

「その口を閉じろ。さもないとわしが閉じさせてやる」父は怒鳴った。「わしはまだ族長だ。不遜な態度は許さんぞ」

長年のあいだにまったく尊敬できなくなってしまった男を、リオナは反抗的な目でにらみつけた。グレガー・マクドナルドは情けない男のくずだ。たとえ彼女の族長であり——父親であるとしても。自分の生まれを変えることはできない。変えられたらよかったのに。

「教えて、お父様。わたしたちをマケイブとダンカン・キャメロンの両方から救うために、どんな計画を考え出したの？」

すると父が微笑み、リオナはぶるっと身震いした。「敵を打ち負かせないなら、味方になることを考えるべきだ。キャメロンに取引を持ちかけようと思っている。やつがわしをクランの族長の座にとどまらせ、わしはやつの計画に手を貸す」

リオナの顔から血の気が引いた。「それは反逆よ！」

「黙れ！」父は声を落とした。「ほかの者に聞かれるぞ」

「お父様は愚か者よ。わたしはすでに結婚したの。もうなにもできないわ。ダンカン・キャメロンは道義心のかけらもない男よ。あんな男と手を組むなんて、まさか本気じゃないでしょう」

父がリオナの顔を平手打ちした。彼女は驚いて口をつぐみ、頬に手をあててよろよろとあとずさった。

それから姿勢を立て直した。激しい怒りで、全身が爆発しそうだ。

リオナは剣を抜いて飛びかかり、切っ先を父の喉に押しつけた。父は目をむき、額に汗をにじませて娘を見返した。

「二度とわたしにさわらないで」リオナは歯ぎしりして言った。「今度わたしに手をあげたら、心臓をえぐり出して鷹の餌にしてやるから」

父がゆっくりと手をあげた。指は枯れ葉のように頼りなく震えている。「早まるな、リオナ。自分がなにを言っているか、よく考えろ」

「本心よ」自分のものとも思えない、ざらざらした声だった。「わたしたちのクランの名誉を汚さないで。わたしを泥沼に引っ張りこむのはやめて。キャメロンなんかと手は組まない。マケイブとの同盟には背かないわ」

リオナは一歩さがって剣をおろした。

「わたしの目の前から消えてちょうだい。胸が悪くなるわ」

父が嫌悪に唇をゆがめた。「おまえにはいつもがっかりだ、リオナ。男のふりをしているが、おまえは男でも女でもない」

「地獄に落ちなさい」彼女はささやいた。

父は背を向け、大股で歩き去った。あとに残されたリオナは、ただ寒さに震えていた。

それからゆっくりと振り向いて湖に向かい、水辺に近づいていった。今日の水は暗くて不吉だ。風が水面に吹きつけ、波が岸に打ち寄せている。

顔がずきずき痛んだ。父にぶたれたのは初めてだ。これまでずっと父を恐れていたけれど、それはまったく別の理由からだった。実際、彼女は可能なかぎり父を避けていたし、父のほうもリオナが成長して貴重な手駒となるまでは娘を無視していた。

どこを見るともなく、リオナは湖に目をやった。このもつれた事態が始まって以来初めて、絶望の波に襲われ、肩に重くのしかかってきた。

自分は妻という立場についてなにを知っているだろう？

うつむいていま着ている服を見おろすと、屈辱で顔が引きつり、胸が苦しくなった。シーレン・マケイブは、どんな人間もできなかったことをした。彼女に、自分という人間を恥ずかしく思わせたのだ。そのことを考えると、リオナは怒りを覚えた。

両手をこすり合わせてチュニックの下に入れる。うっかりして手袋をはめるのを忘れていた。城の壁に押しつぶされそうな気がして、急いで出てきたからだ。

だが、冷たい風も、身を切るような冷気も、リオナを屋内に連れ戻すことはできなかった。湖にかかる霧のように冷たい男との将来が待つ城には。

「リオナ、こんな寒い中にいてはだめだ」

夫のそっけない叱責の言葉が聞こえてリオナは身をこわばらせたが、振り返りはしなかった。

「風邪をひくぞ」

シーレンがリオナの横に立ち、彼女の視線を追って湖を眺めた。

「謝りに来たの？」リオナは横目でちらりと夫を見た。

彼は驚いたように眉をあげてリオナに目を向けた。「なにを謝るんだ？」

「訊かないとわからないのなら、どうせ心からの謝罪はできないということね」

シーレンが鼻を鳴らした。「きみにキスしたことを謝るつもりはない」

リオナは赤面した。「キスのことを言ったわけじゃないわ。だけど、ほかの人の前であんなにぶしつけなことをする権利はないでしょう」

「きみはおれの妻だ。おれは自分の好きなようにする」彼がゆったりと言う。

「あなたはわたしに恥をかかせたわ」リオナの声はこわばっていた。「今朝は一度ならず、二度までも」

「きみが自分で恥をかいたんだ、リオナ。きみには自制心が欠けている。衝動を抑えられないんだろう」

リオナはこぶしを握りしめ、ぱっとシーレンのほうに向き直った。ああ、この男を殴ってやりたい。だが反動ではね返されるだけだろうし、手の骨を折ってしまうかもしれない。

ひとこと文句を言ってやろうと口を開けたが、彼の表情を見て思いとどまった。

シーレンの顔には殺意があふれていた。

目を細め、顎をぴくぴく震わせている。

耳をつんざくような声で彼が怒鳴った。「誰に殴られた？」

リオナは思わず頬に手をやってあとずさった。だがシーレンは承知しなかった。前進して、彼女の手をつかんでおろさせると、あいているほうの手で痛む場所に触れた。

「誰がきみに手をあげたんだ？」

リオナは唾をのみ、視線を落とした。「たいしたことじゃないわ」

「ばかを言うな。教えろ。そいつを殺してやる」

やっとの思いで目をあげたリオナは、シーレンの瞳が怒りに燃えているのを見て戸惑いを覚えた。彼は激怒している。

「きみの父親か？」

リオナがびっくりして口を開けると、彼は唇を引き結んだ。

「今度こそ殺してやる」シーレンがつぶやく。

「やめて！　父は怒りをぶつける値打ちもない人間よ。二度とわたしには手を触れないわ」

「当然だ」

「わたしが自分で解決したの。あなたに守ってもらう必要はないのよ」

シーレンは両手で彼女の肩をぎゅっと握った。「おれのものは誰にも触れさせないし、誰にも傷つけさせない。きみは、おれに守ってもらわなくてもいいと思っているかもしれないが、おれは守る。きみは自分の好きに行動することに慣れているんだろう、リオナ。しかし、いまは違う。きみとおれはクランに対して責任があるんだ」

「責任ね。で、わたしの責任はなんなの、あなた？　これまでのところ、わたしに対するあなたの望みは、女らしい格好をして女らしくふるまうことと、決してあなたにさからわないことと、ほかの人たちの前で愚かなふりをすることだけだったわ」

シーレンが目を細めた。「きみの責任とは、なによりもまず、おれに忠実であることだ。きみとおれの両方のクランにとって誇れる人間となり、おれの世継ぎを産む。それさえしてくれれば、おれたちはうまくやっていける」

「あなたは、わたしに違う人間になることを求めているわ」いまにも泣きそうな声でリオナは言葉を絞り出した。「わたしが決してなれない人間に」

「意地の張り合いはやめよう。つらいだけだぞ」

「どうしてそうなるの？　なぜ、このままのわたしを受け入れてくれないの？　どういうわけで、あなたはそのままで、わたしだけが変わらなくてはならないの？」

シーレンが鼻孔をふくらませ、彼女の肩から手を離した。少しのあいだ顔を背け、足を開いて立ったまま湖を見つめる。振り返ってリオナを見たとき、その目には怒りと苛立ちがあふれていた。

「おれがなにも変わらないと思っているのか？　おれは結婚したんだぞ、リオナ。妻を持つ気なんてなかった。心の準備はできていなかったし、こんなに早く身を固めるつもりもなかった。おれは戦士だ。戦うのが仕事で、クランを守るのが役目だ。ところがいま、おれは自分のクランを離れ、別のクランの面倒を見なくてはならない。会ったこともない人間を率いるんだ。おれが彼らを信頼しないのと同じように、向こうもおれを信じないだろう。しかも、ダンカン・キャメロンは兄貴の死を願い、メイリンを自分のものにしたがっている。イザベルは母親の子宮に宿った瞬間から命の危険にさらされているんだ。

キャメロンはアラリックを殺そうとした。このクランの中に裏切り者を送りこんだ。おれはここにいなくちゃならないんだ。家族を守れるところに。別のクランの族長になどなりたくないし、おれを族長にしたくない連中を率いたいとも思わない」

「わたしが決めたことじゃないわ」リオナは激しい口調になった。

「ああ、わかっているさ。だが、そんなことはどうでもいい。おれたちはふたりとも、義務に縛りつけられている。ほかにどうしようもないんだ」

リオナは目を閉じて顔を横に向けた。ふたりは隣り合わせに立ちながら、それぞれ別の方向に目を凝らしていた。

「どうして引き受けたの、シーレン？　本当の理由はなに？　あのとき黙っていることもできたはずよ。そんなにいやなら、なぜ自分が結婚すると申し出たの？」

シーレンはしばらく返事をしなかったが、ようやく質問に答えた。

「兄貴が別の女を愛しながらきみと結婚するのを見るのは、我慢できなかった」

リオナの胸はまたしても失望の痛みに締めつけられた。

「いつか、違う答えが聞けることを願っているわ」静かにそう言うと、彼女はきびすを返し、城に向かって歩いていった。

5

シーレンが階段をのぼって部屋に向かったのは、かなり遅くなってからだった。深夜まで兄弟で話し合いをしていた。明日になれば彼は新妻を伴って、族長となるために旅立つのだ。

予想はしていたが、グレガー・マクドナルドは姿を消していた。そして十人余りの優秀な兵士が彼とともに出発していた——シーレンが失うわけにはいかないマクドナルドの兵士たちが。

元族長が、臆病な負け犬よろしくこそこそ逃げていった。娘に別れの挨拶すらせずに。とはいえシーレンとしても、彼を二度とリオナに近づけたくなかったのだが。

これはマクドナルドのクランにとっていいことなのだ。問題は、領民がその事実を認め、シーレンを新しい族長として認めるかどうかだった。もちろん無理だろう。中には認める者もいるかもしれない。だがシーレン自身、見ず知らずの他人が突然新しい族長として現れたとしたらどう感じるかは、充分想像できた。

自分が族長を務めることになろうとは夢にも思っていなかった。常にそれはユアンの、そして彼の世継ぎの役目だった。三男としてのシーレンの仕事は、族長を支えること。ユアンとその妻子に絶対的な忠誠を示し、自らの命を捧げることだった。

いま目の前に待ち受けているのは、非常に困難な課題だ。自分にそれを引き受けるだけの力があるかどうか、シーレンにはわからなかった。新しいクランのみならず、兄や国王を失望させてしまったらどうすればいい？　もちろん新妻のことも。

しかし、心をさいなむ不安を他人に対して認めるつもりはなかった。マクドナルドを率いるのに自分が最適だという自信はないが、それを知られたくはない。弱さを見せれば、シーレンが指導者の器ではないと明白に示すこととなる。それなら死んだほうがましだ。

そう、強くあらねばならない。最初から甘さは見せず、厳しく臨む。領民の尊敬を勝ち取ることが絶対に必要だ。彼らをマケイブの戦士並みに強い軍勢に鍛えあげるためには、やるべき課題が山積している。

シーレンが驚いたことに、扉を開けると、中にリオナがいた。暖炉のそばに座り、おろした髪が腰まで流れ落ちている。その長い髪は炎を反射して、金糸さながらに輝いていた。てっきりリオナは自分の部屋に引きこもって、なんとしてでも彼を避けようとするだろうと予想していたのだが。

初め、彼女はシーレンが入ってきたことに気づかなかったようだ。その機を利用して、彼はリオナのすらりとした体をじっくり見た。ばかばかしくも、彼女はまた胸を縛りつけていた。布は驚くほど巧みにふくよかな曲線を隠している。あんな美しいものを隠すのは罪だ。

彼の視線を感じたかのように、リオナがゆっくりと振り向いた。肩にかかっていた髪がさらりと流れる。

「寝ていないとだめじゃないか」シーレンはぶっきらぼうに言った。「もう遅い。明日は朝のうちに出発するんだ」

「そんなに早く？」

「そうだ。急がないとな」

「雪が降っているわ。嵐が近づいているのよ」

シーレンはうなずき、ベッドの端に腰かけた。ブーツを脱いで横に放る。「たぶん雪は夜じゅう降っているだろう。ゆっくりとしか進めそうにない。だが天候がよくなるのを待っていたら、春までここにいることになる」

リオナが黙りこんだ。目には困惑の色が浮かんでいる。唇をきゅっと引き結び、言いたいことを口にしようかどうか迷っているように見えた。

シーレンは待った。なるべくなら喧嘩は避けたい。口を開けば下手なことを言ってしまいそうだった。

「今夜、すませてしまうつもり？」

彼は眉根を寄せて妻を見返した。「すませるって、なにをだ？」

リオナが手ぶりでベッドを示した。その頬が濃い薔薇色に染まる様子にシーレンは思わず見とれた。だが彼女の真意に気づくと、ためらっている彼女を守ってやりたくてたまらなくなった。

「こっちに来い、リオナ」

シーレンは一瞬、彼女が応じないのではないかと考えた。だがリオナはため息をつくと、暖炉の前から優雅に立ちあがり、彼のもとにやってきた。垂らした髪が火をつけたたいまつのように輝いている。

リオナが近くまで来ると、彼は自分の開いた両脚のあいだに彼女を引き寄せ、手に手を重ねた。

「きみには明日馬に乗ってもらわなければならない。だから今夜は、乗るのがつらくなるようなことはしない」

頬の赤みがますます濃くなり、リオナはうつむいた。

シーレンは彼女の手をぎゅっと握って、自分のほうを向かせた。「だが、いざ床入りするとなったら、きみはなにも怖がらなくていい。きみが怯えたり傷ついたりするようなことは、なにもしない」

リオナは納得したようには見えなかった。神経質に舌で下唇を湿らせている。濡れた唇が暖炉の火明かりに照らされて光っていた。

妻からの無意識の誘いに抵抗できず、シーレンは彼女の手を引っ張って自分の腿の上に座らせた。自分でも思いも寄らなかったほどやさしく優雅に彼女の頬を撫で、耳の後ろの豊かな髪に指を差しこんだ。

暖炉のそばで長時間座っていたせいでリオナは温かく、まさに日光を撫でているように感じられた。しなやかな絹のような髪が彼の指のあいだでこぼれ、流れていく。いままでこれほどきめ細かなものに触れたことはなかった。シーレンはその感覚に魅了され、彼女をさらに抱き寄せた。ふたりの口が接する寸前まで。

「キスしてくれ」自分のものとも思えない声で言う。

そう命じられてリオナが戸惑いを見せた。彼の膝の上で身を硬くする様子は、まるで石柱だ。顔をあげてシーレンを見つめ、彼の唇に目をやり、またしても自分の唇を湿らせた。

ああ、やめてくれ。

シーレンの股間も彼女の体に劣らずがちがちに硬くなっていた。リオナを怖がらせないように姿勢を変えたが、体を動かすたびに、美しく情熱的な女をこの腕に抱いているという事実がますます強く意識される。なのに、今夜は床入りしないと宣言してしまった。

ばかだった。

リオナが痛がらないよう、彼と同じ馬に乗せることもできるはずなのに。

いや、それもだめだ。そんなことをしたら、彼のほうが道中ずっと拷問のような思いをしなくてはならなくなる。

シーレンはため息をついた。しかたない。今夜ひと晩、つらい思いに耐えるとしよう。リオナと交わりはしない。といっても、彼女自身の部屋で寝かせるつもりもない。兄たちは一夜たりとも妻と離れて過ごしたことがないのだ。シーレンの能力が劣っていると彼らに思われたくはなかった。

リオナが遠慮がちに、唇を彼の口に押しあてた。ほんの少しだけなのに、まるで稲妻のごとく感じられた。熱い。あたかも火の中に足を突っこんだかのように、シーレンは爪先までじんじんしびれた。

彼女を組み敷いて気を失うまで激しくキスしたい。そうしないためには、自制心を総動員しなければならなかった。リオナを怖がらせたくないという思いに突き動かされて、シーレンは死にもの狂いで自分を抑えた。ばかな決断をくだしてしまったものだ。

すぐにリオナが体を引いた。目を見開き、柔らかい頬を薄紅色に染めている。それから片方の手を彼の胸に置き、肩のほうへ滑らせた。そのあいだじゅうずっと、触れたら噛みつかれるのではないかと警戒するような目で彼を見つめていた。シーレンのほうは、触れてくれと懇願したいくらいだったのに。

彼女がシーレンの首のあたりに指を漂わせる。そしておずおずと、ふたたび唇を重ねた。今度はそこにとどまったまま、ためらいがちに彼の口を探索する。舌を用いて。ああ、なんということだ。シーレンはもう死んでしまいそうだった。

リオナが彼と熱く口を絡め合わせたまま、もどかしげに体を揺らして彼に密着した。にわかにシーレンの全身を欲望が貫く。だが彼はそれを押しとどめた。せっかく彼女がやさしさを捧げてくれているのだから、台なしにはしたくない。戦士の格好をして男のようにふるまおうとしてはいても、やはりリオナは無垢な乙女だ。可能なかぎりやさしく愛してやらねばならない。とはいえ、こんな彼女の誘惑に最後まで耐えられたら、シーレンは聖人にもなれるだろう。

「不愉快じゃないわね、このキスというのは」唇を離してリオナがささやいた。

「ああ、ちっとも。不愉快だなんて、誰に言われたんだ？」

リオナがためらい、顔を離した。わずかに緊張した目で彼を見つめ返す。「誰にも言われてはいないわ。いままでキスをしたことがなかったのよ。実は、なにも知らないの」

シーレンはうなり声をあげそうになった。リオナがキスした相手が自分ひとりだというのはうれしかった——彼女が真実を語っているとすればだが。しかし、無垢は装えるものではない。だいたい、そんな嘘をついてリオナになんの得がある？　だめだ。彼は過去に女にだまされたことで、現在までも偏見に満ちた目で見ようとしている。そんな態度は花嫁に対して公平ではない。

彼女がキスについてなにも知らないという事実に、シーレンはあきれて鼻を鳴らしそうになった。この女は生まれつきの妖婦だ。リオナのキスには、女狐の大胆さと乙女のかわいらしさがまじっている。それがさまざまな相矛盾する反応を引き起こして、彼は言葉を失い、酔っ払ったように頭が働かなくなった。

「きみの言うとおり、不愉快なものじゃない。もう少しおれを相手に練習してもいいぞ」

リオナが体を震わせて神経質に笑った。その声は銀の鈴の音のように、彼の耳に軽やかに響いた。

「正しく行えば、キスはすばらしいものになる」ただキスをするといった気持ちのよいことを、シーレンが心から楽しんだのはいつ以来だろう。

「正しく？」

「そうだ」

「教えて」

彼はにやりとしてリオナの顔を引き寄せた。それから彼女の首筋の脈打つところに唇を押しつけた。リオナがびくりとしたあと、あえぐように息を吐き、彼にぐったりと寄りかかる。シーレンは彼女の耳もとまで甘噛みしていき、彼女がおいしいごちそうであるかのように耳たぶをなめた。

リオナの指が彼の腕に食いこむ。そのままシーレンの膝の上で体の向きを変えると、縛った胸が彼の胸板にぴたりとくっついた。その布の下になにがあるかを知っているいま、シーレンは苦しみにあえいだ。

「ええ、本当ね、キスはすてきだわ」

ひと晩じゅうベッドでリオナの隣に横たわるだけでは、とうてい満足できない。彼女を傷つけはしない、明日の旅をつらいものにはしないと約束したが、彼女のシルクのような肌を味わえないわけではない。

シーレンはリオナのドレスの袖を引っ張って肩を露出させた。たちまちリオナが身をこわばらせ、彼の胸から離れた。抗議するかのように唇を尖らせている。口を開けてなにか言いかけたがまた閉じ、黙って彼を見つめた。

「きみを見たいんだ。そのあと、キスがこれだけじゃないことを教えてやる。キスが悦びをもたらす場所は、ほかにももっとある」

「まあ」

リオナは興奮で息を切らしていた。瞳が輝き、喉や頬に赤みがさす。

「わたしはどうすればいいの？」

シーレンは微笑んだ。「なにもしなくていい。必要なことはおれがする。きみはただ横になって、楽しんでくれ」

# 6

シーレンのかすれた甘い声に、リオナの体は思わず反応した。肌がぴりぴりとして、体の奥から女らしい欲求がわきあがってくる。すると彼がリオナを抱いたまま立ちあがり、彼女をおろして自分から離した。

彼の手の感触が消えた寂しさをリオナが感じる間もなく、シーレンがドレスをゆっくりとめくりあげ始めた。足首につづいて膝があらわになる。

あまりにも罪深く大胆な行為だ。なのにそれが心地よくて、リオナは戸惑いを覚えた。いままで誰かにみだらと言われたことなどあっただろうか？　男の目を引く女だなどと？

ドレスの裾が徐々にあがっていく。はしたない思いにぞくぞくして、リオナの肌が粟立った。この感触も心地よい。だがドレスを頭から脱がされると、彼女はうろたえてしまった。

いまやリオナは下着姿だ。彼の探るような視線をさえぎるものなど、ないに等しい。全身がかっと熱くなり、上気した顔がこわばった。こちらを見つめるシーレンは、彼女を食べ尽くしたいと言わんばかりの目をしていた。まるで獲物に襲いかかろうとしている野獣だ。怖がって当然なのに、リオナが実際に感じていたのは……期待だった。

「きみをじっくり観賞しながら、ゆっくり進めるべきなんだろう。だがおれは短気な男だ。興奮して、これ以上耐えられない。どうしてもきみを見たいんだ。きみに触れたくて手が震えている」

リオナは気絶するような女ではない。生まれてから一度も気を失ったことはなかった。なのにいまは膝が震え、頭がぼうっとして倒れてしまいそうだった。

なにがなんだかわからない。目覚めたくないすてきな夢の中を漂っている気分だ。だがこれほど官能的な夢は見た覚えがないし、目の前に立つ大柄な戦士など登場したことはなかった。彼はリオナを求めて打ち震え、まるで世界でただひとりの女であるかのように彼女を見つめている。

いままでとは打って変わったあわただしい手つきで、シーレンが彼女の下着をはぎ取った。いまやリオナが身につけているのは、胸を縛っている布だけだ。まったく寒くはなかったが、彼女は身を震わせた。

シーレンがしばらく布を巻いた胸を眺めたあと、目をあげた。「そんなに女らしく美しいものを隠すとは笑止千万だな。恥じているのか？」

屈辱でリオナの顔が引きつった。「いいえ。あの、そうね。そうかもしれない。これがあると不便なの」彼女はようやく答えた。「邪魔になって」

シーレンが面白そうに、かすれた声で低く笑った。「絶対に隠すなと言いたいが、おれ以外の人間には見せるなと命じたくもあるな」

「あなたは……これが好きなの？」

「もちろんだとも。男はそういうものが好きなのさ。しかしおれとしては、この布を取ってくれたほうがもっと好きだな」

彼はリオナに後ろを向かせ、そっと結び目を解いた。布の端を持って彼女の前に行き、背中に手を回してほどき始める。ついにいましめが解かれると、乳房が前に突き出した。

シーレンはしげしげと見つめたが、その視線は乳房だけにとどまってはいなかった。彼はすっかり裸になったリオナの体を、じっくり時間をかけて上から下まで眺めた。それから彼女の目を見つめ、荒い息を吐いた。

「きみはすばらしい」

手のひらを彼女の体に滑らせ、うやうやしく肌を撫でる。リオナの乳房が重く張り詰めた。胸の先がふくれて硬く尖り、彼の手に触れられるのを待つ。

シーレンの指が胸の頂をかすめたとき、リオナは息をのんだ。えも言われぬ快感が下半身に走る。子宮がきゅっと締まり、秘めた部分が濡れた。そこは大きく……熱くなっている。彼が頭をおろして硬い頂を口に含むと、リオナはまっすぐ立っていられなくなった。息が荒くなり、膝が折れた。

シーレンがうなり声をあげてリオナを抱き留め、ベッドに向かった。しっかり彼女を抱きしめたまま倒れこみ、リオナの背中が藁《わら》のマットレスにつくやいなや覆いかぶさってきた。

リオナの唇を奪い、彼女の息が苦しくなるまで貪る。ようやく唇が離れると、ふたりは空気を求めてあえいだ。リオナが正気を取り戻す暇もなく、シーレンは彼女の顎から胸、さらに下へとキスを浴びせていく。そして胸の頂に到達して強く吸った。

彼に口で引っ張られるたびに、リオナはうめいた。興奮の波が次から次へと容赦なく打ち寄せる。シーレンは胸の先に片方ずつ、円を描くように舌を這わせている。なめられ、もてあそばれて、リオナはもどかしさに身をくねらせた。

シーレンはまるで飢えているようだ。それでいて、とてつもなくやさしくなるときもあり、そうかと思えば荒っぽくなることもある。リオナは戸惑うばかりだった。

もっと欲しい。もっとなにかしてほしい。でも、自分の求めているのがなんなのか、よくわからない。

シーレンが胸のまわりに舌を走らせたあと、先端のすぐ下まで戻ってきた。それから歯を立ててふたたび胸の頂を吸う。リオナは叫び声をあげ、彼の広い肩に爪を立てた。

「シーレン、お願い！　許して」

彼が顔をあげた。目には暖炉で踊る炎が映っている。「許せって？　まさか。本当は許してほしくないはずだ。もっとして、と懇願するようになるさ。そうさせてみせる」

胸の谷間にキスをして、彼女の肌に向かってそっとささやきかける。「きみは美しい、リオナ。神から与えられたものを否定するな。きみは祝福されているんだ」

彼の言葉が心にしみ入り、リオナは求めていたことすら知らなかった慰めを感じた。あれほど無骨で頑固な男性が、どうして詩人のように言葉を紡ぐことができるのだろう？　シーレンは性格も言葉も厳しい人だ。ためらいなくリオナを批判する。彼女の気持ちを思いやったことなどなかった。ところがいまは恋人に愛をささやく男のように、やさしく彼女を口説いている。

シーレンがキスをしながら、大きな体を下に動かしていった。リオナのへそのくぼみに舌を差し入れ、敏感な肌に歯を立てる。

リオナの肌がさらに粟立った。彼はその大胆さで彼女をおののかせながら、なおも下に向かった。

彼女の腿を広げさせ、頭が彼女の腰の部分にくるように移動する。彼が顔をおろしたとき、リオナは目を見開いた。まさか。そんなことをするはずがない。

いや、彼はそうした。

うずいている中心のまわりに指を滑らせ、痛いほどにふくれたひだをかき分ける。濡れた部分に彼が唇をあてたとき、リオナはあまりにも困惑していて、抗議の声をあげることもできなかった。

どうしようもなく体が震えた。腿が、膝が、下腹部が震える。乳房は張り詰めてつんと上を向き、身をよじりたくてたまらない。

そのときシーレンが彼女のそこをなめた。

彼はゆっくりと罪深く舌を走らせた。入り口から、中心にある最も感じやすいところまでをなめあげ、舌で円を描く。

小さな花芽にキスをすると、そっと吸いこむ。リオナはなにがなんだかわからなくなり、すすり泣くばかりだった。

そう、彼がキスについて言ったことは真実だった。

リオナの中で切迫感が募っていった。体がどんどんこわばっていく。花開いた痛いほどの快感が乳房から子宮を貫き、彼が容赦なくもてあそんでいる脈打つ部分へと収束する。

体が粉々に砕け散ってしまいそうだ。ところが、もうだめだと思うたびに圧迫感と言葉にならない快感が増し、リオナはさらなる狂気へと追いやられるのだった。

「シーレン！　お願い、どうしていいかわからない」

彼がもう一度リオナの中心にキスをして顔をあげた。その目は凶暴な光を帯びている。

「力を抜け。避けられないものに抵抗しても無駄だ。おれはきみを傷つけないと誓う。きっといい気分になる。力を抜いて、おれにきみを愛させてくれ」

シーレンの言葉になだめられ、リオナはこわばった筋肉と張り詰めた緊張をゆるめた。彼がふたたび唇をつけると、彼女は身を震わせて目を閉じ、またしても募り始めた快感に身をゆだねた。

「きみはハチミツみたいな味がする。これほど甘いものは味わったことがない。欲望で頭が変になってしまいそうだ。きみはすばらしい女なんだ、リオナ。それを隠したり恥じたりするんじゃない」

リオナの目に涙があふれた。全身が小刻みに震えたのは、襲いくる快感だけでなく、胸にあふれる感情ゆえでもあった。彼が解き放った感情。

今夜、彼女は自分が女だと実感できた。自分は美しいと、求められているのだと信じられた。まさに花嫁のように。劣った代用品だと思うのではなく、結婚式の日に花嫁が感じてしかるべきことを感じられたのだ。

シーレンの舌が彼女の入り口で円を描き、中に滑りこんだ。あまりに凄烈な快感に、リオナはびくりとした。弓なりに背を反らし、そこでようやく、体の奥からわきあがってきた激しい圧迫感からわが身を解き放った。

生まれて初めて味わったわけのわからない感覚、どうしようもなくすばらしい感覚だった。彼女は空高く飛翔した。そしてふわりと漂いながら、ゆっくりと地上に戻ってきた。

リオナは目を閉じてベッドに沈みこんだ。すっかり消耗してぐったりとなり、指一本動かせそうにない。

余韻で体が細かく震え、血が小さな音をたてて流れるのがわかった。脚のあいだはまだどくどくと脈打ち、かすかにうずいている。彼の口で熱心に愛された名残だ。

こんなことが行われるとは、想像もしていなかった。正常な行為だとは思えない。ほかの女たちがこんな話をしていたのを聞いたことはなかった。シーレンはただキスをするだけでなく、彼女をなめ、吸ったのだ。

夫が妻に対して行うのに、これ以上親密な行為はないだろう。満足感で全身が熱くなり、リオナはにっこり微笑んだ。いまこの瞬間、彼女は驚くほど幸せだった。明日なにが起ころうとも、今夜のことはいつまでも覚えておこう。

シーレンがベッドを離れるのがわかったが、なにをしているのか見ようと目を開けるだけの気力もなかった。彼はすぐに戻ってきて彼女に毛布をかけ、隣に潜りこんだ。まだ小刻みに震えているリオナの体に熱い体が押しつけられる。

こんなことは初めての経験だったので、リオナはどうしていいのかわからなかった。彼女の父と母は決して同じ部屋では寝なかった。ましてや同じベッドで眠ったことなどない。けれども、メイリンやキーリーが毎晩夫と一緒に眠っているのは知っていた。ユアンやアラリックはそうでなければ許さないだろうし、彼女たちもひとりで寝るのを望んではいないようだ。もしかすると、これはマケイブの流儀かもしれない。自分の女に対する独占欲があまりにも強くて、目を離したくないのだろう。あるいは、女を保護したい気持ちのためなのか。気にするのはやめようとリオナは心を決めた。最悪の場合、なにが起こるだろうか。シーレンに怒られる？　いや、非難ならこの数日で何度もされているではないか。

リオナはくるりと振り返り、彼にすり寄った。シーレンの体がこわばったので、一瞬、間違ったことをしたのかと心配になった。だが彼は徐々に緊張をやわらげ、腕をリオナの腰に回してきた。彼女を引き寄せ、鼻を彼の喉のくぼみに押しつける。

「シーレン？」

「なんだ？」

「あなたの言うとおりだった」

「なにがだ？」

「キス。最高にすばらしかったわ」

シーレンが微笑むのがリオナにも感じられた。

「それから、もうひとつのことも正しかったわ。ほかにも……たくさん……キスが悦びをもたらす場所があるのね」

今度は、リオナの頭上で彼がくっくっと笑う声がした。「眠れ、リオナ。明日は早く起きるぞ。困難な旅が待っている」

リオナはため息をついて目を閉じた。眠りに落ちる直前に頭をよぎったのは、結局のところ床入りというのはそれほど悪くないようだ、という思いだった。

# 7

シーレンは不機嫌だった。ゆうべは一睡もしていない。絡みついたリオナの裸体という拷問にはどうにも耐えられず、彼はついに眠るのをあきらめた。

股間はかちかちだ。ベッドから抜け出してこっそり自らを慰めたあとも、まだそこは痛いほど硬いままだった。

彼女の味がまだ舌に残っていた。香りはまだ鼻腔を満たしているし、豊満な胸をした引きしまった体は、まだ脳裏に焼きついている。目を閉じても開けても、彼の口に愛撫されて身をくねらせていたリオナの姿が頭から消せなかった。

「ちくしょう」シーレンはつぶやいた。

女への欲望のおかげで、彼は――そして彼のクランは――すでに一生分の面倒をかかえこんでいるというのに。

マクドナルド城に着いたらすぐにリオナを抱き、そのあとは距離を置こう。一度は愛を交わさなくては気がすまない。あまりにも長いあいだ、シーレンは女気なしで過ごしてきた。なるほど、それが悪かったのだ。ひとたび欲望を解放させたら正気を取り戻し、下半身に支配されることなく頭を働かせられるようになるだろう。

ほかの人間がまだしばらく起きてこないのはわかっていたので、階段をおりて中庭に出た。

雪が吹きだまりをつくり、普段の通り道を妨害している。深く積もった新雪を見渡して、シーレンは悪態をついた。

せめてもの救いは、雪がやんで空が晴れていることだ。頭上では月と無数の星が輝き、まるで昼間のように雪を照らしている。

「おはようございます、シーレン様」

振り返ると、少し離れたところにギャノンが立っていた。

「寒いな、ギャノン。おまえの毛皮はどうしたんだ?」

ギャノンがにやりとした。「出発前に濡らしたくなかったんです。マクドナルド領までの道中は凍えるほど寒いでしょうから」

シーレンは長く兄に仕えた戦士をじっと見つめた。ギャノンより忠実な男を彼は知らない。この男がいてくれることはうれしかったが、心配でもあった。

「ユアンがおまえをおれと一緒に行かせることについて、どう思う?」

ギャノンがあたりを見渡した。マケイブ城、何年ものあいだ訓練をしてきた中庭、まだ崩れたままの壁。その壁は、メイリンの持参金のおかげで現在修復中だ。

「長く故郷と呼んでいた地を去るのはつらいことです。しかし、事情が変わりました。ユアン様はご結婚され、イザベル様が旅に耐えられるようになったらすぐにニアヴ・アーリンへ発たれる。アラリック様は族長になられる。そう、状況は変わっていますし、正直なところ、わしは新たな挑戦を楽しみにしています。シーレン様とマクドナルド城へ行くことができれば、願ったりかなったりです」

「おまえがいてくれて心強い。マクドナルドの者たちを訓練してマケイブに匹敵する戦士に育てるのは大変だろう。やつらを鍛えあげるための時間はあまりない。ユアンは一刻も早くダンカン・キャメロンをこの世から抹殺したがっている」

「わしらの国王も」

「ああ、理由は違うが、そのとおりだ。デイヴィッド王もキャメロンを排除したがっておられる」

「わしらはもう起きたのですから、旅に出られるよう馬の準備をしておきましょう。荷物は家来に命じて、ゆうべのうちに荷車に積ませておきました。奥方様が目覚めるのを待って、出発するおつもりでしょうか？」

シーレンは渋い顔になった。彼が寝られずにつらい思いをしていたあいだ、妻は赤ん坊のようにすやすや眠っていた。「荷車と家来の用意ができたら妻を起こす。兄貴たちや奥方たちに別れの挨拶もしたい」

「人生の新たな一歩の始まりですな」ギャノンがもったいぶって言った。「ご自分が族長になり、美女と結婚し、マケイブと別れて新たな人生に踏み出すなど、二週間前には想像なさいましたか？」

少しのあいだ、シーレンはギャノンの質問に答えなかった。考えるだけで不安でたまらなくなった。真実とは醜く非情なものだ。いつもそこにあり、決して変わることはない。

「マケイブが長くつらい日々を送ってきたのは、おれのせいだ」彼は静かな声で言った。「おれは兄貴たちに返しきれないほどの借りがある。この結婚におれが同意することで、アラリックは世界でいちばん望むものを手にし、ユアンは妻子を安全に守れるようになる。たとえリオナ・マクドナルドがあばただらけの淫売でも同じことだ。おれは兄貴たちのために結婚し、絶対に後悔しない」

「よかったわね、わたしがあばただらけの淫売じゃなくて」

彼がぱっと振り向くと、リオナが立っていた。仮面のように無表情な顔で彼とギャノンを眺めている。シーレンは低く悪態をつき、ギャノンは「おやおや」とつぶやいた。ことリオナに関しては、シーレンはへまばかりやってしまう。

「リオナ……」

黙れというようにリオナが手をあげたので、シーレンは口をつぐんだ。そのあと、妻の命令に自分が素直に従ったという事実に気がついた。

「事実を話したことを謝らなくてもいいわ。あなたが結婚したくなかったのと同じように、わたしだって結婚したくはなかったんですもの。だけどゆうべあなたが言ったように、ふたりとも、ほかにどうしようもなかった。理由をあれこれ挙げるより、黙って先に進んだほうがいいんじゃないかしら」

リオナは冷たい視線を彼とギャノンに向けているが、声を聞けばシーレンには彼女が傷ついていることがわかった。〝わたしに近づかないで〞と言わんばかりの表情でも、声は真実を語っている。彼女を傷つけたのはシーレンだ。

「城から出てはだめだろう。今朝は冷えこんでいる。こんな早い時間に、なにをしているんだ？」

リオナの目つきは風と同じくらい冷たかった。こんな天候にはふさわしくない薄着だというのに、彼女は身を切るような寒さになんの反応も示していなかった。

「あなたが起きたとき目が覚めて、早く出発したいのだとわかったわ。ひどく長い道のりというわけではないけれど、雪に邪魔されるでしょう。だから支度を手伝おうと思ったの」

「奥方様はよく気のつくお方ですな」ギャノンが言った。「しかし、ご主人様の手伝いをするのはわしの仕事です。暖かくて風邪をひく心配のない屋内にいてくださったほうが、わしは安心できます」

思いやりのある言葉を口にしたギャノンを、シーレンはにらみつけた。気遣いを示すのは隊長ではなく、夫であるシーレン自身のはずだったのに。ギャノンの言葉はリオナに目に見える影響をもたらした。目の冷たさがいくぶんやわらぎ、態度も軟化した。

「キーリーにお別れの挨拶をしてきたいわ。メイリンと赤ちゃんにも」

シーレンはうなずいた。「出発のときになったら呼ぶ」

リオナがぎこちなく頭をさげ、城に戻っていった。シーレンはため息をついてギャノンを見やった。

「道の雪を払うのは大仕事だ。すぐに始めよう」

リオナは、アラリックが起きたのを確認してからキーリーの部屋へ行くことにした。マケイブの戦士たちは早起きで知られている——なぜか彼らは毎晩ほんの二、三時間の睡眠で平気らしい——が、アラリックはこのところほとんどの時間をキーリーのそばで過ごしている。彼がキーリーの食事を持って部屋に入るのを見たあと、リオナは少し時間を置いてから扉を叩いた。

扉を開けてアラリックが出てくると、リオナは姿勢を正した。「もし今朝キーリーの気分がいいなら、お別れを言いたいと思って」

「もちろんかまわないよ。入ってくれ。寝室に閉じこめられていることに文句を言いながら朝食をとっているところだ」

いかにも腹立たしげなアラリックの口調に、リオナはにやりと笑った。部屋に入ると、キーリーはベッドの上に起きあがっていた。顔色は昨日よりいい。

「お別れを言いに来たの」

キーリーが唇を曲げた。「もう行ってしまうの？　あとしばらく一緒に過ごしたかったのに」

リオナはベッドの端に腰かけ、キーリーの手を取って握りしめた。「元気になったら遊びに来てちょうだい。わたしも会いに来るわ。わたしたちの夫は兄弟ですもの。しょっちゅう会えるわよ。わたしが最初の子どもを産むときは、やっぱりあなたに取りあげてほしいわ。

だから、もうばかなことはしないでね。また怪我をするとか」

楽しそうにキーリーが目をきらめかせた。「ゆうべはシーレンとどうだった？」

リオナは怒りに目を細めた。「あんな人、大嫌い。舌はみだらでなめらかだけれど、寝室を出たとたん最悪のばか者になるのよ」

キーリーがため息をつく。「時間をあげなさい、リオナ。シーレンはいい人よ。でも彼の真の姿を知るためには、表の顔の下に隠れているものを見てあげなくてはいけないの」

リオナは顔をしかめた。「あなたほどの信頼は持てないわ、キーリー」

「あなたには幸せになってほしいの。約束して、彼にチャンスを与えるって」

「わたしに約束できるのは、寝ている彼のおなかに剣を突き刺さないようにするということだけね」不満そうにささやく。

キーリーが笑った。「じゃあ、せめてそれだけはお願いするわ。元気でね、リオナ。幸せになってちょうだい。マクドナルド城に着いたら、無事到着したことを知らせてね。それから、赤ちゃんができたという知らせも待っているから」

リオナは立ちあがり、身を屈めてキーリーの頬にキスをした。「シーレンが口を閉じるべきときに閉じることを覚えないかぎり、赤ちゃんはできそうにないけれど」

キーリーがにっこりする。「それができる男性はいないでしょうね。でも、わたしの助言を忘れないで。女としての技量を発揮すれば、彼だってきっと口を閉じるわ。少なくともしばらくのあいだは」

リオナは馬上から、整列したマクドナルドの男たちを眺めた。列はここへ来たときより短くなっている。父の側についた家来たちのことを思うと胸が痛んだ。リオナが生まれたときから知っていた者たちだ。そのうちまだ若い戦士は、おそらく忠誠とマケイブへの不信を説く父に言いくるめられたのだろう。年長の戦士たちのほうは、族長が追放されることに憤慨して、誘われるまでもなく付き従ったのだと思われた。

リオナとシーレンがマクドナルド城に戻り、シーレンが新しい族長になったと発表したら、いったいどうなるだろう。リオナが結婚して彼女の夫がいずれ族長になることを、人々が知らなかったわけではない。ただ、一夜のうちにそうなるという話ではなかったのだ。

風が強く吹きつけて、リオナは身震いした。羽織っている毛皮は薄く、その下に着ている服もこんな寒い中での旅に適したものではない。マケイブ城に向けて旅立ったときは、季節外れの暖かさだったが、いまは違う。肌を刺す冷たさの中で長いあいだ屋外にいられるような衣装は持っていなかった。

シーレンと隊長のギャノンが一行を率いていた。リオナは彼らから数頭の馬を隔てた後ろにいて、四人のマクドナルドの兵士に囲まれながら、冷たい雪を踏みしめて進んだ。

夫は一度も彼女を振り返らなかった。リオナのほうも期待していたわけではないが。旅が始まって以来、シーレンにとって彼女は存在しないも同然だった。

今朝ギャノンと話しているところをリオナが漏れ聞いたあとは、彼女が馬に乗るのに手を貸した以外、シーレンはリオナを一顧だにしていなかった。

「あの男は好きになれません」隣にいたジェイミーが小声で言った。

リオナはぎくりとして顔をあげた。不忠義な言葉がシーレンに聞こえなかったことを確かめてから、若い戦士を見る。ジェイミーの横では、彼の父であるサイモンがうなずいていた。

「わしも嫌いです。国王もマケイブも、わしらにひどい仕打ちをしました。リオナ様のお父上を追い出したのは正しいことではありません」

リオナは顎が痛くなるほど強く歯を食いしばった。真意を明かすわけにはいかないからだ。自分も新しい族長が嫌いだとは口が裂けても言えない。それに、父を弁護したくもなかった。

「彼にチャンスを与えましょう」シーレンの背中を見つめながら低い声で言う。「善良で公平な人だと思うわ」

「リオナ様に対して、ふさわしい敬意を払っていないでしょう」反対側の隣にいたアーサーが怒ったように口を挟んだ。

リオナは驚いて彼のほうを向いたあと、シーレンとギャノンの後ろにいる男たちを見渡した。シーレンに率いられて故郷に帰ることを、誰もが喜んでいない様子だ。みんな唇を引き結び、憤怒に満ちた険しい目をしている。

「確かに、わたしたちはどちらもこの結婚を望んでいなかったわ。でも、お互いに適応しなくては。彼だって、わたしたちの族長にはなりたくなかったのよ。兄の結婚式に出席したつもりが、気がつけば望んでいない結婚に縛りつけられてしまったとしたら、どう感じるかを考えてみて」

男たちは眉をひそめ、ジェイミーはうなずいて同情を示した。

「それでも、リオナ様にあんな扱いをしていい理由にはなりません」サイモンが反論した。「マケイブの戦士は公正だといわれています。獰猛だが公正だと。リオナ様との結婚で、あの男は得をするんです。育ちのいいレディに接するようにやさしく接するべきでしょう」

リオナはふんと鼻を鳴らした。「だけど、そこが問題なのよね。わたしは育ちのいいレディじゃないでしょう？」

まわりの男たちがどっと笑う。突然の大声をいぶかしんだのか、シーレンが肩越しに後ろを見やった。束の間リオナと視線がぶつかる。リオナは怯えてなるものかと見返した。すぐにシーレンは目をそらし、ふたたび妻に背を向けた。

「わしらに対して、力のほどを見せてもらいましょう」サイモンが言った。「王のお言葉など関係ない。わしらの族長になるつもりなら、指導者としての器があるところを示してもらわなくてはいけません」

「お父様よりも器があることを祈るわ」リオナがつぶやく。

男たちは黙りこんだ。長年族長と呼んできた男への忠誠心ゆえだろう。リオナにはもう、従順な娘を演じるつもりはなかった。城に戻ったらどうするかは決めている。

夫が好もうが好むまいが、リオナはクランの立て直しにおいて重要な役割を果たすつもりだった。これまで人々はあまりにも長く、指導力のない強欲で喧嘩っ早い愚か者に率いられて苦労してきたのだ。

もしかしたら、かわって族長になる男も中身は父と同じかもしれない。リオナにはまだわからなかった。シーレンが善良な男であり、より優秀な戦士であることを祈るばかりだ。

戦いは目前に迫っている。ユアン・マケイブはダンカン・キャメロンと戦う準備を進め、ハイランド全体を味方につけようとしている。

できるなら、戦場において彼女のクランがいけにえの羊になるのだけは避けたいものだ。

8

夕闇が近づくと、シーレンが一行に停止を命じた。リオナは寒さのあまり、しばらく前から手足の感覚を失っていた。顔もしびれて、体の芯から凍えている。

もう二度と体が温かくなれないような気がした。いまなら地獄の業火も大歓迎だ。

手を手綱から引きはがして毛皮の下に入れた。こすって少しでも感覚を取り戻したい。馬からおりるのが怖かった。雪の中に足を入れたくない。とにかく動きたくなかった。

リオナは自らを鼓舞するように息をつき、鞍をつかんで下馬しようとした。するとシーレンが横に来て、彼女がおりるのを助けようと手を差し伸べた。

情けないと思いつつも、リオナはありがたく、転げ落ちんばかりに彼の腕の中に飛びこんだ。

なんとか彼の肩に手を置いて、地面におろしてもらう。ところが足がついたとたん、足の力が抜けて雪の中に倒れこんだ。

すぐにシーレンが手を伸ばしてきたが、彼女の氷のような肌に触れると、下品な悪態を並べ立てた。

リオナを抱きしめ、すぐに火をおこして天幕を張るよう大声で命令を発する。

「シーレン、わたしなら大丈夫よ。さ、寒いだけ」

しどろもどろにそう言ったあと、リオナは口を閉じた。あまりにも寒くて、全身がひりひりしていた。

「大丈夫なものか」シーレンの声は険しかった。「どういうつもりだ。死にたかったのか？　なぜ寒さに耐えられる服装をしてこなかった？　つらいということを、どうしておれに言わなかったんだ？」

彼に不平をこぼすくらいなら、舌を噛み切ったほうがましだからだ。

火がおこされて炎があがり始めるやいなや、シーレンが焚き火の前まで彼女を運んでいき、服が焦げない程度の距離にある丸太に腰をおろした。

羽織っていた毛皮の前を開け、リオナを胸に抱き寄せる。ふたりの肌を隔てるのは、それぞれが着ているチュニックだけだ。それから彼女をしっかり抱きしめて、自分の熱で温めた。すばらしく気持ちがよかった。しばらくのあいだは。

寒さで麻痺していた部分に感覚が戻り始めると、リオナの肌はじんじんとしびれた。まるで無数の蟻に噛みつかれているようだ。彼女はうめいて身をよじったが、シーレンは腕にさらに力をこめ、彼女が動けないようにきつく抱きしめた。

「痛いわ」

「ああ、そうだろう。気の毒にな。だが体に感覚が戻ってきている証拠だから、ありがたく思ったほうがいい」

「お説教はやめて。いまはいや。少なくとも、肉が骨から引きはがされるような感じがなくなるまで待ってちょうだい」

シーレンが小さく含み笑いをした。「そういう辛辣な物言いができるとしたら、それほど悪い状態ではないようだな。きみがそんなに頑固でなければ、おれだって説教はしないさ。旅にふさわしい服を持っていないのなら、出発前に言ってほしかった。きちんを身を守れない状態で、こんな厳しい天候の中を旅するなんて、とても承知できることじゃない」

「またお説教ね」リオナはぶつぶつ言いながらも、ぬくもりを求めて彼にすり寄った。温まってくると、体が震え始めた。歯があまりに激しくぶつかり合うので、抜けて口から飛び出してしまいそうだ。

全身の震えを止めようと、リオナは顔をシーレンの首にうずめた。「さ、寒い。か、体が温かくならないわ」

「落ち着け。大丈夫だ。もう少しじっとしているんだ。おれがちゃんと温めてやるから」

リオナは彼にぴったり身を添わせた。手でチュニックをつかみ、彼の顎の下に顔をうずめて、彼の喉のくぼみから暖かい空気を吸いこんだ。

ようやく激しい震えがおさまり、ときどき筋肉がぴくぴく痙攣するだけになると、リオナはシーレンの腕の中でぐったりとなった。

「もう充分温かくなったか？　食べられそうか？」

彼女はうなずいたものの、本音を言えば動きたくなかった。

シーレンはリオナを丸太に座らせてゆっくりと立ちあがった。自分の着ていた毛皮をリオナの体に巻きつけ、隙間から風が入らないように前をしっかり閉じる。そして彼女が丸太から転げ落ちないことを確認すると、天幕を張ってしまうよう男たちに命じながら歩いていった。

数分後に戻ってきた彼は、パンのかたまりとひと切れのチーズを差し出した。リオナは毛皮から手を出し、身を屈めながら、受け取ったものを上品に食べた。

味はしなかった。体はまだ冷えきっている。それでも食べ物が腹におさまると、萎えていた気力が少しは戻ってきた。食べながらぼんやり眺めているうち、焚き火のまわりの雪が取り払われて、円形の地面が現れた。天幕が張られ、強い風を受けても倒れないよう、根もとが雪で固定された。

薪が追加されると炎は空高く舞いあがり、周囲がオレンジ色に照らされた。

リオナはチーズを食べ終わって、炎に手をかざした。指先を撫でる熱が心地いい。

するとシーレンが目の前に立った。そして無言でリオナを抱きあげ、焚き火にいちばん近い天幕まで運んでいった。

何枚もの毛皮が地面に敷かれて、気持ちのよさそうな寝床ができている。シーレンはリオナをその中央に横たわらせてブーツを脱がせたが、そのブーツを見て眉根を寄せた。

「上等な革も台なしだな。足の指が凍傷にやられなかったのが驚きだ。穴だらけじゃないか」

あまりに疲れていて寒かったので、リオナには反論する気力もなかった。

「これについては、明日どうにかしなくては」彼がつぶやいた。「こんなひどいブーツで真冬に移動するのは無茶だ」

まだなにごとかぶつぶつ言いながら、彼はリオナの隣に横たわり、ぴったりと体をつけた。彼女を横向きにさせ、ふたりの体の上に毛布をかける。

「足をおれの脚のあいだに入れろ」

リオナははだしを彼の太腿のあいだに挟んで下に滑らせた。すぐに温かさに包まれ、思わずうめき声が出た。この人はまるで火そのものだ。

シーレンの腕の中におさまり、顔を胸板に押しつける。その温かさがうれしくてため息が出た。いいにおいもする。薪と煙と彼の体臭が入りまじったにおい。酔ってしまいそうだった。

リオナの唇から純粋な喜びのうめき声が漏れた。とたんにシーレンが身をこわばらせて小さく悪態をついた。なにが彼を不愉快にさせたのかわからず、リオナは顔をしかめた。

「シーレン？　どうかしたの？」

「いいや、リオナ。眠るんだ。明日早く出発すれば、昼にはマクドナルド城に着ける」

「まだ手が冷たいの」リオナはそっと言った。

シーレンが彼女の手をつかみ、自分のチュニックの下に導いた。温かくて分厚い筋肉をまとった胸板に。

自分の手が氷のように冷たいことをリオナは知っていた。なのにシーレンは、彼女の手のひらが押しつけられても、ぴくりともしなかった。とても……親密な感覚だった。すばらしく心地よい。

ため息をついて、頰を彼の肩にこすりつけた。体が温かくなるにつれて、まぶたが重くなってくる。

彼の胸の毛がちくちくと指をくすぐった。リオナは遠慮がちに片方の手を動かし、硬い筋肉のくぼみの感触を味わった。えぐれた古傷に触れたときは、はっとして目を見開いた。

それから平らな胸の頂を見つけ、なにげなく指先で撫でた。

「リオナ」シーレンがうなる。

あわてて顔をあげると、リオナの頭が彼の顎にぶつかり、シーレンがまたしても悪態をついた。

リオナは息をのんだ。「ごめんなさい！」

シーレンが辛抱強く息を吐いた。「眠れ」

彼女はまたもや彼に寄りかかり、手をチュニックの下に戻した。シーレンに触れているのは好きだ。気持ちよく温めてくれるだけではない。彼の体には、リオナを果てしなく引きつけるなにかがある。

もう一度平らな胸に手のひらをあてると、下に滑らせていった。引きしまった腹に、さらに下に向かうひと筋の毛に。

「やめろ」シーレンがささやいた。

リオナの手をチュニックから引き出してふたりの体のあいだに置き、彼女が動けないようきつく抱きしめる。

そしてリオナの頭のてっぺんに自分の顎を置いた。ふたりの脚が絡まり、リオナはまったく動けなくなってしまった。

リオナは大きなあくびをした。ここは気持ちがよく暖かい。だから、彼に閉じこめられた格好になっても平気だった。うとうとしながら、今日は夫とキスを楽しんでいないことをふと思い出した。

残念だ。キスは大好きなのに。明日、シーレンがあまり不機嫌でなく、いらいらしていないときにしよう。そう、それがいい。

「明日ね」彼女はささやいた。

「なにが明日なんだ？」

目を閉じて夢とうつつのあいだをさまよいながら、リオナは唇を開いた。「あなたにキスをするの。明日。そう、約束よ」

彼女の耳もとでシーレンの低い笑い声が響いた。「ああ、そうだな、ちゃんとキスしてもらおう。飽きるまで、いくらでも」

「うーん、待ちきれないわ」

シーレンが手の力をゆるめると、リオナの頭が横に垂れた。口を開けたまま眠りこんでいる。この女は、彼が見た中で最も慎みのない寝方をする人間かもしれない。シーレンはその様子を見て面白く思った。彼女は……かわいい。そう、かわいらしかった。

彼は首を左右に振った。キスだとか、かわいらしいとか。そんなことを思っていたら頭がおかしくなってしまう。自分は訓練や戦いのことを考えるべきなのだ。この女と一緒にいると寿命が縮まりそうだ。結婚してまだ三日目だというのに。

9

マクドナルド城の門に近づいたのは翌日の夕刻だった。リオナは領民に会うときには堂々と馬に乗っていきたかった。しかしシーレンのほうは、妻を自分の支配下にある無力な女のように見せたかったらしい。

リオナは鞍の上で彼に抱きしめられていた。今日はずっとこの姿勢だった。彼女は寒さを防げる服装をしていないのだから自分と一緒に馬に乗ると、シーレンが宣言したのだ。城まであと少しとなったとき、リオナは自分の馬に戻りたいと言った。けれども彼は無視して馬を歩かせつづけた。

本音を言えば、彼女は領民に会うのが怖かった。数週間前に出発したあと、事情は大きく変わった。予定とは別のマケイブと結婚し、しかも父抜きで戻ってきたのだ。そしていま、新しい族長をクランの者たちに紹介しなくてはならない。

近づく一行を見つけるやいなや、監視塔の見張りから叫び声があがった。シーレンが不満げにギャノンを横目で見た。

ギャノンは肩をすくめた。

「なんなの?」男ふたりの無言のやり取りを見て、リオナは顔をしかめた。

「こんなに近くに来るまで見張りが気づかなかったとは情けない」シーレンがうんざりとし

た声で言った。「ダンカン・キャメロンがここまで近づいていたら、雄叫びをあげて迎え撃とうとしても、もう手遅れだぞ」

「自分の新しいクランを批判するのは、会ってからにしてちょうだい」

「やつらの感情に気を使っている余裕はない」シーレンはぴしゃりと言った。「おれが気にしているのは、やつらの安全だ。そしてきみの安全も」

　門が開き始めると、リオナはできるかぎり彼から顔を離した。恐れていたとおり、領民のほとんどが中庭に集結して、リオナの花婿への好奇心を募らせている。

「おろして。あなたをみんなに紹介するから」リオナは低い声で言った。

シーレンは彼女のほうを見もせず、さらにきつく抱きしめた。集まった男女に目を据えている。彼らのすぐ前まで来ると手綱を引き、リオナが転がり落ちないよう片方の手で彼女を支えたまま、黙って馬をおりた。

「妻の世話をしろ」彼がギャノンに命じた。

世話をしろ？　世話をしろ？

リオナは唖然とした。シーレンは彼女に背を向けて、クランの者たちに話しかけようとしている。彼女のクランなのに。ギャノンが下馬して手を伸ばし、リオナを軽々と鞍から持ちあげて下におろした。

　そして急いでリオナを毛皮で包み、シーレンから離れたところに立って、動かないよう彼女の肩に手を置いた。

「おれはシーレン・マケイブだ」シーレンが落ち着いた明瞭な声でクランの人々に話しかけた。「リオナの夫であり、おまえたちの新しい族長でもある」

驚きに息をのむ音や叫び声があがり、皆が口々に話し始めた。

「静かに！」シーレンが怒鳴る。

「グレガー様はどうしたんだ？」集まった領民の中から、ネイト・マクドナルドが声をあげた。

ほかの数人が声を揃える。「そうだ、なにがあったんだ？」

シーレンが群集を見つめた。「やつはもはや族長ではない。おまえたちはそれだけわかっていればいい。今日からは、おれに献身と忠誠を誓え。さもなくば出ていけ。おれの言葉は絶対だ。ダンカン・キャメロンの軍勢に立ち向かうためには、すべきことが山積している。かなりの訓練が必要だ。ユアン・マケイブとアラリック・マケイブというおれの兄たちに加え、近隣のクランと同盟関係を結ぶことで、おれたちは無敵になる。自分の財産を守り、子どもたちを平和に育てたいなら、おれたちは戦わなければならない。戦うのなら、そのときに備えておく必要がある」

領民たちは警戒と疑いの目で互いを見交わした。シーレンを見つめ、後ろにいるリオナにも目を向ける。まるで彼女が話すのを期待しているかのように。リオナも話をしたかった。皆の不安をやわらげるためにも。ところがシーレンが振り返って彼女をにらみつけ、黙っているようにと目で制した。

彼がふたたび前を向くと、リオナはギャノンの手から逃れて急いで前に進み出て、領民に語りかけた。

「この同盟には国王陛下もご満足です。陛下からじきじきに結婚を祝福していただきました。取り決めでは、わたしが誰と結婚しようと、その人物がわがクランの族長になるということになっていました。最初の子どもが生まれたら族長が交代するという話でしたけれど、シーレン・マケイブがすぐ族長になることに決まりました。わたしたちにはこの人が必要です。わたしたちの故郷を乗っ取ろうとする敵に打ち勝つためには、この人に率いてもらわなければなりません」

シーレンが怒りの形相でリオナをにらんだが、彼女は落ち着いた表情で領民を見つめた。彼らの迷いや戸惑いが伝わってくる。

「父は道義心のない人物でした」リオナははっきりと、感情をこめずに話した。「新たな族長の統率のもと、わたしたちは失ったものを取り戻せるでしょう。誇りを持って自分たちの財産を守るのです」

「黙るんだ」シーレンが低く恐ろしげな声で言った。「城に入れ。いますぐに」

彼の表情を見たなら、戦士でも尻尾を巻いて逃げ出しただろう。けれどもリオナはよそよそしく背を向けると、肩を怒らせて落ち着いた足取りで城へと歩いていった。最初から、演説が終わればそうするつもりだったかのように。

城に入るやいなや足の力が抜け、彼女はふらふらと大広間に入っていった。リオナの世話係を務めるサラが急ぎ足で駆けつけ、節くれ立った手を彼女の肩に置くと、リオナがたじろぐほどの強い力で握りしめた。

「教えてください、リオナ様。どうしてシーレン・マケイブと結婚して、あの人が族長になるんです？　グレガー様はどこですか？　それから家来たちも！」

リオナはそっとサラの手をどけ、テーブルの前の椅子にぐったりと座りこんだ。「話せば長いのよ、サラ」

「だけど、ちゃんと事情を知るにはリオナ様のお話を聞くのがいちばんでしょう。いったいどうしてシーレン・マケイブと結婚することになったんです？　あの男が決して結婚しないと誓ったという話は有名ですよ。若いときに誓いを立てたそうです。愛していた女に裏切られた直後に」

リオナはうんざりとため息をついた。すばらしい。決して結婚しないと誓った男が、自分には縁のない感情のために自らを犠牲にしたのだ。アラリックとキーリーの愛のために。二度と女に心を捧げないと決めたことは、シーレンにすればこの結婚とは関係のない話なのだろう。

「事情を知っているの、サラ？　彼はどうして愛した女に裏切られたの？」

「リオナ様のお話を聞きたいんですけれどね」

「あとで話すわ」リオナはもどかしげに相手の言葉をさえぎった。「いまは夫が立てた誓いと、その理由のほうに興味があるの」

サラがふうっと息を吐き、あたりを見回した。「わかりました。知っていることをお話しします。八年前、シーレン・マケイブはエルセペス・キャメロンと恋に落ちました。女のほうから誘惑したそうです。彼より少し年上で、もっと世慣れた女です。どういうことかおわかりですよね」

リオナはわからなかったけれど、それを認めたくもなかった。

「でもエルセペスは最初から、縁つづきのダンカン・キャメロンと結託していました。兵士たちに眠り薬をのませて門を開け、キャメロンの部下をマケイブ城の中に手引きしたんです。襲撃は大虐殺に終わったそうです。シーレンは父親を、ユアン・マケイブは若い奥方を亡くしました。襲撃のとき三兄弟は留守にしていたのですが、戻ったら城は打ち壊され、仲間は殺されていたということです。恐ろしいこと」

「そうだったの」リオナはつぶやいた。「それであのばかは、女はみんな邪悪だと信じて、二度と女性に心を開かないと誓ったのね」首を横に振り、天を仰ぐ。「男って、どうしてそんなに愚かなの？」

サラが頭を反らして笑いだした。「そうです、それが問題なんですよ。リオナ様も苦労なさるでしょうね。でも、女だって誠実で忠義者だということをあの男に信じさせられる人がいるとしたら、それはリオナ様です。あなたほど忠実で猛々しい女はいません」

残念ながら、シーレンはリオナとの結婚を、兄の幸福とクランの繁栄のために自分が支払うべき犠牲と考えているのだ。

「今度はリオナ様がお話しになる番ですよ。マケイブのところでなにがあって、どうしてグレガー様や家来たちの一部が戻ってこなかったのか」

マケイブのもとにいるあいだに起こったことを、リオナは手っ取り早く説明した。シーレンが父に族長の座を譲り渡すよう要求し、その後父が出ていったことまで。

「ここに妻子を残していなかったとしたら、もっとたくさんの家来が父についていったんじゃないかしら。父に付き従ったのは、親族のいない男たちだったわ」

「気になるのは、彼らがいまなにをしているのかということですね」サラが慎重に言った。

「グレガー様は虚栄心の強いお方です。侮辱されて平気なはずはありません」

「父はばかよ」リオナは言葉を吐き捨てた。「クランより自分の望みや欲求を優先する、好色で愚かな老人。族長の座を追われたのは自業自得だわ」

サラが慰めるようにリオナの手をぽんぽんと叩いた。「さあさあ。そんな愚かな老人のことで感情的になってもしかたありません。グレガー様の時代は終わったんです。いまは将来に目を向けましょう。マケイブは勇猛なクランです。再建には長い時間がかかりましたけれど、ユアン族長は道義心のある方だと思います。きっと弟さんたちも同じでしょう。これからの困難を乗りきるためには、シーレン・マケイブこそわがクランに必要な人物かもしれません」

シーレン・マケイブがこのクランにとって頼れる男であることには、リオナも疑いを持っていなかった。戦場ではかなう者のない獰猛な戦士だ。周囲から尊敬されてもいる。彼女はマクドナルドの兵士が最強でないことを知っていた。最低というわけでもないが、マケイブの戦士の強さはこの目で見ているし、マクドナルドにもそうなってほしい。だから、シーレン・マケイブはアラリック・マケイブよりもいい選択だったと言える。

彼がいい夫に、そして彼女の産む子どものいい父親になるということについても、同じくらい確信を持てればいいのだが。

すでにシーレンが心を閉ざしているとしたら、リオナにそれを開けられる見こみはあるのだろうか？

# 10

リオナはその後ずっと夫の姿を見なかった。彼は夕食を食べにも来なかったので、彼女は寒い大広間でひとりで食事をとった。

自分のクランにおける居場所がわからないことに、リオナは苛立っていた。シーレンに城に入れと言い渡されて以来、ずっと城内にとどまっている。彼に命じられたからではなく、なにをしたらいいのか、クランの者たちになにを言えばいいのかわからなかったからだ。自らの臆病ぶりを思うと息が詰まりそうになる。口に入れた食べ物が喉に引っかかり、どうやってものみこめなかった。

同胞の前で恥をかかせられたことへの腹立ちをぶつけられるよう、シーレンに帰ってきてほしい。同時に、顔を合わせずにすむよう、極力遠くにいてほしい気持ちもある。勇気を取り戻してこれからの行動を決められるまで、彼には会いたくなかった。

突然気弱になった自分にいやけが差し、リオナは皿を横に押しやって立ちあがった。夫に会いたいかどうかもわからないままぐずぐず悩んでいるのは、もうたくさんだ。シーレンなど死んでしまえばいい。もう疲れてしまった。くたくただ。そろそろベッドに行こう。

リオナは寒さを覚悟して自室の扉を開けた。彼女の部屋には暖炉がない。けれど窓もないので、風が吹きこみもしないのだ。ロウソクを二本取って廊下に戻り、壁に取りつけたたいまつに近づけて火をつけてから、また部屋に入った。

弱い光が狭い部屋を照らし、炎が冷気をいくぶんやわらげてくれる。だが、それはすべて思いこみにすぎなかった。半分燃え尽きたロウソクだけでは、実のところほとんど暖が取れない。それでも炎があると気持ちが明るくなり、少し暖かく感じられた。

あまりに寒いので、リオナは服を着たまま寝ることにした。ブーツを脱ぎ、自分にとってただひとつのぜいたく品を身につける。サラが繕ってくれたウールのストッキングだ。

その柔らかく暖かい生地が足を滑る感触に、思わず吐息が漏れた。彼女は足の指を丸めて毛布の下に潜りこんだ。

すぐに目を閉じたが、眠りには落ちなかった。この二週間に起きたさまざまなことが脳裏を駆けめぐる。

正直に言うなら、いま感じているのはちょっとした不安程度ではない。自分の未来が心配だった。そしてクランの将来が。

普通の女の子が結婚や子どものことを夢見ているようなときも、リオナは常に男の格好をして剣術にいそしんでいた。それでも実は、ひそかに女の子らしい夢を見ていたのだ。美しいドレスを着た彼女。目の前でひざまずいて永遠の愛と忠誠を誓う、すぐれた戦士。

リオナはうっとりと微笑み、毛布の下で体を丸めた。そう、それはすてきな幻想だ。この戦士は理屈抜きでリオナを愛してくれるだけではない。彼女の欠点をも受け入れ、戦いでの功績を誇らしく思っている。自分の妻が戦士であることを部下に自慢してくれる。比類なく美しく、すばらしい戦績をあげる姫戦士だと。

ふたりは並んで戦い、城に戻れば彼女は夫にもらった美しいドレスを着る。そして自らの手で夫にごちそうを食べさせる。ふたりは暖炉のそばに座ってエールを飲む。それから寝室へ行き、彼はリオナを抱きしめて愛の言葉をささやく。

「ばかみたい」リオナは自己嫌悪に駆られてつぶやいた。彼女のような女を受け入れてくれる男など存在しない。男はキーリーみたいな女を求めるのだ。穏やかでやさしく、癒やしのわざや刺繍など洗練されたレディにふさわしいことが得意な女。あるいは、城を切り盛りできて、いつもおいしい食事を出してくれる女。

リオナにできるのは、傷を負うことだけだ。それをキーリーのような治療師に治してもらい、また戦いに赴く。やさしく人に触れることなどできないし、女らしい穏やかさも持ち合わせていない。

彼女は顔をしかめて目を閉じた。ほかの女と違うからといって、それがどうしたというのか？　頭が悪いわけではないし、劣っているわけでもない。ただ……違うのだ。そう、自分はほかの女とは違っている。まともな人間であれば、その違いを祝福してくれるだろう。シーレン・マケイブがありのままの妻を受け入れられないような低能男なら、尻に剣を差しこんで串刺しにしてやる。

部屋は不思議なほど暖かかった。ベッドがいつもより柔らかく、もっとぜいたくに感じられた。なにかがおかしいことはわかっていた。それでもリオナは夢うつつで、はっきり目覚めて周囲の状況を確認することができなかった。

この気持ちのいい夢を壊してしまわないよう、暖かな安息の地に潜りこみ、ため息をつく。

幸福に浸っている彼女の耳に、小さく含み笑いをする声が聞こえてきた。胸のふくらみになにかがそっと軽く触れる。下腹部に震えが走った。

ふくらみ？　胸は布で縛ったままベッドに入ったのに。それどころか、服を脱ぎもしなかった。服を着たままベッドに入り、数分で寝入ったはずだった。

片方の目を薄く開けてみると、すぐそばで夫が服を脱いでいた。ここはリオナの部屋ではない。父の部屋でもない。記憶によれば、これは賓客を泊める部屋だ。といっても、マクドナルド城に賓客が訪れることはめったにないのだが。

シーレンは彼女に背を向けていた。筋肉を波打たせて頭からシャツを脱ぎ、横に放る。ちょっと背伸びをして、今度はトルーズを脱ぎにかかった。

彼の尻が視界に入ると、リオナは顔が熱くなった。筋肉は硬く締まり、かたちは美しく、とても魅力的だ。体のほかの部分に比べて色が白く、木の幹のようにしっかりした二本の脚に支えられている。どこにも余分な肉はついていない。

リオナはふたたびぶるっと震えたが、それは寒さとはなんの関係もなかった。

彼は美しい戦士だ。リオナのような女が憧れる戦士。傷はあるが、それでも美しい。

足首から首筋に至るまで、彼の体には無数の古傷があった。リオナはそのひとつひとつを探索したいと思った。指と……唇で。

リオナが初夜にされたのと同じようなことをしたら、彼は楽しんでくれるだろうか？　彼の秘めた場所にキスをして味わうのだと考えると、口に出すのもはばかられる部分がこわばった。

リオナは自分の体を見おろして、裸であるのを確かめた。一糸まとわぬ姿になっている。素肌に触れる毛布の感触が官能をそそる。いまや彼女の全身が感じやすくなっていた。胸の先はぴんと尖り、上を向いている。夫の唇を待ち望んでいるかのように。

彼女はもう少しでうなり声をあげそうになった。彼の口も舌も、どうしようもなくみだらだ。その才能豊かな舌が紡ぎ出した驚異は、どうにも忘れられなかった。

秘めた部分がひくひくと動いてこわばり、体の奥で子宮がうずいた。夫を見て、彼の親密な行為がもたらした感覚を思い出すだけで、どうしてこんなふうになるのだろう？

もうじっとしていられず、リオナは落ち着きなく体を動かした。その気配にシーレンが振り返り、自分が全裸であることを恥じる様子もなく、まじまじとリオナを見つめた。

彼の股間を見たとき、リオナは目を丸くした。そこはこわばって……屹立している。ほかの部分と同じように、硬くて獰猛に見えた。彼女はびくびくしながら唾をのみ、視線をあげて、ようやく彼と目を合わせた。

「起きているんだな」

リオナは呆然とうなずいた。もちろん起きている。どんなに頭が悪くても、そのくらいはわかるだろう。

「どうしてあんな狭くて風通しの悪い部屋で寝ていた？　隠れていたのか？」

彼は面白がっているようだった。リオナは怒って体を起こした。上半身を彼の目にさらしてしまったと気づいたときには、もう手遅れだった。

「あそこはわたしの部屋よ。ほかにどこで寝ろというの？」

彼女の言葉のばからしさを示すかのように、シーレンが片方の眉をあげた。

リオナは苛立ちで唇をめくりあげた。「全然あなたの姿が見えなかったんですもの。食事のときも。あなたがなにを期待しているのか、わたしにわかるはずがないでしょう？」

するとシーレンが股間のものの根もとを自らの手で握り、リオナを見据えたままその手を上方に滑らせた。かすかな笑みが口もとに浮かぶ。なにを言おうとしているにせよ、それがリオナを怒らせるとわかっているようだ。

「おれは新妻を無視したというわけか？」彼がゆったりと言った。「きみのクランの防衛やおれの権威の確立といった、大切なことに従事していたつもりだったんだが」

リオナは上掛けをぎゅっと握りしめた。「いまはあなたのクランでもあるのよ。わたしだけのものじゃないわ。恩着せがましい言い方はやめて。あなただって、この取引で得をするのよ」

「怖い顔だ。言ったかな、おれをにらんでいるときのきみがすごく魅力的だということは」

「魅力的になりたいわけじゃないわ！」

シーレンは張り詰めたものを手で上下にしごきながら、にやにやしてベッドに近づいてきた。リオナは見つめざるをえなかった。そこに注目することしかできないように思われた。

「意図的であろうがなかろうが、なにも変わらない。きみがその口を開けて生意気なことを言うたびに、おれは岩のように硬くなる」

彼はベッドを――そしてリオナを――見おろした。リオナは自分を小さく無力に感じた。彼の表情を見ると緊張した。シーレンの目はなにかを約束しているように見える。だが、それがなんなのかはわからない。リオナは舌で唇を湿して身をすくめ、体を覆おうと毛布をつかんだ。

「きみの魅力を隠そうとしても無駄だ。おれはどうせすぐに見つける」

「なにが言いたいの？」リオナの息は荒い。空気を肺に吸いこむのがどんどん難しくなってきた。胸が苦しい。妙な感覚が体を締めつけて、頭がくらくらした。

シーレンが彼女の手から毛布を取り、足もとに放り投げた。

「おれが言いたいのは、今夜は途中でやめず、満足するまできみを奪うということだ」

彼は目をきらめかせながら、指でリオナの片方の乳房を先端まで撫であげた。親指でいじられると、そこは硬く突き出した。

「わたしは満足させてもらえるの？」リオナは怒ったように訊いた。彼の言い方は身勝手で傲慢に聞こえた。

シーレンが微笑んだ。「きみが文句を言うとは思えないな。初夜のときだって、文句は言わなかっただろう」

リオナは反論できなかった。彼の言うとおりだったからだ。

足が震えた。そして指も。下腹部がざわめき、ぞくぞくした感覚が喉もとまであがっていく。

シーレンが身を屈め、片方の膝をベッドにのせた。そしてリオナに覆いかぶさってきた。

彼女にはシーレンの息の熱さが感じられた。

唇にキスをされるのかと思ったが、予想に反してシーレンは顔を傾け、彼女の首筋を唇でかすめた。

リオナは息をあえがせ、背を弓なりに反らした。耳の下をなぶってと誘うように頭をのけぞらせる。

「きみの肌は美しい」

シーレンの甘くかすれた声が喉もとで響く。今度はどこにキスをされるかと思うと期待で全身がしびれた。

彼がリオナの首筋に歯を立てた。軽く、かすめるように甘く、そのあと少しきつく噛みついた。

「見かけどおり、味も甘い」

リオナはため息をついて目を閉じた。「あなたの口ってみだらなのね」

「お楽しみはこれからさ」

11

リオナは手を伸ばして彼の肩をつかんだ。指が硬い筋肉に食いこむ。彼の口にもっと愛されたくて上体を起こした。暑い夏の夕立のごとく降り注ぐ快感に、全身が打ち震える。

「そうだ。おれにしがみつけ」

シーレンがやさしく彼女の体を倒していった。背中がベッドにつき、軽く跳ねあがる。

「きみは男の目を楽しませてくれる」

「どうして寝室にいるときしかやさしい言葉をかけてくれないの？」リオナはすねたように唇を曲げた。

彼が体を起こした。口もとには小さな笑みが浮かんでいる。「きみが従順になるのは、このときだけだからな」

リオナはこぶしを握って彼を叩いたが、なんの効果もなかった。シーレンが手首をつかみ、彼女の頭上にやって押さえつけた。そのままもう一方の手で乳房を包み、ふくらみを愛撫し始めた。

指でけだるく撫でながら、柔らかな曲線をなぞって先端に向かう。頂をつまんで最初はそっと、次に強く引いた。引っ張られるたびに、快感がリオナの体の中心を貫いた。子宮が痙攣する。彼女は両脚をきつく閉じ、さらに背を反らせて彼の手に胸を押しつけた。

するとシーレンが頭をおろし、尖った頂に温かい息を吹きつけた。リオナは期待にうめいた。喉から出たかすれた女らしい声は、とても自分のものとは思えない。温かく、荒々しく、彼の舌は乳房に濡れた道をつけ、先端の上で官能的に動いた。リオナの手首を放し、手をおろしてもう一方の乳房をつかむと、揉みしだいて両方の胸を丸く張り詰めさせた。

片方の頂をなめ、やさしくキスをしたあと、反対側に移動する。リオナはうつむいて、先端を吸いこむ彼の黒髪を見つめた。胸の先を引っ張られるたびに体がどんどんこわばり、そのうち全身ががちがちに硬くなった。

もう我慢できなくなって、リオナは彼の長い黒髪に指を差し入れた。こめかみで編んだ髪を撫で、彼が吸うのをやめると髪を引っ張る。するとシーレンは低く笑って愛撫を再開する。リオナは力をゆるめ、手の中のさらさらした感触を楽しみながら髪をすいた。

「またきみを味わいたくなってきた。蜜を舌で感じたい」彼がささやく。

リオナは目を閉じて手を離した。シーレンは彼女の体にキスをしながら、脚の合わせ目までさがっていった。

彼が横向きになり、大きな手をリオナの恥骨にあてがった。もう片方の腕で肘枕をして体を起こし、女の部分を隠している縮れ毛を軽くもてあそぶ。リオナは恥ずかしく感じながらも魅了されていた。

脚をぎゅっと閉じて彼に背を向けたい。けれども、彼が触れやすいように脚を広げたくもある。

シーレンがそっと指を入れて、やさしく肉をかき分けた。濡れた部分が無防備にさらけ出される。彼は一本の指で撫でおろし、それからまた上に戻って、感じやすい小さな突起のまわりに円を描いた。

「もう爆発しそうだ。きみの熱い体に、おれのものを深くうずめたい」

彼の言葉が呼び起こした光景に、リオナは目を見開いた。シーレンの指の下で身をこわばらせ、彼を見つめる。シーレンが顔をあげて彼女と目を合わせた。その視線の強さを感じて、リオナの口の中が乾いた。

シーレンが手をあげてふたたび乳房をつかみ、先端にキスをしてつんと尖らせた。体を上に滑らせていき、唇が触れ合わんばかりのところまであがっていく。

そして一本の指の背でリオナの頬に触れ、頬骨をたどって顎に滑らせた。「きみを傷つけはしない。結婚式の夜、きみは怖がっていただろう。だからおれは抱かなかった。いまは花嫁を抱きたくて体が震えているが、できるかぎりやさしくするつもりだ」

怖がってなんかいない。そう言おうとしてリオナは口を開けかけた。けれどもふっと息を吐き、また唇を閉じた。

するとシーレンがキスをした。彼の口がこのうえなくやさしくリオナの唇の上を移動する。そのあいだも手は彼女の体を愛撫し、なだめていた。

気がつけば、彼はすっかりリオナに覆いかぶさっていた。筋肉質の太腿が彼女の両脚を割っている。

リオナはキスで恍惚となっていたので、彼の大柄な裸体がしっかり自分に押しつけられ、とても硬くて大きなものが湿った秘所を執拗に突いてくるのを、ぼんやりとしか意識していなかった。

シーレンがリオナの入り口を見つけた。勃起したものの先端をあてがい、動きを止める。リオナはびくりとして彼の顔を見やった。すっかり緊張して、襲いくる不安をぬぐい去ることができない。

「落ち着くんだ」シーレンが彼女の口の端に向かってささやいた。「きみが身をゆだねてくれたほうが、楽にできる。いい気持ちにさせてやるから。誓う」

「どうしたらいいのか教えて」リオナがささやき返した。

「脚をおれに巻きつけて、肩をつかむんだ」

リオナは脚をあげて彼の脚に絡ませ、男らしい筋肉の上にふくらはぎを滑らせて、彼の膝の裏で足首を交差させた。

彼の肩をつかんだ自分の手が小さく思えた。硬い筋肉のくぼみに指を置く。シーレンの目を見つめると、そこにはやさしさがあった。彼はリオナを怖がらせることを心配している。それを思うと心が慰められた。勇気を出そう。でなければ、彼はどうして〝姫戦士〟を尊敬してくれるだろう？

「来て、あなた」彼女は思いきって言った。

硬いものがふたたびリオナの柔らかな部分を見つけ、執拗に突く。

彼がほんの少し身を沈めてきたとき、リオナは小さく息をのんだ。彼を受け入れようと脚を開く。けれども、体の中が満たされる感じにふと不安を覚えた。ためらいと焦りがないまぜになった不思議な感覚。やめてほしくもあり、つづけてほしくもある。

リオナは下唇を噛んで腰をあげ、つづけるよう彼をうながした。

「ああ、きみはなんて甘美におれを誘うんだ」

シーレンが目を閉じ、ぶるっと肩を震わせた。リオナの指の下で、筋肉がこわばって小さく揺れている。彼は本能にさからって必死に自制しているかのようだ。

心が落ち着き、リオナは彼の肩と腕をさすった。シーレンは本当に彼女を気遣ってくれている。

「いいのよ」とささやく。「わかっているわ。あなたはわたしを傷つけない」

シーレンの唇はあまりに強く引き結ばれていたために、血の気が失せて一本の白線のようになっていた。

「ああ。だが、痛い思いはさせてしまう。きみの純潔を奪わなくてはならない。それにはどうやっても痛みが伴うんだ」

彼はリオナの口にキスをし、唇をやさしくなめたり吸ったりした。「すまないと思っている。だが、どうしようもない」

「だったら、さっさとすませて。ふたりで苦しんでいてもしかたがないわ。あなたの体はこわばっている。我慢しているのがつらいんでしょう」

シーレンが小さく笑った。「きみには想像もつかないくらいね」

リオナはそこで初めて、自分から親密さを示した。両手で彼の顔を包み、親指で硬い頬骨をやさしく撫でる。鋭角的な顎を愛撫し、指を彼の唇に滑らせた。

顔をあげ、もう一度彼の顔を包んで引きおろし、長いキスに誘った。ふたりの舌が熱く絡み合う。息が苦しくなっても、リオナは顔を引こうとしなかった。彼のキスに酔ってしまいそうだ。いままで飲んだことがないほど甘い美酒の味がした。

彼に執拗に突かれて、リオナの入り口が開いた。まるで火のついた剣に体の奥を侵略されているようだった。非常に硬く、なめらかな剣だ。リオナの体は彼の征服欲に抵抗したけれど、シーレンは容赦なく彼女の腰をつかんで自らを前に押し出した。

「キスしてくれ。すぐに終わる」

ふたりが息を止めて唇を重ねたとき、シーレンが激しく深く突き入れた。リオナはその衝撃に心構えができていなかった。なにが起こるかは知っていたけれど、予想していたのはつねられたような痛みだった。一瞬刺すような痛みがくるかもしれないとも思っていた。でも、体の内側が焼けるような、これほどすさまじいショックだとは想像もしなかった。

悲鳴がほとばしり、熱い涙があふれて頬を伝う。

即座にシーレンが動きを止めた。彼のものはリオナの奥深くに埋めこまれている。彼女に劣らないほど苦しそうな表情で、彼はきつく歯を食いしばった。鼻孔を広げて何度か深呼吸をし、ぶるっと身を震わせる。

シーレンはリオナの額、まぶた、頬骨、それに鼻にもキスを浴びせた。それから頬についた涙の筋を唇で吸い取った。

「すまない。本当にすまない」

彼のつらそうな声を聞いて、リオナの心はよじれた。喉のつかえがふくらみ、いちばん言いたかった言葉を口にすることができなかった。

シーレンがもう一度キスをしたが、その胸からは荒々しいうめき声が響いた。

「痛みがましになってきたら教えてくれ。きみがいいと言うまで、おれは動かない」

リオナは試しに彼を包む肉をきゅっと引きしめ、痛みの程度を確かめた。

「やめろ。かんべんしてくれ」

リオナは微笑んだ。激しい衝撃は鈍り、奥のほうに慣れないうずきがあるだけになっている。「ずっとよくなったわ。痛みはましになった」

「よかった」シーレンがつぶやいた。「もうあまり長く耐えられそうにない」

彼女はシーレンの汗で湿った額に手をやり、指を髪に差し入れて顔を引きおろすと、深くキスをした。

「つづけて」小声で言う。

シーレンが慎重に腰を引いた。さまざまな感覚に襲われ、リオナは目を見張った。ひりひり痛むし、妙な感じがする。でも痛みとは関係ない、途方もなく熱い快感もあった。

「楽にして」彼がささやいた。「時間をくれ。いまに気持ちよくなる」

もう一度腰を前に押し出す。ゆっくりと。あまりのやさしさに、リオナは吐息をついた。シーレンは、この経験を彼女にとってできるかぎり快適なものにしようと決意しているらしい。

彼が親指の腹でリオナの胸の頂をこすり、硬くぴんと立たせた。もう片方も愛撫し、やがて両方の乳房が痛いほど張り詰めた。

笑顔でリオナを見おろしたシーレンの目にはみだらな光が宿っていた。「おれを包むきみの鞘が濡れてくる。きみが必死で隠そうとしていた乳房が、大きな悦びをもたらすんだ。きみにも、おれにも。その胸はきみ自身と同じくらい美しく、きみの女らしさをさらに高めている。女そのもののように柔らかくて、目に快い。おれにはきみの欠点がなにも見えない。神はきみを完璧な女にかたちづくった。おれは本当に幸運な男だ」

今度彼が顔をしかめて妻を非難しようとしたら、この甘い言葉を思い出させてやろうとリオナは思った。そして彼の賛辞のひとつひとつをしっかり覚えておこう。心に留めておいて、自分が忠誠心と名誉のために彼に押しつけられた花嫁ではなく、慈しまれた恋人だと思いこむのだ。

キーリーから警告は受けていた。下半身がかかわっているとき、男性はいろんなことを言うものだと。それは必ずしも本心とはかぎらないのだという。彼女の言っていた意味が、いまリオナにもわかった。

シーレンが腰を引き、またも突き入れた。今度はもっとなめらかに。彼の言うことは正しかった。乳房をいじられたとき、リオナは濡れた。これまで長いあいだ苛立ちの原因だったものが、初めて役に立ったのだ。

生まれて初めて、リオナは自分が女らしいと思えた。美しいとも。体が男より柔らかく、男ほど猛々しくないことに、絶望は感じなかった。強い戦士の腕に抱かれる女でいるのはいい気分だった。そう、本当にすばらしい気分だ。

「まだ痛むか？」

リオナは彼の口に自分の口を押しつけた。「いいえ、戦士さん。あなたはとっても気持ちがいいわ」

「きみもだ」

彼はリオナの尻の下に手を滑らせてぎゅっと握り、脚をさらに広げさせて、よりきつく抱きしめた。いままでよりも深く自らをうずめる。

リオナに少しでも痛みを味わわせまいとしていたやさしい戦士は、いまや影もかたちもなかった。彼女に痛みがないことを確認したいま、彼はリオナを貫き始めた。彼女が自分のものだと証明し、彼女を所有する権利を主張するかのように。

シーレンの歯が彼女の顎をかすめ、首に移動する。彼が息を吹きかけながらたどった耳から肩までの道筋は、火傷しそうなほど熱くなった。

彼は軽く噛んだり吸ったりキスしたりを繰り返した。きっと二週間は消えない跡がつくだろうとリオナは思った。シーレンは飽くことを知らない。あまりにも長く飢えていて、もはや強い飢餓感を制御できないかのようだ。

リオナは彼の力に屈してのけぞった。完全に降参していた。シーレンは彼女の中に獰猛なまでの欲望をかき立てる。想像もしたことのない感情を。リオナは彼のものになりたいと思った。彼に慈しまれたい。

自分はシーレンの妻だ。この結婚の理由には目を閉じ、心を閉ざそう。たとえ義務から始まった結婚でも、まったく別のものに変化しないとは言いきれない。

彼の愛が欲しい。

そう、リオナは彼の愛を望んでいた。

シーレンは思いやりとやさしさをうかがわせた。だから、彼にはできる。好意以上の感情を抱くことが、きっとできるはずだ。彼自身がどう思っていようとも、シーレンの心は完全に愛を排除しているわけではない。

それを彼に教えるのはリオナの役目だ。

シーレンの腰の動きがどんどん速く、激しくなっていく。彼が自らの権利を行使しているあいだ、ただ受身になっていたくはなかった。だからリオナは、ひとつひとつのキスや愛撫に同じだけの熱意をこめて応えた。

彼はリオナを自分のものだと主張している。けれどもそれはリオナも同じなのだ。

この戦士はリオナのものだ。彼女の夫。彼女の恋人。

決して離しはしない。

シーレンがふたりの体のあいだに手を入れて、彼女の震える敏感な部分を指先で撫でつつ、またしても激しく貫いた。

リオナが自制心を失うにはそれで充分だった。閃光に目がくらむ。弓のつるのごとく張り詰めていた彼女の体は、次の瞬間、星空に飛び出して、きらめく星々のように砕け散った。

頭の中は真っ白になっていた。感じられるのは、信じがたいほどの快感だけだ。悦びで血がわき立ち、濃いハチミツのようにどろどろと四肢を流れていく。

リオナは息もできなかった。空気を吸いこもうと鼻をふくらませ、必死で呼吸をする。

シーレンが叫び声をあげて激しくひと突きすると、ぐったりとリオナの上に崩れ落ちた。

ふたりはマットレスに沈みこんだ。

彼がリオナの頭の横にあった枕に顔をうずめ、彼女の背中に手を回してきつく抱きしめた。

リオナの脚に挟まれたシーレンの大きな体が小さく痙攣し、なすすべもなく震えている。

その胸が大きく上下するのを見て、リオナは自分と同じく彼も息が苦しいのだとわかった。

彼女は笑顔でシーレンの腰に手を回し、しっかりと抱きついた。目を閉じて、彼の首の曲線に頬をあてながら、ふたりの体がなにものにも引き離されないほどぴったり結びついているすばらしい感覚を味わった。

## 12

目覚めたときは暖かくていい気持ちだった。リオナは熱に包まれていた。試しに足の指を曲げてみて、暖かい毛布に食いこんだのを感じてため息をついた。ゆっくりまぶたを開けると、暖炉では炎が明るく燃えている。火のついている部屋で目覚めるのは、ほとんど経験したことのないぜいたくだ。お気に入りの目覚め方になるだろう。

横を見ると、隣の空間は無人だった。シーレンがここにいて、ほとんどひと晩じゅうふたりで手足を絡め合っていたことを示すものはなにもない。

けれども、彼は本当にここにいたのだ。リオナは毛布に潜ったまま伸びをして、シーレンの頭が置かれていた枕を撫でた。

彼女の体には夫に抱かれたしるしが残っていた。動くと脚のあいだの痛みが強くなるし、全身に激しい剣の稽古をしたあとのような筋肉痛がある。

ベッドから出たくなかった。

体は痛いものの、それは心地よい痛みだった。喜んで何度でも経験したいところだ。リオナは目を閉じてゆったりと体を伸ばしながら、自分の上にいたシーレンや中にいたシーレン、彼の濃厚な愛撫や全身を愛してくれた口のことを思い起こした。

扉のあたりで物音がしたので、リオナは目を開け、誰が来たのだろうとそちらを見やった。

サラが中をのぞきこんでいる。リオナが起きているのを見るや、彼女はそそくさと入ってきて扉を閉めた。

「起きていらっしゃるみたいですね」

「鋭い観察力ね、いつもどおり」リオナがそっけなく言う。

サラが小さく舌打ちして、リオナを見ると目玉をくるりと回した。「リオナ様はお勉強の前に湯浴みをなさりたいだろうと、族長がおっしゃいました。すぐ浴槽にお湯をお持ちしますね」

「浴槽？　なによ、浴槽って？」

リオナは上体を起こして、毛布を胸まで引きあげた。目をこすって見回すと、暖炉の前に大きな木の浴槽が置かれている。さっき目覚めたときは、こんなものがあることに気づかなかった。シーレンはいつ浴槽を運ばせたのだろう？　おそらく、ゆうべリオナをこの部屋に運んでくる前だ。

それから、サラのもうひとつの言葉を思い出した。

「お勉強って？　なんの勉強？」

リオナは裸体に毛布を押しあてたままベッドから足をおろした。

サラがにっこり笑う。「族長はわたしたち女に、リオナ様に城の女主人としての仕事をお教えするようにと命じられました。リオナ様はそういったことをなにもご存じないようだが、族長の妻となった以上、女主人としての務めを果たすべきだとおっしゃいまして」

リオナは耳まで湯に浸かっていた。はらわたは煮えくり返っている。ゆうべは天国だった。ふたりで新たな人生に踏み出せる、シーレンは本当に彼女のことを思いやってくれると確信した。ところが彼はベッドから出るなり、か弱く従順な妻のようにふるまえと彼女に命令したのだ。

さらに悪いことに、サラがいま浴槽のそばに腰かけて、シーレンからの指示をひとつひとつ挙げている。

男の格好をしないこと。レディにふさわしくない活動に従事しないこと。具体的には剣術、格闘技、その他戦士が行うべき活動だ。そして胸を縛らないこと。

最後の指示を聞くとリオナは怒りのあまり真っ赤になった。あまりに顔が熱くほてったので、湯気を立てている湯が突然ぬるくなったように感じられた。これ以上の屈辱があるだろうか？

「ほらほら、そんなお顔をなさらずに」サラがなだめた。「族長は城じゅうにそんな話を触れ回っておられるわけじゃありません。わたしを脇に引っ張っていってお話しになり、誰にも言うなとおっしゃいました」

「言いたいことがあるなら、直接わたしに言えばよかったのに」リオナは怒りをこめてささやいた。

サラがふんと鼻を鳴らす。「そうしたら、リオナ様はどうせ命令を無視して、いつものように稽古にお出かけになったでしょう」

リオナは口を尖らせた。「いつものように稽古をして、なにが悪いの?」

サラが手桶の湯を頭からリオナにかけ、彼女を水面の下に押しこんだ。リオナは湯を吐きながら浮上してサラをにらみつけた。サラはしたり顔でにやにや笑っている。

「わたしは長いこと、リオナ様を指導してさしあげたくてたまりませんでした。グレガー様はリオナ様のふるまいを認めておられませんでしたけれど、ほったらかしでした。こんなお年になるまでご息女のことを放っておいたのは、お父上の怠慢です。奥方様だって、リオナ様に城の女主人の仕事をお教えすべきだったのに、グレガー様をほかの女に近づけないことにばかり気を取られておいででした。確かに、リオナ様にいいお手本はありませんでした。でも今日からは違います。わたしがリオナ様を、マクドナルド一族史上最高の女主人にしてさしあげますわ」

老女の目に宿った強い決意を見て、リオナはがっくりと肩を落とした。サラは途方もなくうれしそうで、揉み手をして喜んでいる。

「まず、新しいドレスをあつらえるために寸法をお取りします。今後その胸を縛りつけないとなると、いまのドレスではボディスがきつすぎますから。三人の女に、リオナ様のお母様のドレスの寸法直しを始めさせています。何カ所か縫い直したら、新しい衣装一式ができるまでの間に合わせになるでしょう」

「衣装一式を新調するお金なんてないわ」リオナの口調は暗い。

サラが首を横に振った。「ご心配にはおよびません。族長は、二週間以内にお兄様から必要なものを届けてもらうおつもりです。リオナ様には暖かい服とレディにふさわしい飾りがいるとご連絡なさったそうですよ」

「レディにふさわしい飾りね」リオナは夫の口調をまねた。

「ぶつぶつ言うのはやめてくださいな。お湯が冷めてきました。愚痴をこぼしたって、これから勉強することが山ほどあるという事実は変わりませんよ。おとなしく従うのがみんなのためです」

「少しはすねさせてよ。あなたの言うことが正しいのはわかるけれど、いやなんだもの」

サラが微笑み、手を出してリオナの頬を軽く撫でた。「わたしはリオナ様が大好きですよ。自分の子どもみたいに。だから実の子みたいに扱います。つまり、口答えをしたら頭をぴしゃりと叩くということです」

リオナはにやりと笑ったあと真顔になった。「族長のことをどう思う?」

サラが首をかしげて考えこんだ。

「ぶっきらぼうですが、公平な方だと思いますよ。厳しいですし、ご自分のやり方を通したがる男性です。このクランが族長の流儀に慣れるのは簡単ではないでしょう。だけど、そのおかげでクランはもっと強くなれると思います」

「わたしもそう思うわ」リオナはしぶしぶ同意した。「ただ、わたしが望むのは……」

「なにがお望みなんです?」

サラの前で弱さを見せまいと、リオナは唇を結んだ。彼女が望むものは、幼い女の子の願い、少女が見る夢だ。クランに責任を持つおとなの女性が、そんなばかばかしいことを考えていてはいけない。

「わたしの望みなんてどうでもいいの」彼女は静かに言った。「大事なのは、族長がなにを望むかということよ」

シーレンは腕組みをして中庭に立っていた。無表情でマクドナルドの兵士の訓練ぶりを観察する。横にいるギャノンが、ときどき暗い顔になって首を横に振った。

「こいつらをまともな兵士にするには、とても時間が足りません。キャメロン相手に勝ち目はありませんな」

「確かに難しい」シーレンは苦々しげに言った。「技量はある。ただ、適切な訓練ができていない」

「最高の戦士は女です」ギャノンはうんざりした様子だ。「リオナ様がディオミッドを打ち負かされたのを覚えておられるでしょう?」

シーレンの顔が険しくなった。妻がすぐれた剣士なのは、言われなくても知っている。しかし、彼女を戦いで死なせるわけにはいかない。早く子どもを身ごもれば、リオナはそれだけ早く身を落ち着け、もっと女らしいことに目を向けるようになるだろう。そうすれば、彼女がどんな厄介事に足を突っこむかと心配せずにすむ。

「リーダー格の人間たちを見つけろ」シーレンはギャノンに言った。「このクランの者たちがまだおれの権威を認めるつもりがないのは明らかだ。おれはそいつらに会い、彼らのリーダーとしての地位をおびやかすつもりがないことを説明する」

「ずっと見ていたんですが」ギャノンが声を落とした。「サイモン・マクドナルドはクランの中でかなりの影響力を持っているようです。連中はサイモンの言葉に耳を傾けて、彼の指導を受けています。アーレン・マクドナルドも、若い兵士が指導を仰ぐ長老です。剣の腕も確かですし」

「そのふたりに、おれが大広間で会いたがっていると伝えろ。昼食に招いて、その席で話し合う。訓練のためには、兵士を小さな集団に分けなくてはならない。目標を達成するには、隊長として集団を率いる者たちの協力が不可欠だ」

「そうですね。簡単なことではありませんが」

シーレンは側近に笑いかけた。「おまえは新たなことに挑戦したいと言っていただろう」

ギャノンが不満顔で見返した。「軍隊全体を叩き直すことになるとは予想していませんでした」

シーレンがため息をつく。「おれだって予想していなかった。正直言って、どこから手をつけていいのかわからない。目の前にあるのは、とてつもなく大きな課題だ」

ギャノンがシーレンの肩に手を置いた。「シーレン様以上に有能な監督には会ったことがありません。こんな大変なことができる人間がいるとしたら、それはあなたです」

剣を交わす戦士たちを見渡して、シーレンは苦い顔になった。ギャノンの言うとおりであってほしい。数週間は厳しい訓練の日々がつづくだろう。協力が得られなければ、成功はおぼつかない。

いままでのところ、誰もが彼に対して疑わしい表情で遠慮がちに挨拶をするだけだった。

「サイモンとアーレンを連れてこい。おれは大広間で待っている」

シーレンは大股で城に入っていき、忙しく駆け回って用事をしている給仕女たちをちらりと見た。妻の姿を捜したが見つからない。リオナの面倒を見てやさしく指導すると約束したサラもいなかった。

大広間はがらんとしていた。シーレンは顔をしかめた。そろそろ昼食の時間のはずだ。なのに食事がもうすぐ来るという気配はまったくなかった。暖炉に火は入っていないし、厨房から食べ物のにおいも漂ってこない。テーブルの用意もされていない。

誰を呼んで尋ねていいのかもわからない。彼はうんざりして大広間を出ると、遠くで聞こえる声のほうへと歩いていった。

女たちの洗濯場らしき部屋に入ってみると、妻がいた。手を腰にあて、興奮で顔を真っ赤にしてサラをにらんでいる。

身につけているドレスは上等だが、少し着古していた。ボディスは少々——いや、かなり——きつく、刺繍を施した襟ぐりから豊かな胸のふくらみがこぼれそうだ。彼女は……美しかった。優美で女らしい。みすぼらしい男の服を着て顔を泥で汚し、胸を押さえつけ、髪をきつく頭頂でまとめたリオナの姿が思い出せなかった。

どこから見ても、城の優雅な女主人だ。美しさでも体つきでも、メイリンやキーリーに引けを取らない。

だがそれは、彼女が口を開いて、義姉たちの口からは決して出たことがないであろう罵詈雑言を述べ立てるまでだった。

振り返って部屋の入り口に立っているシーレンを見たときも、リオナはまだ悪態をついていた。彼女ははっと口を閉じ、邪魔されたことに憤慨するかのように彼をにらみつけた。謝罪の言葉が出てきそうにもないのを知ると、シーレンは非難の表情を浮かべた。

リオナが手のひらを腰に強く押しつけて彼を凝視した。瞳が琥珀色と金色のまじった珍しい色にきらめく。

「わたしの仕事ぶりでも見に来たの？」

シーレンは不機嫌に唇を曲げて彼女を見つめ返した。

「なぜ大広間に食事の用意ができていないのか訊きに来たんだ。もう昼食の時間を過ぎているぞ。兵士どもは激しい訓練をして、腹を減らしている。おれもだ」

リオナが眉根を寄せ、きょとんとした顔で彼を見た。ほかの女もシーレンを見ている。まるで彼がとんでもなくばかげたことを言ったかのように。

最初に口をきいたのはサラだった。リオナに目をやってから、一歩前に出る。「ここでは昼食を出さないんです、族長」

シーレンはまたもや顔をしかめた。「特別な理由でもあるのか？　男たちを食べさせるのは大事なことだぞ。体力を保たなければならない。特にいまは以前よりもっと激しい訓練をしているのだからな」

リオナは咳払いをした。「サラが遠回しに言おうとしているのは、食べ物がないということよ。朝はパンと、余っていればチーズを食べて、夜は狩りの獲物でなんとかするの」

「狩りがうまくいかないときは？」

「食べないわ」

シーレンはあきれて首を横に振った。わけがわからない。マクドナルドは兵力の点では最強ではないかもしれないが、貧しくはなかったはずだ。

「きみの父親は、おれの兄と、三カ月分の食料を賭けて勝負した」

「実際には賭けられるほどの食料はなかったのよ」リオナが辛辣に言った。「おかげで蔵は空っぽになって、よそのクランから買うお金もなくなってしまったわ」

シーレンは自分も悪態をつきたいのをこらえた。「食料庫を見せろ」

リオナが肩をすくめて身を翻し、廊下を歩いていった。大広間から厨房を過ぎ、狭くて風通しの悪い部屋に向かう。シーレンは入っていって見回し、空の棚を見て肩を落とした。まさかとは思ったが、マクドナルドはユアンがメイリンと結婚する前のマケイブよりも貧窮している。

「こんなことは許されない」シーレンは歯を食いしばった。「クランの者は食べなければならないんだ」

「乏しい食料でやり繰りすることには慣れているわ」リオナが淡々と言った。「もう何年も、こうやって生きてきたもの」

「きみの父親は救いがたい浪費家だったのか？」

「父は、自分の安楽と、自分の空腹を満たすことにしか関心がなかったの」

「ずっと前にここが侵略されなかったのが不思議なくらいだ」シーレンは嫌悪をこめて言った。「襲われていたら簡単に征服されただろう」

リオナが怒りに唇を結び、目を細めた。「あなたがそんなに見くだしているのは、自分のクランよ」

「いや、おれが見くだしているのはこのクランじゃない。きみの父親だ。族長がクランを養わないのは罪だ。子どもたちも腹を減らしているのか？　老人や病人は？」

リオナが疲れたように息を吐いた。「怒りを爆発させても、なんにもならないわよ。あなたが怒りを向けるべき人間は、ここにはいないの。このクランは長いあいだ充分に苦しんできたわ。あなたに非難されるいわれはない」

シーレンはげんなりとため息をつき、くるりと振り返って大股で部屋を出た。

「どこに行くの？」後ろからリオナが呼びかける。

「狩りだ」彼は言葉を吐き出した。

# 13

「命令変更だ」シーレンは中庭でギャノンを見つけて言った。「サイモンとアーレンに狩りの得意な者を選ばせて、馬を用意しろ」

ギャノンはけげんそうな顔をしながらも、すぐさま族長の命令に従った。

間もなく彼は数人の戦士を連れて戻ってきた。

「狩りに行くんだね、マケイブ？」サイモンが訊いた。

その敬意を欠いた口調に、シーレンはむっとして目を細めた。いまは新しいクランに甘い顔を見せるときではない。そんなことをしたら絶対に信頼は得られない。好きになってくれなくてもかまわないが、尊敬を得る必要はある。

瞬時にシーレンは剣を抜き、空中で横に払った。サイモンの喉のすぐ手前で。

サイモンは驚きに目をしばたたいたが、刃があたってはいけないので動こうとはしなかった。

「おれのことは族長と呼べ。マケイブがマクドナルドに取ってかわったのが気に入らないのはわかるが、それなりの敬意は払え。でないと地面に這いつくばることになるぞ」

「やってみるがいい」サイモンの語気は鋭い。

シーレンは感心せざるをえなかった。喉に剣を突きつけられて明らかに不利な立場に立っていても、年老いたこの相手は恐怖を見せもせず勇敢に立ち向かっている。

彼はゆっくりと剣をおろし、ギャノンに向かって放った。ゆったりとした笑みを浮かべてサイモンを見つめる。「もちろんやってみるさ、じいさん」

するといきなりサイモンが突進してきた。中庭に叫び声があがり、喧嘩を見ようと男たちが押し寄せてくる。

サイモンが肩からシーレンの腹に突っこんで後ろによろめかせた。それでもシーレンは倒れなかった。

マクドナルドの男たちが素早くシーレンとサイモンのまわりで輪をつくり、大声でサイモンを応援した。「やっつけろ」「おれたちが新しい族長をどう思っているのか教えてやれ」といった怒声があがる。

シーレンはサイモンの腰にしがみついた。さっき飛びかかってきた反動で、サイモンがバランスを崩す。シーレンは彼の体を持ちあげて振り回し、地面に叩きつけて覆いかぶさった。

彼らは重なったまま転がった。腕や足がばたばた動き、積もった雪が舞いあがる。サイモンがシーレンの顎を殴り、彼が少し体を引いた隙に這い出した。

ふたりの戦士は立ちあがり、互いを警戒しつつ円を描くように動いた。右や左にフェイントをかけながら相手が動くのを待つ。

シーレンはサイモンの顎にこぶしを叩きこみ、数歩後ろによろめかせた。サイモンが口から流れた血を手でぬぐい、唇をめくりあげた。

「あんたがどこまでできるか、見てやろうじゃないか、マケイブ」

サイモンが飛びかかって太い腕でシーレンの腰をつかみ、ふたりは雪の中に倒れこんだ。衝撃でシーレンの息が止まる。それから体を回転させて、顔に飛んできたこぶしをかわそうとした。だが一瞬遅れてしまった。口の中に血の味が広がる。

彼はサイモンのみぞおちを膝蹴りして、数メートル先の雪の中に仰向けに倒した。素早く立ちあがると、サイモンが雪だまりから体を起こすところだった。

「なにが不満だ?」シーレンは怒鳴った。「前の族長は生きているだけで迷惑な男で、追われるようにクランを去った。あいつは卑怯なやつだ。おまえたちみんなの面汚しだった」

サイモンが雪の上にぺっと血を吐いた。「あんたは、わしらに選ばれたわけじゃない。あ、前の族長は立派とは言えなかった。指導者の器ではなかった。しかしあんたも、まだその器があることを証明してはいない。ずかずかとわしらの領地にやってきて、王が決めたことだと言って命令を叫んだだけだ。その王とて、この処置を発表するために自らここへ足を運ぼうともしなかった」

「リオナ様に敬意を払っていない」群衆の中からジェイミーが叫んだ。

「そうだ」数人が声を揃える。

サイモンはうなずいた。「リオナ様は、クランのことだけを考えてくださるすばらしいお嬢さんだ。わしらと一緒になって戦い、わしらに食い物がないときは一緒になって我慢してくださる。骨の髄まで誠実なお方だ。リオナ様には、大切に扱ってくれる夫がふさわしい」

一瞬老人の気がそれた隙を見て、シーレンは飛びかかった。ふたりはまたもや倒れ、シーレンは勢いを利用してサイモンの体を裏返した。

サイモンが顔から雪に突っこみ、シーレンはサイモンの背中を膝で押さえつけた。髪を引っ張り、顔を雪からあげさせる。

「それがマクドナルドの流儀か？　自分たちのかわりに女に戦ってもらうのが？　リオナは族長の娘だ。いまは新しい族長の妻になった。それが男の格好をしてうろつき、自分の身を危険にさらしてもいいのか？　殺されるか、大怪我をするかもしれないんだぞ。おまえの言うようにリオナを大切に扱うなら、城の中で保護するべきではないのか？　敬意などとよく言えたものだ。おまえたちこそ、リオナや彼女の地位に敬意を払っていないだろう？」

シーレンは手を離し、立ちあがってサイモンを見おろした。

「女は保護し、大切に扱い、養うべき存在だ。おれが男のすることを女にやらせるのは、おれが死んで、もう戦士とは呼ばれなくなったときだ」

サイモンが顔をしかめて立ちあがり、チュニックから雪を払った。「はい、それはそうです。ただ、リオナ様は……変わっているんです、族長」

シーレンはサイモンの言葉遣いに満足した。「ああ、知っている。風変わりな娘だ。だが、女としての正しいふるまい方を教えるのは、いまからでも遅くない。遠からず彼女はおれの子を身ごもる。次の族長をだ。リオナが男みたいに剣を持って戦って、自分と子どもの命を危険にさらしてもいいのか？」

「だめだ」

群集の中からささやき声があがり、皆が首を横に振った。とはいえ、全員が納得したわけではない。リオナを保護する必要性は認めても、まだシーレンを族長とは認めていないのだ。

それには時間がかかるだろう。だが、この貧弱な軍隊をマケイブ並みの優秀な軍勢に変えるのに、時間の余裕はない。

「今日はどこへ行くんですか、族長？」サイモンが尋ねた。

サイモンがシーレンを族長と呼んで敬語を使ったことをよしとしない男たちは、まだ大勢いた。彼らは渋い顔になり、あからさまに反抗的に首を振りつつ歩み去った。

「狩りに行く」シーレンは言った。「食料庫は空だ。おれたちがここに突っ立ってガキみたいに喧嘩をしているあいだも、女子どもは腹を減らしている。これからの何週間かは訓練に明け暮れる。体力を保つには充分な栄養がなければならない。おれは厳しく容赦なく鍛えるからな。どれほど大変でも、おれはおまえたちを立派な戦士にする」

「息子のジェイミーは弓の名手です。わがクランいちばんの狩人です」

「では喜んで一緒に連れていこう。最高の狩人を集めろ。おまえとアーレン、それにおまえたちが選んだ者たちを連れていく。すぐに出発するぞ」

サイモンがうなずいて背を向けかけたが、そこで足を止めた。言うべきかどうか迷っているかのように、大きく息を吸う。

「話せ」シーレンは命じた。「なにか言いたいことがあるんだろう」

「リオナ様を辛抱強く見守ってください。いままでずっとこうして生きてこられたんです。心のやさしい、そして気の強いお方です」

シーレンは渋い顔になった。ことあるごとに妻の扱い方について口を出されるのには腹が立つ。兄のアラリックですら、キーリーと結婚したあと、それについて意見を述べていた。まあ、アラリックは女の扱いにかけては専門家を自称しているのだが。

「妻に必要なのは厳しいしつけだ。これまではずっと好き放題を許されてきたようだが」

群集の中から忍び笑いの声があがった。サイモンすらにやにやしている。あたかも彼ら全員が面白い秘密を共有しているかのように。

「では幸運をお祈りします、族長。おそらくそれが必要になるでしょうから」

14

リオナは監視塔の窓辺に立って、雪に覆われた風景を眺めていた。狩りの一行が出発して三日目になるが、まだ帰ってくる気配はない。

一日目の夜に若い戦士のひとりが立派な雄鹿を持って戻ってきた。さばいて塩漬けにして保存し、一部は女子どもがすぐ食べられるように料理しろというシーレンの指示を携えて。その戦士以外は、食料庫がいっぱいになるほどの獲物が集まるまで狩りをつづけている。

リオナは下に目を向けた。男たちはシーレンの残した指示に従って訓練に励んでいる。彼女はこの三日間、自分も訓練に加わりたいという誘惑に耐えた。屋内にとどまり、肉の保存法や食料庫での食料の積み方、掃除の段取りといった果てしない指導に耳を傾けた。もちろん、レディの正しいエチケットや賓客を出迎えてもてなす方法といった眠気を誘う講義も聞かされた。

マクドナルド城に賓客が訪れるわけでもあるまいに。

今日も夫は戻りそうにない。夕暮れまでにはあと数時間ある。中庭で剣を振って欲求不満を吐き出したくて、リオナはうずうずしていた。

しかし、問題がある。サラはためらいなくリオナのことを族長に密告するだろう。つまりリオナは、部屋に戻るとサラに告げたあと、こっそり中庭におりていかねばならないのだ。

振り返ってマントの前をかき合わせ、塔からおりる。下まで来ると給仕女に出くわした。きっとサラに命じられて彼女を見張っているのだろう。

「部屋に戻るわ」リオナは低い声で言った。

「ご気分がお悪いのですか、リオナ様？」

リオナは自分とほとんど年の変わらない女に笑みを投げた。「大丈夫よ、ベアトリス。ちょっと疲れただけ」

ベアトリスが訳知り顔で微笑んだ。「族長が出発されてから、あまりよくお休みになっていないでしょう。もうすぐお戻りになりますよ。冬じゅう持つくらいの肉を持って」

リオナは小さな笑みを浮かべると、自分とシーレンの部屋に通じる階段に向かった。男たちはシーレンを族長と認めていないが、城の女たちはためらいなく彼を受け入れている。どんな方法を用いたにせよ、彼はクランの女の信頼を勝ち得たらしい。彼女たちはみんな、シーレンが困難を解決し、食料庫を満たしてクランを強くしてくれると信じている。

彼が本当にそれを成し遂げてくれるのなら、リオナは結婚に満足すべきだろう。

そう、満足すべきなのだ。

二晩ひとりで寝ていた寝室に入ると、夫が早くも自らの痕跡を部屋に残していることに気づいて驚いた。シーレンの持ち物が多いわけではない。というより、彼はほとんど荷物を持ってこなかった。

なのに、これまでがらんとして特徴のなかった部屋が、いまやすっかり男臭く感じられる。

彼がこの狭い空間に自分の存在そのものを残していったかのように。

シーレンがマケイブ城から持ってきた毛布がベッドを覆っている。リオナはすでに、そのぜいたくな分厚い毛布に包まれて眠ることに慣れてしまった。窓を覆う毛皮すら、彼のものに取り換えられていた。

暖炉のそばにある椅子つきの小テーブルには、巻き紙と羽根ペンとインクが置かれていた。リオナはそれに好奇心を喚起された。巻き紙になにが書かれているかを知りたい。けれども彼女は字が読めなかった。夫にそのような教養が備わっているのが意外で、彼女は興味を引かれた。

シーレンには、まだ明らかになっていない隠れた特性がある。リオナには見当もつかないものが。彼は本当の自分を他人の目から遮断し、自ら選んだ部分だけを見せている。リオナはそのことに苛立ちを覚えていた。結婚した男についてあらゆることを知りたくてたまらなかったからだ。

リオナは女たちがあつらえたドレスを入れた衣装箱のところへ行き、その後ろに手を伸ばした。箱と壁のあいだの狭い空間から、隠しておいたチュニックとトルーズを引っ張り出す。布地の感触が指に心地よかった。古いけれど着心地のいい、見慣れた服。彼女は期待に胸を躍らせ、急いでドレスを脱いでチュニックを着た。

着替えが終わると、マクドナルドの領地に戻ったときから隅に置かれていたブーツを取った。貴重なストッキングをはき、ブーツに足を入れる。

ストッキングのおかげでブーツが少し窮屈に感じたが、不快ではなかった。なにより足が温かい。

ほとんど踊るような足取りでリオナは壁に向かった。そこには彼女の剣がかかっている。シーレンが剣を溶かして鎧につくり直させていないことがありがたかった。こんな立派な武器をだめにするのは罪だ。

鞘に指を滑らせ、留めてあるところから慎重に持ちあげる。剣は手にしっくりとなじんだ。この重み。彼女の手に合うようかたちづくられたくぼみ。リオナでも楽に振り回せる程度に軽く、相手に致命傷を与えられる程度には重い。

刃の鋭さを確かめ、髪の毛が真っぷたつに切れたのを見て満足を覚えた。

次なる冒険は、サラに出くわさないよう願って階段をおりていくことだ。

ほどなくリオナは中庭に走り出た。男たちのあいだを縫って、城の入り口からいちばん遠く離れたところに向かう。サラが捜しに来たときに備えて、彼女の視界に入らないところにいたかった。

男たちから異なった反応を示され、リオナは戸惑った。数人は彼女を見て心からうれしそうに挨拶をした。ところが、何人かはよそよそしく、不安げに互いを見交わした。もっと積極的に彼女の前に立ちはだかった者もいた。といっても好戦的な態度ではない。

彼らは心配そうだった。そして彼女をかばうような態度を示した。

ヒュー・マクドナルドは顔をしかめ、落ち着きなく唾をのみこんだ。「リオナ様、城の中におられたほうがいいと思いますが。外は寒いです。男の訓練に加わってはいけません」

リオナはぽかんとして大柄な戦士を見つめた。リオナに剣のわざをしこんでくれたのはヒューだった。ほとんどのことを彼から教わった。ヒューは数えきれないほど何度も彼女に尻もちをつかせ、立ちあがってまたかかってこいと挑発したのだ。

「シーレンに丸めこまれたの？　ここに来て一週間にもならないのに、彼はもうあなたをたらしこんで、わたしの言うことを聞かせないようにしたのね！」

ヒューがなだめるように手を出した。「落ち着いてください、リオナ様。そうではありません。族長は、戦うのはリオナ様のためにならないことをお示しになったんです。剣を振り回すのは女らしいふるまいではありません」

リオナは彼をにらんで剣を抜いた。「あなたに尻もちをつかせるのは、どれだけ女らしいことかしら？」

ヒューが手をあげてほかの者を止めた。「リオナ様に剣を向ける者は、わしが許さん」

リオナは胸が締めつけられ、心が痛んだ。「みんなに、わたしと剣を交わすことを禁じるつもり？」

ヒューが棍棒をのみこんだような苦しげな顔になった。「申し訳ありません。許したら族長に生皮をはがされます。いや、それでなくても、リオナ様にお怪我をさせるわけにはいかないんです。おなかに宿しておられるかもしれないお子様にも」

リオナは目を閉じて横を向いた。寂しくて、むなしくて、胸が痛くなった。目が潤み、敗北感で肩を落とした。

「剣をください」ヒューがやさしく言う。「片づけておきます」

リオナは振り返って、ヒューの後ろに立っている男たちを見た。彼らの表情を見れば、ヒューに同感のようだ。もはや誰も彼女と戦ってはくれない。リオナは涙をぐっとこらえて、ゆっくりと剣を差し出した。ヒューがそれを受け取って、男たちのひとりに手渡した。彼らがそのあとどうするのか見ようとはせず、リオナは背を向けて中庭の奥から外に駆けていった。一度も振り向くことなく。

胸が破裂しそうだ。

冷たい風が濡れた頬に吹きつけた。いつの間にか流れていた涙が肌の上で凍りそうになる。喪失感はとてつもなく大きかった。それはリオナの心を深く切り裂き、一週間も放置していた傷のようにただれさせていた。

ひどく裏切られた思いだった。自分の人生はすっかり変わってしまった。愛していた人々、彼女を愛してくれた人々は、女の立場についての夫の強い信念に説き伏せられたのだ。父の自由に走り回り、父を避けることだけに気を配っていればよかった日々が懐かしい。父の部下を剣で打ち負かしたときの至福の勝利感が懐かしい。

外で剣を握っているとき、リオナの欠点は消え去った。劣等感を忘れていられた。彼女はたくさんいる戦士のひとりだった。強く有能な戦士だ。保護されるべき女ではなく。自分や同胞に恥をかかせなつくり笑いをしたり、恥ずかしがったりするのは苦手だった。

いために必要とされる社交上のたしなみも身につけていない。だから父も、彼女を賓客の前に出そうとはしなかった。

リオナはのろのろと丘をおりて、マクドナルド領内のふたつの湖を結ぶ泡立つ小川に向かった。川は美しかった。岸から川の中ほどまで氷が張り、中央付近ではごつごつした岩の上を水が勢いよく流れている。水はひんやりと冷たく、川の両側では雪が積もって地面を白く覆っている。

水辺で立ち止まり、胸の前で腕を組んだ。目を閉じて、さわやかな冬の空気を深く吸いこむ。城の煙突から漂うかすかな煙の香りが鼻腔をくすぐった。金串に刺された肉のにおいを嗅ぐのはずいぶん久しぶりだ。

どのくらい川面を眺めていたのだろう。寒さに震えてはっとわれに返ったとき、リオナは自分の心を悩ませているものの正体を悟った。それは自由を失ったことではなく、未知のものに対する恐怖だった。

リオナはまるで、お気に入りのおもちゃを奪われてすねた子どものようにふるまっていた。だがこんな自分でも、クランの立て直しには参加できるはずだ。得意な分野では協力できないかもしれない。しかし、誰もが変化に対応することを強いられている。それを気に入らないと思っているのは、彼女ひとりではない。

夫が完璧なレディ、手入れの行き届いた城、女らしい優雅さの見本を求めているのなら、リオナはそのすべてを彼に与えよう。どんなに苦しくても。

彼にとって恥じない妻になるのだ。

リオナは顔をあげ、川の向かい側に目をやった。すると突然、馬に乗った男たちが対岸の木陰から飛び出して、彼女のほうに突進してきた。

馬がバシャバシャと川に入る。リオナは身を翻して叫び声をあげた。岸に沿って走りだす。丘を駆けのぼって城に戻るのは無理だとわかっていた。馬から逃れるのは難しい。

遠くからの声を家来が聞きつけてくれることを祈りながら、口を開けて警告の叫びをあげようとした。ところが背中を蹴られてしまって、地面に倒れこんだ。

勢いよく雪に突っこみ、一瞬息ができなくなった。

彼女は痛みを無視して、両方の手のひらを地面につけて体を押しあげ、立ちあがってふたたび逃げようとした。

だが髪をつかまれて後ろに引っ張られ、背中から地面に倒された。見あげると、そこには五人の男がいた。恐怖で口の中に苦いものがこみあげたが、リオナはそれをのみこんだ。自分がどれだけ怖がっているかを敵に悟られたくなかった。

「なにが望みなの?」

リオナをつかんでいた男が、彼女の顔を手の甲で引っぱたいて黙らせた。かっとなったリオナは、指で男の目をかきむしった。男が痛みにうめいてよろよろとあとずさる。その隙に彼女は立ちあがって逃げようとした。

しかし、いくらも行かないうちに別の男に飛びつかれ、今度は雪の中で前のめりに倒れた。

鼻や口に雪が詰まる。感覚が麻痺して、さっき叩かれた痛みも感じなくなった。

体を上に向けたが、今度は、いま飛びついてきた男に頬を殴られた。男の手が強い力で首を絞めてきて、リオナは呼吸ができなくなった。

男は彼女がぐったりとなるまで首を絞めつづけた。ほかの男たちも集まってくる。最初の男が、リオナに引っかかれたところから血を垂らしながらよたよたとやってきた。

「このあま」唾を飛ばして言う。

男が彼女のチュニックの襟ぐりをつかんで下に引き裂き、乳房をあらわにした。リオナはもがいたものの、首をつかんでいる男がまたしても手の力を強めたので、あきらめざるをえなかった。

悲鳴をあげようとしたが、声が出てこない。男のひとりに乳房をなぶられ、胸の先端をつままれたとき、怒りの涙で目の前がぼやけた。

意識を失う寸前になって、喉を絞めていた手の力がゆるめられ、リオナはようやく深く息を吸った。充分な空気を取り入れ、また口を開けて悲鳴をあげようとしたそのとき、顔が痛みで爆発しそうになった。

男が強い力で、彼女の顔を規則正しく左右交互に平手で打ちつづけたのだ。やがてリオナは痛みでぼうっとなった。ほかの何本かの手が、けもののように彼女の体をいやらしく探り、つねり、いじっている。

殴られた頬を熱い涙が伝い落ちた。生まれてこのかた、これほどの無力感を覚えたことはない。剣はどこ？　どうやって身を守ればいい？

リオナは自分の領内で犯されるのだ。じっと横たわって泣くことしかできずに。

意識が朦朧としてきたとき、男が顔を寄せ、熱く臭い息を彼女の顔に吹きつけた。

「新しい族長に伝言を届けるんだ」男はささやき声で言った。「マケイブがダンカン・キャメロン様の手から無事に逃れることはできない。メイリン・マケイブも、生まれたばかりの娘も。マケイブどもが大切に思う人間はみんなだ。キャメロン様は、ユアン・マケイブの側につく者を破滅させる。ニアヴ・アーリンを手に入れるまであきらめない。おまえのきれいな顔がダンカン・キャメロン様の決意の証拠だ。そう伝えろ」

彼はリオナの顔に向けて雪を蹴り、自分の馬まで戻っていった。

リオナはぼんやりと、馬が川を渡っていく足音を聞いていた。頭を持ちあげようとしたが、痛くて動かせない。胸がむかむかして、吐き気が喉にこみあげた。

目を閉じ、小さく呼吸をしてむかつきを抑える。それからゆっくり寝返りを打って、しばらく横になったまま力をかき集めた。

膝立ちになろうとしたが、前のめりに倒れてしまった。怒りの涙が目にあふれる。たとえ這ってでも城に戻らなければ。

なんとか立ちあがろうとしたとき、またもや気を失いかけた。丘を見あげ、ため息をつく。目的地は果てしなく遠く思われた。

そうして彼女は這い始めた。

15

「リオナ様！　リオナ様！」

リオナは渾身の力を振り絞って顔をあげ、前を見た。けれども誰が叫んでいるかはわからなかった。右目は腫れてほとんどふさがっており、左目もかすんでいる。したたかに殴られたために、がんがんと耳鳴りがしていた。

「ああ、リオナ様、どうなさったんですか？」

「ヒュー」彼女はささやき、必死の思いでぼろぼろのチュニックを胸に押しあてた。

「はい、ヒューです。なにがあったのか教えてください」

唇をなめると血の味がした。「男たちが」声はかすれて、ほとんど聞き取れない。首を絞められたために喉も腫れているのだ。「小川を渡って」

「なんてことだ！」ヒューが怒鳴る。

リオナは前によろめいた。馬に乗れとヒューが部下に命じる叫び声を聞いているうちに、残った体力は尽きていった。

「リオナ様！」

肩にやさしく手が置かれ、そっと体の向きを変えられた。腫れあがった顔から髪が払いのけられる。

「まあ」サラのうめき声がした。「なにがあったんです?」

「さ、寒い。中に入らせて」

「だめです、動かないでください。誰か家来に運ばせます。どこか折れていませんか?」

リオナはなぜかその質問を面白いと思った。にやりと笑おうとしたが、すぐに口を動かしたことを後悔した。「やられたのは顔だけよ」

「マンガン、こっちに来て、リオナ様をお部屋まで運んでちょうだい」サラが命じた。

大柄な戦士に持ちあげられると、リオナは痛みにうめいた。

「すみません、リオナ様」マンガンがどら声で謝った。「痛くするつもりはなかったんですが」

「いいのよ、マンガン。ちょっとした打ち身だから」

「女性にこんな狼藉を働くとは、卑怯なやつらだ」

「ええ、そうね」リオナは小声で答え、父が彼女を殴ったときのシーレンの反応を思い出して身震いした。彼女が襲われたことを知ったら、彼は激怒するだろう。

マンガンがリオナを城に運び入れて階段をのぼった。後ろからはサラと数人の給仕女がついてきた。

「ベッドに寝かせて。そっとよ!」サラがてきぱきと指示を出す。「ネーダ、温かいお湯と布をお願い。それからお風呂の用意を。風邪をひいてしまわれるわ。マンガン、暖炉の薪を取ってきて。火をおこして体を温めないと」

リオナはベッドに沈みこんで小さくうめいた。無事城に戻ったいま、無理に意識を保っている必要はない。視界がどんどんぼやけてきた。サラは彼女を起こしておこうとしたけれど、リオナは徐々に暗闇に包まれ、弱々しく息を吐いて意識を失った。


「見事に命中させたな」シーレンは倒れた鹿を見おろしてジェイミーに言った。「おまえの父親の言うとおりだ。おまえは弓の名手だな」

ほめられてジェイミーがにやりと笑った。「これで二頭です。城に持っていかせたやつを入れたら三頭。あと一頭仕留めたら、数週間は持ちそうです」

「ああ、明日になったらもう一頭やっつけられるだろう。暗くなってきた。野営できる場所を探して、焚き火をおこそう」

一時間ほどのち、男たちは暖かい焚き火の前に陣取り、鹿の脚一本を焼いていた。サイモンがナイフで骨から肉をひと切れ取り、シーレンに放る。

シーレンはひと口食べてうなずいた。「うまい」

サイモンは残りの男たちにも肉を切り分け、あとには骨だけが残った。ギャノンがシーレンの横に座りこみ、丸太にもたれた。

「長い狩りに出たのは久しぶりです。近ごろは、仕事といえば扱いにくい女性のお守りばかりで」

シーレンはふんと鼻を鳴らしたが、肉を喉に詰まらせて咳きこんだ。ギャノンが背中を叩く。ふたりは声をあげて笑った。

「おまえの仕事をうらやましいと思ったことはない」シーレンは悲しげに言った。「おれも順番でメイリンのお守りをやらされたが、もうこりごりだ。おまえがどんな悪さをして、兄貴たちから女のお守りを任されることになったんだろうとよく思ったものだ」

ギャノンがうんざりと首を横に振った。「わしもよく思ったもんです。コーマックが結婚したのは、あの仕事から逃れるためだろうかと」

シーレンはくっくっと笑った。「ありうるな。あいつはメイリンに振り回されてくたくたになっていたから」

男たちが焚き火のまわりでくつろぎ始めると、サイモンがシーレンを挟んでギャノンと反対側に腰をおろした。「お聞かせください、族長。わしらがダンカン・キャメロンの軍勢に勝てる可能性はあるんですか？　そもそもマケイブのクランと同盟を結ばなかったら、わしらの存在などキャメロンの目にも入らなかったのでは？」

その皮肉めいた言葉に、シーレンは目を細めた。「キャメロンを恐れておれたちに接触してきたのはグレガーのほうだ。あいつが同盟を結ぼうと言い出したんだ」

「ですが、この同盟はマケイブの得にもなるんでしょう？」

「侮辱するつもりはないが、グレガーが率いていたのは貧弱な軍隊だった。おれたちにとってこの同盟の利点は、マケイブの領地がつながることだ。ニアヴ・アーリンとマケイブ領を隔てるのはマクドナルド領だけだったからな。しかし、いちばん得をするのはほかの族長たちだ。彼らは、グレガーが同盟を結んだら、自分もおれたちと組もうと考えていた。おれたちの強みは、数と、マケイブのすぐれた軍勢だ」

「えらく自信たっぷりですね」

「おれたちより強い武力を持つ者はいない」シーレンは明言した。

「だったら、どうしてキャメロンをやっつけるのを先延ばしにしているんですか？」ジェイミーが尋ねた。

「そうです」別の男が身を乗り出した。「なぜ待つんです？」

狩りに同行していたマクドナルドの男たちは皆、前のめりになって会話に聞き入った。

「敵を打ち破るときには我慢が必要だからだ」シーレンは答えた。「この世からダンカン・キャメロンを抹殺する機会を、おれたちは何年もじっと待った。やつは危険な野心家だ。自分の視界に入るすべてのものを支配するためなら手段を選ばない。やつはおれたちの土地を狙っている。このあたりの土地すべてを。やつは先王の庶子マルコムと手を組んでいるらしい。マルコムがまたもやデイヴィッド王に反乱を起こして玉座を奪えば、スコットランドは真っぷたつに割れる。キャメロンの報酬はハイランドだ。マルコムがスコットランドの南部を支配しているあいだ、キャメロンは実質的にハイランドの王となり、このあたり一帯で絶対的な力を振るうだろう。おれたちは子孫になにも遺せなくなる。すべてがやつに支配されるんだ」

「そんなことは許せない」ジェイミーがつぶやいた。

「ああ、許せない」シーレンが同意する。

「それで、グレガー様は？　どこへ行かれたんですか？　誰と組んでおられるんですか？」サイモンが訊いた。

シーレンは老人に目を向けた。「わからない。あいつは多くのマクドナルドの兵士を連れて姿を消した。王の裁きに不満だった。だからおれたちは、キャメロンだけでなくグレガーのことも警戒しなくてはならないんだ。やつは、自分に正当な権利があると思っているものを取り返そうとするかもしれない」

「もっと前に、族長の座から追い落とすべきでした」サイモンは暗い顔になった。「わしらのせいです。確かにグレガー様は無能な族長で、クランに大きな迷惑をかけましたが、それを許したのはわしらです。わしらはその罪で神の罰を受けるでしょう」

「過去の過ちを正すのはいまからでも遅くない」シーレンは言った。「おれたちのクランに食べ物が行き渡ったら、次は兵士の強化に集中する。敵にメッセージを送るんだ。おれたちを征服するのは簡単ではないと」

サイモンが体を引き、シーレンをじっと見据えた。「初めて、おれたちのクランとお呼びになりましたね、族長」

シーレンは眉根を寄せた。「そうだな。おれはそのことを受け入れ始めたのかもしれない」

男たちがうれしそうにうなずいた。まだ心を許してはいないものの、シーレンは、いま率いている男たちとの関係がかなり進歩したように感じられた。一朝一夕に受け入れられるのは無理だとしても、彼らがあからさまにシーレンを無視していないのは確かだ。

ギャノンがシーレンの腕に手を置き、指を自分の唇にあてた。即座に男たちが黙りこむ。側近を警戒させた音を自分の耳で確かめるまでもなく、シーレンは立ちあがって剣を抜いた。ほかの者も彼につづく。シーレンは男たちが静かに素早く動いたことに感心した。もしかしたら、彼らも腕のいい戦士になれるかもしれない。

「族長！　族長！　シーレン族長！」

ヒュー・マクドナルドが四人の部下を従えて野営地に駆けこんできた。馬を休ませることなく一途に走らせてきたようだ。ヒューは鞍から滑りおり、よろよろとシーレンのほうにやってきた。

シーレンは剣を鞘におさめ、大柄な男のチュニックをつかんだ。「どうした、ヒュー？　なにがあった？」

「リオナ様です、族長」

シーレンの血が凍った。「どういう意味だ？」

ヒューが呼吸を整えた。「二日前、何者かに襲われました。その男たちは、ふたつの湖を結ぶ小川を越えてきました。森からです。木々のあいだに隠れていたようです」

シーレンのこめかみの脈が激しく打ちだした。「リオナは大丈夫なのか？　怪我をしたのか？　やつらはなにをした？」

「ひどく殴られています、族長。それ以外のことはわかりません。リオナ様が這って中庭まで戻られたときに見たのですが、わしはすぐ襲撃者を追っていきましたので。やつらを見失ってからは、そのまま族長を捜しに来ました」

シーレンはヒューを押しのけた。考えをまとめようとする彼の手は震えていた。

「生きているんだな？」

「はい、族長。わしが出てきたときは生きておられました。死ぬような怪我ではなかったと思います」

シーレンはギャノンのほうを向いた。「一緒に来てくれ」それからサイモンを手招きする。

「おまえたちは肉を馬に積んで、すぐに城まで戻ってこい」

ギャノンは急いで馬の用意をしに行き、シーレンはヒューに向き直った。「誰がやったんだ？」声には殺意がこもっている。

「それもわかりません、族長。リオナ様はほとんどなにもおっしゃいませんでした。わしはリオナ様が話をなさるまで待たずに、襲撃者の追跡を始めました」

「正しい判断だったぞ、ヒュー」

サイモンが深刻な表情で進み出た。「族長、わしも一緒に戻ります。ギャノンとふたりだけでは危険です」

シーレンはいぶかしげに眉をあげた。「おれを守るつもりなのか？」

サイモンは一瞬黙りこんだあと答えた。「あなたはわしの族長です。わしの務めは、いつもあなたをお守りすることです。あとに残されたら、務めが果たせません」

「よしわかった、サイモン。おまえが付き添ってくれるのはありがたい。急いで帰るぞ。おれが妻の面倒を見られるように」

## 16

シーレンとギャノンとサイモンが中庭に入っていったとき、日はまだのぼっていなかった。シーレンは馬が完全に止まる前に滑りおりた。サラが城に入る石段の下で彼を出迎えた。

「どんな具合だ？」

サラが不安そうに顔にしわを寄せ、両手を揉み合わせた。「よく帰ってくださいました、族長。どうしていいのか、わたしにはわかりません。襲われてから、リオナ様は一歩も部屋をお出になりません。ご自分を見失っておられます。なにもお食べにならず、ただ座って、窓から外を眺めるばかりなんです」

シーレンはサラの腕をつかみ、落ち着かせようと体を揺すった。「体は大丈夫なのか？怪我はひどいのか？」

サラの目に涙が光った。「リオナ様がなにをされたのか、よくわからないんです。意識を取り戻されてからはなにもおっしゃいませんし、誰が部屋に入るのもお許しになりません。わたしにも打ち明けてくださらないんです」

「おれが行く」シーレンはサラを押しのけた。

彼は不安に襲われながら急ぎ足で階段をのぼった。部屋の前まで来たとき、自分が恐怖にとらわれていることに気づいた。なじみのない感情だったし、自らその気持ちを認めたことすら不思議だった。兄たちが愛する女の身を案じて憔悴するのは見てきたが、まさか自分が同じような恐怖を感じることになるとは想像もしていなかった。

シーレンは首を横に振った。彼はどんな女であっても乱暴されたら心配する。そして、ほかの人間が自分のものに手を触れたら激怒するのだ。

彼はノックしようと手をあげたが、それが自分の部屋であることを思い出し、手をおろして扉を開けた。

リオナは眠っているとばかり思っていた。ところがベッドを見ると空っぽだった。最近寝た形跡もない。首をめぐらせて部屋を見回すと、暖炉のそばにいるリオナを見つけた。椅子に腰かけ、首を横に傾けて眠っている。

彼女の顔についた青あざを見て、シーレンは息をのんだ。横顔しか見えないが、まぶたが腫れあがっている。首筋に指の跡がついているのが部屋の入り口からでもわかった。

シーレンはそっと扉を閉めた。リオナを起こしたくなかった。それから部屋の奥へ進み、もっと子細に観察した。

彼女はひどく殴られていた。妻を見おろしながら、シーレンは怒りでこぶしを握りしめた。リオナはか弱く、華奢に見える。どうやってこんな残忍な暴力に耐え抜いたのだろう？　そもそも、彼女はなにをされたのだ？

なにが起こったのかと考えるだけで胸が悪くなった。サラによれば、リオナは襲われたあと部屋に閉じこもり、誰とも口をきかないらしい。暴行されたのか？

シーレンは震える手を伸ばしてリオナの頬を撫でた。ああ、考えるのも耐えられない。誰かが彼女に触れ、そして傷つけた。足ががくがくして、彼は石の炉辺に座りこんだ。

彼の手が顔から離れると、リオナが動いた。何度かまばたきをして目を開けてから、まるで右目を開けるだけでもつらいように目を細めた。

「シーレン」彼女がささやいた。

「ああ、おれだ。大丈夫か？　傷はまだ痛むか？」

リオナが舌で唇を湿し、手で喉を揉んだ。その動作を見ると彼女のか弱さがいっそう思いやられ、シーレンの中で怒りがふつふつとわき立った。

「痛みはあるけれど、大丈夫。深刻なものじゃないわ。狩りはうまくいった？」

その感情のこもらない物言いにシーレンは困惑した。まるで留守のあいだはなにごともなく家に帰り、妻から礼儀正しく出迎えられているようだ。

リオナの目の下のくまが気になった。あざよりも黒い。起きている彼女は、さっきよりさらにか弱そうに見えた。どこか様子がおかしい。サラがあんなに心配していた理由が、シーレンにもわかった。

「リオナ」彼はやさしく言った。「なにがあったのか話してくれないか？　おれはすべてを知らなくてはならない。時間をかけていいんだ。急ぐことはない。この部屋には、おれときみのふたりきりだ。話して困ることはなにもない」

リオナがうつろな目を泳がせたあと、彼に視線を向けた。シーレンは彼女に触れたかった。

しかし、どこに手を置けば痛くないのかもわからなかった。

「わたしは川辺に立っていたの。ふと目をあげると、馬に乗った男たちが川を渡ってくるのが見えた。丘をのぼってもつかまるだけだと思ったから、岸に沿って走ったわ。でも、あいつらはすぐに追いついてきた」

シーレンは彼女が膝に置いた手の上に自分の手を重ねた。その手を包み、親指で指の関節を撫でる。彼に握られたリオナの手は小さく、彼女がいかに痩せていて小柄なのかを彼は改めて思い知った。

「ひとりがわたしを地面に押し倒して、手の甲で叩いたわ。わたしはそいつの目に指を突っこんで、引っかいてやったの」

「よくやった」シーレンはぼそりと言った。

「いったんは逃げたけれど、すぐ別の男につかまった」

そこで初めてリオナの声が揺れた。その声にはさまざまな感情が含まれている。彼女は言葉を切って炎に見入った。

「わたしはなにもできなかった」リオナがささやいた。「男はわたしを殴って、服を裂いて、わたしに……さわった」声が詰まった。

シーレンは手の動きを止めた。唾をのもうとしたが、のみこめなかった。「きみを犯したのか？」

リオナが彼に視線を戻した。驚いたように目を見開いている。「いいえ。そいつはわたしの胸を探ったの。それからわたしを殴って侮辱した。そしてあなたに伝言を残したわ」

彼女が犯されていないことにシーレンは安堵した。だが、ひどく傷つけられたのには変わりない。この事件は明らかに、誰かがシーレンのものを傷つけたいと願ったために引き起こされたのだ。

「その伝言を教えてくれ」

「マケイブはダンカン・キャメロンの手から無事に逃れられない。メイリンも、イザベルも、マケイブが大切に思う人間はみんな。わたしのこの顔がキャメロンの決意の証拠。そういう意味のことをあなたに伝えろと言われたわ」

シーレンは、折れそうになるほどきつく歯を食いしばった。なんとか怒りを噛み殺そうとしているうちに、顎が痛くなってきた。いま妻に必要なのは、やさしく理解してくれる夫だ。立ちふさがる者を皆殺しにしようとしている戦士ではない。

「それからどうした、リオナ？」彼はそっと尋ねた。

リオナがまた彼と目を合わせた。その目は暗く、不安そうだ。あの深みのある金色の瞳には、恥と苦しみが浮かんでいた。彼女は……ぼろぼろだ。体のみならず心も。シーレンは腹に短剣を刺されたような衝撃を受けた。

「男たちは行ってしまったわ。わたしは這って丘をのぼり、中庭まで戻った。覚えているのはそこまでよ」

シーレンは胸が痛んだ。腹がねじれた。誇り高く勝気な妻がひどく殴られ、動物のように地面を這っていかねばならなかったとは。這ったのだ。

彼にはとても耐えられなかった。

唐突に立ちあがり、顔に浮かんだ醜い怒りを見られないようリオナに背を向けた。ようやく呼吸が正常になってから振り返ると、リオナは炎を見つめていた。静かに、身を硬くして。

シーレンは彼女の横でひざまずき、顎に触れて自分のほうを向かせた。「少しは寝ているのか？」

リオナはその質問に戸惑ったようだった。目が曇る。答えられなかったということは、暖炉のそばでうとうとする以外、ほとんど眠っていないのだろう。

それ以上返事を待つことなく、シーレンは慎重にリオナの体の下に腕を入れ、できるかぎりそっと持ちあげた。胸に抱き寄せ、頭のてっぺんに口づけて、ベッドまで運んでいく。

リオナをマットレスに寝かせると、暖かくなるように毛布をかけた。「休んでくれ。眠らなくてはだめだぞ、リオナ。おれがついている。なにものもきみを傷つけない」

リオナは素直に目を閉じたが、体はまだこわばっていた。シーレンは身を屈め、唇でそっと彼女の額に触れた。「眠るんだ。目が覚めたら、おれがここにいる」

その言葉を聞くとリオナの体から少し力が抜け、ベッドに沈みこんだように見えた。目や口もとの緊張が解けて、唇から小さなため息が漏れる。

シーレンは彼女の髪を撫でた。そしてリオナが安心した様子なのを見ると立ちあがり、ベッドから離れた。彼女が目を開けてシーレンを見つめる。

「大丈夫だ、リオナ。出ていくわけじゃない。部下と話をしなくてはならないし、きみの面倒も見なくては。きみがなにも食べようとしないと、サラが言っていたぞ」

リオナは返事をしなかったが、表情はまだなにも食べたくないと語っていた。

「体力を保つんだ。スープを持ってくる。口や顎が痛くないように、噛まなくていいものを。それを飲め」

自分が命令すればリオナの目に火花が宿ることを、シーレンは期待していた。これまで彼女に命令をしたときは必ず、にらまれたりあからさまに反発されたりしたのだ。ところがリオナの目には相変わらず生気がなかった。彼女は目を閉じ、枕に顔をうずめた。シーレンのことなどどうでもいいと言いたげに。

小声で悪態をつきながら扉に向かった。ギャノンがすぐ外で壁にもたれている。シーレンがそっと扉を閉めると、彼が姿勢を正した。

「どんなご様子です？」

「やつらはリオナをぶちのめした」シーレンは言葉を吐き出した。

「犯人は誰でしょう？」

「キャメロンの手下だ。おれに伝言を残していった。やつらは残忍な仕打ちをしやがった。リオナの顔や首で、あざの残っていない場所はない」

ギャノンの目が怒りでぎらついた。「キャメロンのやつは平気で女にひどいことをする。でも、どうしていまなんですか？　なぜリオナ様を？　なにが狙いでしょう？　どうして黙って襲撃してこなかったんです？　族長が狩りに出ておられることを知っていたはずなのに」

「おれをおびき寄せたかったんだ」シーレンは険しい顔になった。「おれを怒らせ、力の劣った戦士を連れて冬のさなかに攻撃に出るような、愚かなまねをさせたかったんだろう。真冬の寒さや飢えはしのげても、やつの居城を襲ったら簡単に打ち負かされてしまう」

「キャメロンはシーレン様をばかだと考えているんですね」ギャノンがうんざりと言った。

「やつがなにを考えようと関係ない。大事なのは、おれの剣でやつの胸を切り裂いて、思い知らせてやることだ」

「その名誉を誰が担うかでは兄弟喧嘩になりそうですな。やつはメイリン様やキーリー様にもひどいことをしましたから」

「リオナにもだ。やつは女を利用しておれたちの力を削ごうとしている」

「力の弱い者を襲うとは、男の風上にも置けません」

「なにがあったかをユアンに知らせてくれ。兄貴の妻と子に新たな危険が生じていて、キャメロンは攻撃の手を拡大させていると言うんだ。それから見張りを常時立たせろ。城に近づく者はいないか、常に誰かが見張っているようにしたい。兵士の訓練はすぐに始めろ。厳しく鍛えるんだ。やつらにもこれで、強くなりたい動機ができただろう」

　ギャノンがうなずき、廊下を歩き始めた。

「サラに、リオナのために水とスープを持ってくるよう言ってくれ」シーレンは後ろから声をかけた。

承知したという合図に手をあげ、ギャノンが階段をおりていった。

シーレンは素早く部屋に戻ってリオナの様子を見た。さっきベッドに寝かせたときから、少しも動いていない。毛布は肩まで引きあげられ、目は閉じている。

彼女が本当に眠っているかどうかを確かめようと、シーレンは屈みこみ、小さく規則的な息遣いに聞き入った。リオナは身じろぎもしない。彼は後ろにさがり、妻が寒くないように暖炉に薪を追加した。

ふたたび大きな炎があがると、彼は椅子に座りこんで頭を垂れた。あまりにも不用意に狩りに出てしまった。あのときは食料の確保が最優先事項に思えた。まずは領民を食べさせ、そのあと保護することを考えるつもりだった。族長としての最初の行動と決断において、彼は大きな間違いをした。その過ちの大きな代償を、妻が払わされたのだ。

17

リオナはまだ腫れているまぶたをおそるおそる押してみた。特にひどく痛むところに触れたときには顔をしかめた。シーレンは中庭で兵士の訓練を見ている。リオナがしっかり食べたのを見届けたあと、休むよう言い渡して部屋を出ていったのだ。

だが実のところ、この何日かでリオナは充分すぎるほど休んでいて、もう我慢の限界だった。もがいたり、すねたり、恐怖と敗北感に向き合ったりしてきた。そして……いまは激しく憤っている。

領地に侵入してきた男たちに対して。卑怯なダンカン・キャメロンに対して。悪辣な攻撃になすすべもなかった自分に対して。

夫は頭の中で完璧な妻の理想像を描いていて、リオナに女らしく従順な妻になれと命じている。けれどもリオナはもう、その命令を受け入れられなかった。それは自分ではない。不適切だと思っている女を妻にする心の準備ができていなかったのなら、シーレンはリオナと結婚すると言い出す前に、もっとよく考えるべきだったのだ。

リオナは特別な場合のために取っておいたトルーズとチュニックを身につけた。柔らかい布地で、穴も汚れもなく、裾はきれいに縫われている。

表面は赤いベルベットで、金糸の縫い取りが入っていた。三年間ためた金を注ぎこまなければならなかったが、彼女の持ち物の中でいちばん上等なものだった。

ブーツから泥を払い、爪先を指でこすった。そこは革が薄くなっていて、もう少しで穴が開きそうだ。新しいブーツが欲しいけれど、それは考えることも許されないぜいたくだ。クランの誰もが、これよりひどいとまではいかなくとも、同じくらい履き古した靴やブーツしか持っていないのだから。

それでも、新しいブーツを履いたら足がどう感じるかを想像することはできた。毛皮の裏地がついたブーツ。足の指を包む柔らかさが、実際に感じられそうだ。

リオナは立ちあがり、無意識に手を喉にやって痛みを確かめた。まだものをのみこむと痛むし、声も少しかすれている。見た目はひどいだろう。それでもこれだけ日がたったので、そろそろ部屋から出たかった。

階段をおり始めると、不意に安全な部屋を出てきたことへの恐怖に襲われ、途中で足を止めた。目の前に黒い点が浮かび、息が苦しくなった。

自分の弱さが腹立たしい。リオナはこぶしを握りしめ、目をぎゅっと閉じると、鼻孔を広げて深く息を吸った。

これまでずっと部屋に隠れていたのは、外に出るのが怖かったからだ。そんな弱さは絶対に認めたくない。襲われたことと、その後の日々は、生涯忘れられない屈辱だった。

「奥方様、お部屋から出てはいけません。戻られるのに手をお貸ししましょうか？　なにか欲しいものがおありなのですか？　わしが喜んで取ってきますが」

目をあげると、ギャノンが階段に立ってリオナの行く手をさえぎっていた。手で彼女の腕をつかみ、目には気遣うような表情を浮かべている。

リオナは彼の手を振りほどいた。思わず一歩さがりそうになり、そこで踏みとどまる。無理に顎をつんとあげ、落ち着いて相手を見据えた。

「わたしは大丈夫よ。なにも欲しくないわ。階段をおりようとしているだけ」

「族長をお待ちになったほうがいいでしょう。奥方様が部屋を出たがっておられると伝えてきます」

彼女は顔をしかめた。「わたしはこの城の中で監禁されているの？　族長の許可がなくては自分の部屋からも出られないの？」

「それは誤解です、奥方様。こんなことを言うのも、お体が心配だからです。奥方様が下におりても大丈夫なほどお元気だとわかれば、族長はご自分で付き添いをなさりたがると思います」

「起きて部屋から出ても大丈夫なほど元気かどうかは、自分で判断できるわ。お願いだから道をあけて。下におりたいの」

ギャノンはその命令に不満そうだったが、自分の考えに固執すべきかどうか決めかねたらしく、束の間ためらった。

リオナはぐずぐずしていなかった。ギャノンが自分に害をなすはずはないとわかっていたので、彼があきらめて脇にどくまで胸を押しつづけた。それでも彼は、リオナをひとりで行かせようとはしなかった。彼女の肘をつかんで手を取り、自分の腕に絡めた。

「少なくとも、わしに付き添わせてください。階段から落ちてもらっては困ります」

リオナは苛立ちのあまり手を引き抜こうかと思った。だが、下におりることはできるのだし、あまり無理を言うとギャノンは彼女を部屋に押し戻してシーレンを呼んでくるかもしれない。そうしたらシーレンは、リオナの服装と、彼女が勝手にベッドから出たことに対して、青筋を立てて怒るだろう。

階段の下まで行くと、リオナは手を引き抜いて早足で歩き始めた。特にどこへ行くと決めていたわけではないが、とにかくギャノンから離れたかった。

まず頭に浮かんだのは新鮮な空気を吸うことだった。しかし、中庭には行けない。シーレンが兵士の訓練をしている。そこでリオナは厨房を抜けて通用口に向かった。そこなら城と石垣のあいだはかなり広いし、遠くの山を眺めることもできる。

途中行き合った女たちの驚きの叫び声を無視して、リオナは外に出た。すがすがしい空気を顔に受けると、彼女は深呼吸をした。

天にものぼる心地だった。自由だ。何日ものあいだぎゅっと締めつけられていた喉と肺が、ゆるんで開いたように感じられた。

リオナは雪の中に歩を進めた。雪を踏むザクリという大きな音、爪先にしみ入る冷たさを堪能する。ようやく、生きていることをまた実感できた。生き返った気分だった。

激しい風が髪に吹きつけ、背筋がぞくりと震えた。一刻も早く部屋から出ようと思うあまりに、マントも羽織らずに来てしまったのだ。

少しでも温まろうと自分の体を抱くように腕を回し、積もったばかりの雪に足跡を残しながら、彼女は城の壁沿いに歩いていった。

子どものころ、キーリーと一緒に雪の上に寝転がって体の跡をつけた。ふたりは、王子様が助けに来てくれるのを待つ雪の王女ごっこをした。王子様は上等な服を着て、暖かい毛皮を身につけている。馬は類まれなほど美しく、足が速い。王子様はその馬に乗ってやってきて、王女を毛皮でくるみ、いつも暖かく晴れている土地に連れていってくれるのだ。

リオナは小さく笑った。彼女とキーリーはどちらも想像力豊かな子どもだった。いつも夢見心地だった。リオナの人生最悪の日は、父がキーリーを襲った日だ。そのとき母はキーリーを淫売と呼び、クランから追放したのだ。

キーリーはたったひとりの友達だった。リオナの風変わりな性質を理解してくれる、たったひとりの少女だった。弓の稽古をするよう勧めてくれたのもキーリーだ。リオナが的の中央を射貫くたびに拍手喝采してくれた。巧みなナイフさばきに感嘆の声をあげ、リオナなら短剣ひとつで軍隊も撃退できると請け合ってくれた。

リオナは、女も身を守るすべを知っているべきだと言って、キーリーにも弓や剣を教えようとした。だがキーリーは笑って、自分はそういうのは苦手だし、いつか王子様が守ってくれると言うだけだった。

そう、キーリーは王子様を手に入れた。そしてリオナは自分を守る技術を身につけた。いったいどちらが優位に立っているのだろう。

リオナは大きな岩を見つけて腰をおろした。岩の表面は冷たく、あまり長く座っていたら尻が凍りそうだ。けれども、まだ夫と顔を合わせる覚悟はできていなかった。

シーレンはむっつりとした顔で厨房の中を歩いていった。リオナはまだ下へおりるべきではなかった。いや、ベッドから出てもいけないのだ。あと二週間は彼女を寝かせておくつもりだった。

しかし、ベッドから出たことよりも気になるのは、彼女の心の状態だ。襲われて以来、リオナはすっかり変わってしまった。無口でおとなしく、おどおどしている。臆病な女ではないはずなのに。襲われたことで人格が変わったり心を病んだりしたのではないだろうか。それについて、彼はなにもしてやれない。

シーレンは外に出る扉の前で足を止めた。厨房の女たちの報告によれば、リオナはためらいなく外に出ていったという。彼は雪の中に足を踏み出した。遠くに座っているリオナの姿が見える。彼女はこちらに背を向けて、山々を見あげていた。

彼女の髪が風に吹かれて乱れているのを見ると、シーレンは喉がつかえた。狩りから戻ってからというもの、彼の胸にはずっとしこりができている。

リオナは弱々しく見えた。壊れそうだった。戻って以来ずっとそう思っていたが、いまの彼女は特にそんなふうに思えた。

リオナはひとりぼっちで、はかなげだ。この世に彼女を守ってくれる人間がひとりもいないかのように。確かに、彼女が保護を最も必要としていたとき、誰も守ってやれなかった。シーレンはそのことを一生後悔しつづけるだろう。

「族長、怒らないでください。あれを着ていると心が落ち着かれるんです。いまのリオナ様には、あの服が必要です」

シーレンが驚いて振り返ると、サラが真後ろに立っていた。心配そうにリオナを見つめている。

「リオナの服装など、おれが気にすると思うのか？　それより危ぶんでいるのはリオナの健康状態だ」

うなずいたサラを、シーレンは手を振って戻らせた。

リオナを怖がらせたりうろたえさせたりしたくなかったので、彼は静かに雪の中を歩いていった。彼女はちょっとした音や刺激で逃げていく雌鹿のようだ。近づいてよく見ると、城と反対の方向を眺めるリオナの目は、うつろでぼんやりとしていた。

あの襲撃で、リオナは回復不能な心の傷を負ったのか？　二度と正気に戻らないのか？　そんな懸念を抱くのはまだ早すぎるとはいえ、心の傷はどのくらい深いのかと考えずにはいられなかった。

「リオナ」彼はそっと呼びかけた。

彼女がはっと息をのんだ。声を聞いて驚いたらしい。ぎょっとして振り返ったが、シーレンの姿を認めると安心したようだった。

身じろぎもせずこちらを見つめるリオナの視線を受けて、シーレンは不安に駆られた。気味が悪かった。リオナはいまにもシーレンの無能ぶりに非難を浴びせそうに見えた。もしかすると、シーレン自身の罪悪感がそう思わせているだけかもしれない。だが彼は、リオナが怒っているという印象をぬぐい去ることができずにいた。激しく憤っていると。

「寒いぞ。暖かい屋内にいないとだめだろう」

彼は手を出して、なだめるように彼女の肩をぎゅっと握った。

驚いたことに、リオナが笑った。だが彼女の喉からこみあげてきたのは楽しそうな声ではなく、かすれた聞きづらい声だった。つらそうな声だ。

「わたしの頭が変になったと思っているんでしょう」

「いいや」シーレンは穏やかに言った。「そうは思わない」

「それに、いまのわたしは怯えたウサギのようだと思っているのね。部屋を出るのを恐れ、また襲われるのが怖くて外に出る勇気もない女だって」

「いや、そんなことはない。回復には時間が必要だ。いまに勇気も戻ってくる」

するとリオナが、あの輝く目で彼を見つめた。そのまっすぐな視線を受けて、シーレンは不安を覚えた。

「怖がってなどいないわ、あなた。わたしは猛烈に怒っているの」

こういう状況で怒るのは当然の反応だし、リオナは確かに怒っていた。目から火花が散り、全身が怒りに震えるかのようだ。シーレンはにわかに大きな安堵を覚え、緊張を解いた。怒ったリオナへの対処のしかたなら知っている。彼が戸惑い、途方に暮れていたのは、ここ数日リオナの体を支配していた、打ちひしがれて疲れ果てた弱々しい女に対してなのだ。

「怒るのはいいことだ」シーレンはもっともらしく言った。

リオナが勢いよく立ちあがり、彼をにらみつけた。体の脇でこぶしを握っている。いまにも彼を殴りたそうに見えた。

「たとえ怒っている相手があなたでも?」

意外な言葉にシーレンは顔をしかめた。ここは慎重に対処しなければならない。リオナはまだ正常ではなく、情緒不安定だ。妻をこれ以上動揺させたくなかった。

「おれがここを留守にしていて、きみを守ってやれなかったことはすまなかった、リオナ。おれは一生このことを後悔する。きみの保護にもっと気を配るべきだった。今後は二度とこんな過ちを犯さない」

リオナの喉から、不明瞭な怒りのうなり声が漏れた。自分の髪の毛を引き抜きたいと言わんばかりの表情だ。

「いいえ、わたしの保護に気を配ってくれなくてもよかったの。あなたがすべきだったのは、わたしが自分の身を守るのを許すことよ!」

「なにが言いたいのかわからないな。落ち着け。城の中に入ろう。部屋にいないとだめだ」

「男たちに襲われる前、なにがあったか知っている?」シーレンの言葉を無視して、リオナが言い募った。「教えてあげるわ。ヒューがわたしの剣を取りあげたのよ。わたしに怪我をさせるわけにはいかない、剣を振り回すのは女らしくないと言って。彼はほかの者たちに、わたしと剣を交わすのは許さないと警告もしたの」

彼女はシーレンに歩み寄り、一本の指で彼の胸を突いた。「剣があったら、あいつらはわたしに近づけなかったはずよ。わたしを雪の中に押し倒すことはできなかった。わたしに触れたり、殴ったりしなかったはずなの」

怒りに駆られているリオナはたまらなく魅力的だった。まるで相手を殺そうとする戦士のごとく激しく突っかかってくる彼女を見て、欲望で身を震わせている自分をシーレンは恥ずかしく思った。

彼女を雪の上に押し倒して、あのチュニックと邪魔なトルーズをはぎ取りたい衝動を、彼は懸命に抑えた。

「愛想がよくて、完璧な女主人にふさわしいたしなみと教養を身につけた、おとなしい女がいいのなら、身代わりに結婚すると申し出る前に、もっとよく考えてほしかったわ。アラリックは自分がどんな相手と結婚したのか、ちゃんとわかっていたわよ」

リオナが両手を腰にあてて、胸が彼のみぞおちに接するまで前進した。

「わたしはそんな女じゃない。なりたいとも思わないわ。一度は妥協して、完璧な奥さんになろうと心を決めた。ところがそのとき、あいつらが川を渡ってきて、子どもを相手にするようにやすやすとわたしを打ち負かしたのよ。わたしが自分の身を守れなかったら、あなたやクランに対してどんな役に立てるの？　どうやって仲間を守ればいい？　子どもたちや、城のほかの女たちを？　みんなのお墓の前に立って、わたしはいい妻で上品なレディでしたとつぶやけばいいわけ？　それが遺された家族の慰めになるかしら？　大事な人たちが死ぬのをわたしがぼうっと見ていたら、遺族は許してくれるの？　かわいく笑って足をもつれさせずにお辞儀ができる妻を、わたしの夫が求めていたからといって」

シーレンはこぼれそうになる笑みを抑えた。下唇を噛んで、なんとか笑いをこらえる。いま笑ったら、妻はおそらく短剣で彼を串刺しにするだろう。

夫に対する敬意のかけらもない態度に、シーレンは腹を立てるべきなのだろう。彼女を叱責しなければならない。けれども襲われて以来、リオナが感情をあらわにしたのはこれが初めてだった。そして憤怒にまみれた彼女は輝くばかりに美しかった。

「面白いと思っているのね？」

リオナに思いきり押されたシーレンは、予想外の動きに驚き、雪の中にドシンと尻もちをついた。脚の上の雪を払いつつ、彼は下から妻をにらみつけた。

リオナはぎらぎらと燃えるような視線で彼を見おろしていたが、やがてつらそうな表情になり、ふたたび目を曇らせた。

「ありのままのわたしでいさせて、シーレン。わたしはあなたに変わってほしいとは思わないわ。あなたが許してくれれば、わたしはあなたの手助けができる。わたしを目立たないところに追いやって、都合のいいときだけ引っ張り出すようなことはやめて。それが世間のやり方なのかもしれないけれど、わたしたちまで同じようにしなくてもいいでしょう」

リオナの熱をこめた懇願の言葉が、シーレンの心の中で死んだと思っていた部分を揺り動かした。彼はため息をついた。「きみにとって、男の格好をして剣を振るうことがそんなに大切なのか?」

リオナが顔をしかめて首を左右に振った。「格好なんてどうでもいいの。ドレスを着てうまく剣を使えるやり方をあなたが教えてくれるのなら、二度とこんな服は着るなと言われても反対しないわ」

「ドレスで剣を振るうのは無理だ」シーレンはささやいた。「裾を踏んでしまう」

そのときリオナが初めて微笑んだ。彼女の目が生気を帯びて輝くのを、シーレンは久々に見た。「だったら、この服を着る許しがもらえるの?」

シーレンはうんざりとため息をついた。「きみがいままでにおれの許しを求めたことがあったか?」

「わたしは融通がきく人間なの」

彼はあきれ顔になった。「それが目的にかなうときはな」そして目を細め、リオナを凝視した。「条件がある、リオナ。これからは、きみがどこへ行くときもギャノンが付き添う。どこでもだ。付き添いなしではどこへも行くな。おれの留守に起こったようなことは、二度と起こさせない。ギャノンがおれに同伴しなければならないときは、ヒューがかわりに護衛を務める」

リオナはうなずいた。

「次に、きみの剣の訓練はおれがする。おれだけだ。ほかの男と剣を交えるな。学びたければ、最高の師につくことだ。きみが妻だからといって手加減はしないぞ」

リオナは得意げに微笑んだ。「手加減してもらおうとは思わないわ、あなた」

「胸は縛るな」

そこでリオナが眉をあげ、いぶかしげに彼を見た。

シーレンはゆったりとした笑みを向けた。「おれの楽しみのためだけじゃない。ばかげているからだ。きみが男の服を着るのは許しても、男のふりをすることは許さない」

「ほかには？」リオナが苛立たしげに足で雪を踏み鳴らした。

「ああ。起きあがるのに手を貸してくれ」

彼女がやれやれという顔で、彼に手を差し出した。油断だった。シーレンはその手首をつかみ、彼女を自分の横に引き倒した。

リオナが雪だらけの顔をあげ、戸惑ったように目をしばたたいた。シーレンは笑顔で見つめ返した。「仕返しだよ、リオナ。仕返しだ」

苦りきった表情で、リオナが彼に飛びかかった。ふたりで雪の中をごろごろと転がる。シーレンは笑いながら彼女に馬乗りになった。あいている手で雪をつかんで玉をつくり、脅すように振りかぶる。

「まさか投げないわよね」

彼は投げた。リオナがまばたきをして顔から雪を振り落とそうとするのを見て、また声をあげて笑う。雪の下から、あっけにとられたリオナの顔が現れた。それから彼女は戦意に目をきらめかせた。

族長と奥方が長いあいだ寒いところにいるのが気になって勝手口までやってきたサラは、扉を開けて仰天した。雪の中で、シーレンがリオナに馬乗りになっている。

妻が襲われて衰弱しているというのに、どうして族長はそんなに無神経でいられるのだろう？　頭がおかしくなったのか。サラがシーレンに向かって非難の言葉を浴びせようとしたとき、冷気を貫いてリオナの笑い声が響いた。

今度はリオナが族長の上になり、彼の顔に雪を押しつけている。シーレンがもがき、雪が舞いあがった。

サラの顔に大きな笑みが浮かんだ。彼女はそっと中に戻って扉を閉め、彼らをふたりきりにした。

18

襲われて以来初めて、リオナは夕食をとりに大広間におりてきた。男からも女からも、じっとこちらを見つめる視線が感じられる。あざを隠して部屋に駆け戻りたい気持ちを、彼女は懸命にこらえた。

隠れるのはもうたくさんだ。これ以上身をひそめているつもりはない。

シーレンが驚いて顔をあげ、近づいてくるリオナを見て席を立った。ほかの戦士たちも立ちあがる。シーレンはリオナが隣に座れるよう、サイモンに合図して席をあけさせた。

「部屋で食事をとればよかったのに」ふたたび腰をおろしながら、シーレンが小声で言った。

リオナは微笑んだ。「気を使ってくれるのはうれしいわ。でも、そろそろ隠れ場所から出てくる潮時だったの。あざで恐ろしい顔になっているのは知っているけれど、それ以外に悪いところはないわ」

シーレンが心配そうに彼女の顎をつかんで上を向かせ、顔を左右に動かして光にかざした。見えすいたお世辞は口にせず、恐ろしい顔ではないとも言わなかったが、なぜかリオナはかえって安心感を覚えた。

「あざは薄くなっている。あと二、三日ですっかり消えるだろう」

首もとにはかすかに指の跡が残っている。シーレンがそこを自分の指でこすって小鼻をふくらませてから、手を離して食事を再開した。

食べ終わると、リオナは部屋に戻ろうと立ちあがった。食事は静かに進んでいた。男たちはリオナを動揺させまいと気遣っていたようだ。ちょっと触れられただけでばらばらに壊れたりはしないとわかってもらうには、時間がかかるだろう。そんな印象を与えたのはリオナ自身だ。しかし、襲撃者に手をかけられたときの無力感と怒りをどう説明すればよかったのだろう？

そういう感情を男たちはわかってくれそうにない。それより、過去の出来事は忘れて前進するほうがいいとリオナは思った。いずれ彼らも忘れるはずだ。

シーレンが手で彼女を止め、ギャノンのほうにうなずきかけた。「おれが一緒に行く」彼がそう言ったので、リオナは驚いた。

いつもシーレンは、夕食後は男たちとくつろいで過ごすようにしている。そうやって、長い訓練のあとで彼らと友情を育もうとしているのだ。彼らの考えに耳を傾け、リオナがあきれるような卑猥な冗談を言い、その日の出来事について語り合う。彼やギャノンがマクドナルドの戦士たちと心を通わせようと努力していることに、リオナは感銘を覚えていた。たとえ戦士たちがまだ完全にはシーレンを族長と認めていないとしても。

ところが今夜、シーレンはリオナの手首をそっと握ったまま中座した。それから彼女を連れて階段をのぼり、ふたりの部屋に向かった。

「一緒に来てくれなくてもよかったのに」部屋に入ってシーレンが扉を閉めると、リオナは言った。「ああ、わかっている。おれが来たいと思ったんだ。今夜は家来よりきみと話したかったのかもしれない」

リオナは振り返って彼の顔に視線を向け、真意を探ろうと目を見つめた。「なにか特に考えていることはあるの？」

「まあな。寝る支度をしろ。疲れた顔をしているぞ。おれは暖炉にもう少し薪を足すから、今夜は早く寝よう」

いつもと違う夫の様子に戸惑いながらも、リオナは命じられたとおりに寝る支度をして、服を脱ぎ始めた。寝巻きを手に取ったとき、シーレンが不機嫌そうな声を出した。リオナが顔をあげて見てみると、彼は薪を手に暖炉のほうに身を屈めたまま、彼女に向かって首を横に振っていた。

「着てはいけないの？」

「きみの素肌を感じたい」

それは理不尽な要求ではなかったが、今夜のリオナは恥ずかしさと小さな不安を覚えた。同時に、そんなふうに感じた自分に腹が立った。

妻の戸惑いを感じ取ったかのように、シーレンが立ちあがって彼女のほうに向かってきた。手からそっと寝巻きを奪い取り、火のそばの椅子にかける。

「きみに無茶な要求をするつもりはないんだ、リオナ。きみを怖がらせるようなことはなにもしない。だがおれは、きみの素肌の感触や温かさやにおいが恋しくてたまらなかった。今夜は、それを味わいたい。きみがいやでなければ」

リオナはシーレンの胸板に手を置いて顔をあげた。彼の声に含まれたやさしさに、彼女自身の心もなごんでいた。「あなたはわたしを怖がらせたりしないわ、シーレン。あなたのそばにいるときが、いちばん安心できるもの」

シーレンが彼女の手をつかんで自分の口もとまで持ちあげた。手のひらにキスをして、しばらくそのままじっとしていたあと、手をおろした。

「ベッドに入れ。今夜は寒い。風がうなりをあげて窓の覆いに吹きつけている」

リオナは毛布の下に潜り、シーレンが暖炉の火明かりに照らされて服を脱ぐのを見つめた。そして彼がこちらを向くと、誘うように毛布を持ちあげた。

彼がベッドに入るやいなや、リオナは彼にすり寄り、温かさに包まれてため息をついた。シーレンが彼女の髪に顔をつけて含み笑いをする。「まるで猫が喉を鳴らしているみたいだな」

「うーん、あなたって気持ちいい」

彼はリオナの背中に手のひらをあてて上下に撫でた。彼女の耳もとで、規則正しい息遣いが聞こえる。

「考えていたんだが」彼が言った。

リオナは彼の首に向かって顔をしかめた。そういう言葉で始まる会話が、いい終わり方をすることはない。体を引くと、背中を撫でていた彼の手が止まった。

「なにを？」

「教えてくれ。なぜきみは男の格好をして、剣の稽古をそんなに大事に思っているのか」

リオナは目を見開いた。よりによってこんな話題が持ち出されるとは、予想もしていなかった。

「きみが戦いの訓練に長い時間を割いてきたのは明らかだ。女が普通そんなことをしないというのは、きみも認めるだろう。きみの父親は反対していたはずだ。きみたちがマケイブ城に来て、きみがマケイブの戦士をやっつけたときのやつの反応は、おれも見ている」

リオナはなにも言わなかった。彼がふたたび、軽くなだめるように彼女の背中を撫でた。

「そしてついこの前、きみは襲われてひどく殴られた。誰にとっても心の痛手となる出来事だし、きみのように小柄な女にとってはなおさらだ。だからおれは、きみが怯えているのだと思った。ところが実際には怒っていた。それは自分の身を守る力を奪われたからだな」

「そうよ」リオナはささやいた。「おかげで自分が無力に感じられた。いやだったわ」

「いったいなにがあって、自分の身は自分で守るとそれほど強く決意したんだ、リオナ？普通、女はそんなふうには考えない。女を見守り、危険がないよう保護するのは、同胞や父親、兄弟や夫の役割だ。なのにきみは、誰に守ってもらおうともしない」

恥ずかしさに襲われて、リオナは目を閉じた。父の下劣な行為のことをシーレンは知っているはずだが、自分の不安を口に出して言うのはつらかった。

「リオナ？」

シーレンが顔を引いてリオナの顎をあげさせ、目を合わせた。彼が灯しておいたロウソクの明かりで、リオナは彼の仏頂面と、妻の秘密を暴いてやるという決意を見て取った。

ため息をつき、彼女は顔を背けた。「わたしの父がどんな人間だったかは知っているわね。それから、父がキーリーを襲おうとしたとき、母が彼女を追放したことも。キーリーは親戚だったのよ。それに、父が狙った若い娘はキーリーだけじゃなかったわ。子どものころから、わたしは父の邪心を知っていたし、昔からずっと恐れていた……」

深く息を吸って、ふたたびシーレンに目を戻す。「もしも父がわたしに注意を向けたら？わたしにはそれしか考えられなかった。姪も同然のキーリーにあんなことができるのなら、実の娘にだってできるのではないかしら？

わたしの胸は早くからふくらんでいたわ。自分の体形が男の目を引くのはわかっていた。だから胸を隠して、男みたいに見えるようにしたの。そして剣の扱い方を覚えた。もし父が襲ってきたら、自分の身を守りたかったから」

シーレンの目には怒りと嫌悪が燃えていた。彼はリオナの頬に触れ、指で顎の線からこめかみまでをなぞったあと、もと来た道をたどって下へ向かった。

「きみのしたことは正しかった。やつのキーリーへの妄執は決して消えなかったんだ、何年たっても。マケイブ城でキーリーを部屋に引きずりこんだとき、おれが止めなかったら彼女を犯していただろう」

「父の欲望は異常よ。誰を傷つけようがおかまいなしなの。自分のこと、自分の快楽のことしか考えない。キーリーにしたことだけでも、殺してやりたい充分な理由になるわ」

「またやつがきみに手を触れたら、その原因が怒りであっても欲望であっても、おれはやつの死体をハゲワシに食わせてやる」

「わたしが心配しているのは、あなたがそばにいないときのことよ」リオナは小さな声で言った。

「ああ、そうだな。認めたくはないが、きみが訓練をつづけるのをおれが許すべきだという話には充分な説得力があった。実は、おれはメイリンに短剣を渡したんだ。いざというとき身を守れるように。だから当然、妻にも同じことをする機会と、そのための能力を与えてやる義務があるわけだ」

「ありがとう」リオナは穏やかに言った。「とてもうれしいわ、あなたに応援してもらえるのは」

「感謝するのはまだ早いぞ。きみが女だからといって、手加減はしない。身を守る能力を身につけたいなら、自分の二倍も大きくて力が強い男を打ち負かせるようにならなければいけない」

リオナはうなずいたが、彼はなおも話をつづけた。

「おれは容赦しない。きみが慈悲を請うまで何時間でも厳しく訓練してやる。きみには部下の兵士と同等のものを期待する」

「ええ、わかったわ。だからもう黙って、わたしにきちんと感謝を示させてちょうだい」

シーレンが眉をあげる。「〝きちんと〟とはどういう意味かな」

リオナは微笑み、彼のたくましい体に腕を回した。「あなたは文句を言わないと思うわ」

19

「立て。もう一度だ、リオナ」

リオナはよろよろと立ちあがり、みじめに痛む尻をさすった。腕がちぎれそうだ。手の感覚はとっくになくなっていた。あまりにも疲れて、視界がぼやけている。それでも彼女の夫は手をゆるめなかった。

シーレンは落ち着いた口ぶりで命令を発している。彼はリオナが出会った中で最も辛抱強い男に違いない。リオナに剣を教えてくれたヒューですら、しばしば両手をあげ、女に戦いを教えるのはどだい無理だと不平をこぼしながら、足を踏み鳴らして立ち去っていたのに。

だがリオナはヒューに思い知らせてやった。最初のころ彼女をばかにしていた、父の部下みんなにも。そして夫にも思い知らせてやるつもりだ。彼は何度でもリオナに尻もちをつかせてやると心に決めているらしいが。

足を踏み出してふたたびシーレンに向き合ったが、剣の先は垂れていまにも地面につきそうだった。それでも、刃が地面をこすらないように気をつけた。武器を粗末に扱うとどうなるか、すでにシーレンから教訓を叩きこまれていたのだ。

「ああ、もう、奥方様、あなたにはいらいらさせられます」ギャノンがぼやいた。「今度は族長のまわりを回ってみてください。あなたのような小柄な娘さんなら、族長みたいに大柄な男より素早く動けるはずです。その敏捷さを利用するんですよ」

苦しげに息を吸いながら、リオナは夫の動きに警戒しつつ彼のまわりを回った。

「待ってください。少しお時間を、シーレン様」

ギャノンが進み出る。シーレンが吐息をついて剣をおろした。

「ちょっといいですか、奥方様?」

これは彼女の気をそらすためのシーレンの作戦かもしれない。リオナはシーレンに剣を向けたまま、ゆっくりあとずさっていった。夫はにやにや笑っている。

「妻はいま学んでいるところだ、ギャノン。あまり厳しくするな」

「わしはただ、さっさと終わらせて飯にありつきたいだけです」ギャノンがぶつぶつ言う。

彼はリオナを脇に引っ張っていった。「奥方様は、まるでこれが規則や条件の定められた稽古のように動いておられます。しかし実際の戦いはまったく違います。あなたは回りながらシーレン様が動くのを待って、それに反応しておられるでしょう。だから常に防御に回ることになり、シーレン様を優位に立たせているんです。今度はご自分から行動を起こしてください。敏捷さを利用して襲いかかるんです。奥方様にはシーレン様のような力強さはありません。三倍も体が大きな相手の攻撃をまともに受けようとするのは愚かな戦術です。力の弱さを補う方法を考えて、素早く動いてください。わしは飢え死にしそうなんですから」

リオナはにやりと笑った。「がんばるわ、あなたにこれ以上つらい思いをさせないように」

「シーレン様はひと晩じゅうここにいても平気です。本当ですよ。ご自分の求める結果を得られるか、さもなくば奥方様が疲れ果てるまで、終わりにはなさいません。わしとしては、シーレン様の求める結果を、あなたに出していただきたいですな。そうしたらみんな暖かい建物の中に入れますから」

「あなたって、おばあさんみたい」

「わしが奥方様の稽古をつけるのを、シーレン様がお許しにならないことを願ったほうがいいですよ。ばあさんの力をお見せしましょう。わしはシーレン様ほど情け深くありませんからね」

リオナは片方の眉をあげてみせた。「情け深いですって？　彼がちょっとでも情けを示したと言ったら、わたしのお尻は異議を唱えるでしょうよ」

「血は流れていません。それは充分に情け深いということです」

リオナは肩をすくめ、再度シーレンに向き合った。じっと立って待つ彼の目には、疲労の色も苛立ちもなく、まるでのんびりと散歩でもしているみたいだ。なにごとにも心を乱されていない。いままでの人生で彼が不意を突かれたことなどあったのだろうかとリオナはいぶかった。

ギャノンの助言を思い出しながら、前回までと同じように円を描き始めた。ギャノンの言うことはもっともだ。彼女は毎回同じ動きを繰り返してシーレンの攻撃を待っている。これでは、あまりにも見えすいている。

萎えつつある最後の力を振り絞って、リオナは剣をあげ、どんな戦士にも劣らぬ叫び声をあげて突進した。

シーレンがにやりとして、自分も大きく声をあげた。ふたりの剣がぶつかり合う。その音は中庭全体に響き渡った。リオナは元気を取り戻して剣を突き出し、攻撃をかわした。自分の敏捷さと、振っている剣がはるかに軽いので相手が反撃のための勢いをつけにくいという事実とを利用した。

そう、いまやシーレンは防御側に回っている。リオナの思うつぼだ。あとは隙を見つけて攻撃するだけ。

身を切るような寒さにもかかわらず、彼女の額には汗が浮いた。歯を食いしばっているせいで顎が痛む。強く集中して、目は細められている。

シーレンが剣を振りかぶったが、リオナはくるりと体を回転させ、自分の剣を突き出して攻撃を止めた。だが彼の勢いは強く、リオナは思わず片方の膝をついた。態勢を立て直す前に、シーレンが手首をくっと回して彼女の手から剣を落とした。

「よくなったぞ。しかし、まだまだだな」

その優越感あふれる得意げな口調はもうたくさんだ。リオナは体を丸めてシーレンに飛びかかった。構えた肩で、彼の腰のすぐ下を直撃する。

シーレンが聞くに堪えない悪態を吐き出した。手で下腹部を押さえて両膝を地面につく。もう片方の手から剣が滑って雪の上に落ちた。

リオナはよろめきながらあとずさって剣を取り戻し、切っ先を彼の首に突きつけた。「降参？」

「もちろんだ。降参する。しないと、おれの股間のものをちょん切るつもりだろう」

彼の張り詰めた声と、眉間にしわを寄せて痛がっている様子を見れば、普段のリオナなら心配しただろう。だが何時間もつらい思いを味わわされてきたことを思い出すと、同情の気持ちは起こらなかった。

息を切らして笑いながらギャノンが前に進み出た。シーレンが暗い顔でにらみつける。

「黙れ、ギャノン」

ギャノンがもう一度高笑いをしたあと、リオナの背中をどんと叩いたので、彼女は地面に倒れそうになった。「そうです、奥方様。戦士はそうやって倒せばいいんです」

「妻におれの大事なところを狙えと言ったのか？」

「いえいえ。攻撃側に回れと言っただけで。あとはご自分でお考えになったんです」

「まいったな」シーレンは苦労して立ちあがった。「おれはけっこう、体の中でこの部分を気に入っていたんだぞ」

リオナは生意気な笑みを浮かべ、ギャノンに聞かれないようシーレンのほうに屈みこんだ。

「わたしもよ。後遺症がないことを願うわ」

「無礼なやつめ。あとでお返しをしてやるぞ」

それから彼は、薄くなったあざが残っている彼女の頬に触れた。「まだ傷は痛むか？　今日の訓練はきつかったんじゃないか？」

「いいえ」リオナはささやいた。「たまにひりひりするだけ。あれからもう二週間たつし、視力はほとんど正常に戻ったわ」

「族長！　使者が門に向かってきます！」

シーレンはリオナをギャノンに押しつけ、雪の中から剣を拾いあげた。「すぐに妻を中に連れていき、家来に警戒態勢をとらせろ」

いまは反抗するときではないとわかっていたので、リオナはギャノンにせかされるまま城の中に入った。彼はリオナを大広間の暖炉のそばに座らせたあと、城じゅうに響き渡る声で命令を叫んだ。

「リオナ様、なんの騒ぎですか？」サラが急ぎ足で大広間にやってきた。

「わからないわ、サラ。使者が門に近づいているの。どういうことかは族長が教えてくれるでしょう」

「ではお座りください。熱いスープをお持ちします。寒さで震えておられますし、服はびしょびしょです。お風邪を召す前に、暖炉で温まってください」

リオナはぐっしょり濡れた服を見おろし、悲しげに首を振った。今日は一日じゅう訓練に打ちこんでいて、服が濡れていることにも気づかなかった。だがいまサラに言われたとたん、濡れて体に張りつく布地の冷たさが感じられた。

暖炉に近づいて手を前に出す。城の中は騒がしかった。かじかんだ指先に感覚が戻り、腕が温まってくると、リオナはため息を漏らした。

夫の足音が聞こえて、彼女は振り返った。いまではすっかり彼の存在になじんでしまった。背中を向けていても、シーレンが部屋に入ってきたらすぐにわかる。

「なにか問題があるの？」

「いいや。使者はユアンからの伝言を届けに来たマケイブの男だった。兄がもうすぐここにやってくるので、泊めてほしいということだ。メイリンとクリスペン、それにイザベルを連れて、ニアヴ・アーリンへ行くところらしい」

「この天候の中を？」

イザベルはまだ小さいのに、ユアンがこんな悪条件の中で旅をしていることに、リオナは驚いた。

「これ以上待てなかったんだ。おれは、きみが襲われたことと敵からの警告を伝えた。兄は家族をニアヴ・アーリンで安全に落ち着かせたいと思っている。あそこには、先王アレグザンダーの死後ずっと領地を守ってきた王の兵団がいるんだ」

「では、出迎えの支度をするわね」リオナはささやいた。

シーレンがうなずき、ギャノンに向き直った。ふたりは話し合いながら大股で大広間を出ていった。リオナは深呼吸をすると、サラに教えられたことを思い出し、食べ物や飲み物を用意するよう女たちに言いつけた。シーレンが狩りで獲物をたくさん獲ってきてくれたのは幸いだった。おかげで、貧弱な食事を出して兄の前でシーレンに恥をかかせずにすむ。

リオナは数人の女に命じて大広間の掃除をさせた。暖炉の火はかき立てられ、清潔ですがすがしい空気を入れるために窓の覆いが開けられた。

女たちは自分の仕事をよくわきまえ、きびきびと動いている。リオナは満足して階段を駆けのぼり、着替えのために部屋に向かった。

洗面器で布を濡らし、顔や体の汗と泥を拭き取る。鳥肌が立って身震いしたので、急いで衣装戸棚からドレスを引っ張り出した。サラをはじめとした女たちが寸法直しをしてくれたドレスを着る、初めての機会だった。彼女たちはとてもいい仕事をしてくれていた。

シーレンもこれなら妻の見かけに文句を言わないだろう。まさしく城の女主人らしく見える。彼はリオナのためにいくつか譲歩――意義深い譲歩――をしてくれた。だから、今度はリオナが譲歩する番だ。

暖炉のそばに腰かけて髪にブラシをかける。やがてリオナの髪は溶けた黄金のごとく輝いた。それから長い髪を三つ編みにし、端を革紐で結んだ。

まずまず人前に出られる格好になると、立ちあがって早足で階段をおり、準備の様子を見に行った。

大広間はにぎやかだった。テーブルや床が手早く掃除されている。空気の入れ替えをしただけで、かなり雰囲気が変わっていた。

「鹿肉のシチューを温めているところです。昼の食事のパンがまだ少し残っています。こういうときのために取っておいたチーズもありますよ」サラが言った。

「エールは？　お客様にお出しできるだけの量があるかしら？　それと家来の誰かに、雪を溶かして新鮮な水を用意するよう言っておいて」

サラはうなずいて歩き去った。

一時間後、シーレンが大広間にやってきてリオナを捜した。彼が目を見開き、うれしそうに瞳を輝かせるのを見て、リオナは爪先まで熱くなった。

「一行はそろそろ門まで来るところだ。おれとギャノンは外で出迎える。きみは暖かい屋内にいろ」

リオナは彼を見あげて微笑み、うなずいた。

シーレンは満足げに空気のにおいを嗅ぎ、大広間を見回した。それから身を屈めてリオナのこめかみにそっと口づけた。「兄夫婦を歓迎してくれてありがとう」

歩き去るシーレンを見ているうちに、リオナの下腹から首筋までがざわめいた。

「レディ・マケイブが暖炉のそばで温かい飲み物をご所望されたときのために、リンゴ酒を温めておいて」リオナはサラに言った。「それから、殿方にはエールを用意して」

シーレンが客を連れて戻ってくるのを、リオナは行ったり来たりしながら待った。父とともにマケイブ領に旅したときには、こんな不安はまったく感じなかった。といっても、あのときはマケイブに好印象を与えたいと思ってはいなかった。だが、いまは違う。彼らは彼女の城、彼女の家にやってくるのだ。彼らに与えるリオナの印象はシーレンの評価につながる。夫に恥をかかせないようにすることが、突然なによりも大切に思えた。

シーレンにはリオナを誇らしく思ってほしい。好意のまなざしで見てほしい。あら探しはしてほしくない。

やがて扉が開き、ユアン・マケイブがメイリンと息子のクリスペンを横に従えて早足で入ってきた。リオナは駆けだしてメイリンの腕を取った。

「赤ちゃんを抱いたまま、暖炉のそばに来てちょうだい。リンゴ酒を用意しておいたわ」

ユアンはクリスペンを連れて男たちが集まっているテーブルに向かい、リオナはメイリンを暖炉のほうに引っ張っていった。

メイリンがリオナにやさしい笑みを投げかけた。「ご親切にありがとう、リオナ。骨の髄まで凍えてしまったわ」

ふたりは暖炉の前で立ち止まった。メイリンが分厚い毛皮を脱ぐと、その胸には赤ん坊のイザベルが抱かれていた。まわりの喧騒もどこ吹く風と、ぐっすり眠っている。

リオナは赤ん坊に魅了された。両親と同じく豊かな黒髪の、とてもかわいい女の子だ。小さくて、華奢で、微笑んでいるような口をしている。

メイリンが手を出してそっとリオナの目もとに触れた。リオナはびくりとして顔を引き、メイリンを見つめた。

「わたしたちの戦いにあなたまで引きこんでしまって、ごめんなさい」メイリンが低い声で言った。「シーレンから、あなたがひどく殴られたと聞いたわ」

リオナは唇を引き結んだ。「いいえ、これはわたしの戦いでもあるのよ。だってマケイブの男と結婚したんだから」

メイリンが微笑む。「あなたみたいな強い女性と結婚できて、シーレンは幸せね。彼が自分のクランを去ってここで族長になることを不安に思っていたんだけれど、心配はいらなかったみたい。あなたなら、彼を安全に守ってくれるわ」

「ええ、必ず。わたしの力のおよぶかぎり、彼を危害から守るつもりよ」

メイリンがリオナの手をぎゅっと握った。そのあと疲れたようにため息を漏らしたので、リオナはあわてて彼女を座らせた。「腰をおろしてちょうだい」

メイリンは感謝をこめてうなずいた。「もうすぐイザベルのお乳の時間だわ。わたしたち、夜明け前からずっと旅をつづけていたの。止まると危ないとユアンが心配して」

リオナは近くに立っていた男に合図して、暖炉に薪を足すよう命じた。それから女たちのひとりにリンゴ酒を持ってこさせた。

「すぐ食事にするわ」彼女はメイリンに言った。

「恩知らずだと思わないでほしいのだけれど、できれば暖炉のそばに座っていたいの。くたくたで、テーブルまで行く元気もないわ。それに、ここでイザベルを抱っこしているほうが楽だから」

「あなたがここで食べているあいだ、わたしが横に座って赤ちゃんを抱っこするわ。男の人たちはテーブルで話をすればいいわよ。たぶん夜を徹して話し合うでしょうね。ふたりでこっそり二階に逃げましょう。絶対に気づかれないわ」

メイリンがくすくす笑う。「ええ、そうでしょうね。ありがとう、リオナ。かいがいしく世話を焼いてくれて」

礼を言われてリオナの顔がほてる。きっとシーレンは兄と話しこんでいるだろうと思ってちらりと見てみると、驚いたことに、彼はリオナとメイリンをじっと見つめていた。不可解な表情を浮かべて。

リオナはおずおずと微笑んでみた。シーレンはうなずいたが、彼女が横を向いたときも、まだ彼の視線はこちらに据えられていた。

「結婚生活のことを教えてちょうだい、リオナ。あなた、とても元気そうね。それに……幸せそう。これまでになく顔が輝いているわ。前からきれいだったけれど、いまは太陽より明るいわね」

リオナはメイリンの賛辞に恥ずかしくなってうつむき、ぎこちなくイザベルのほうに手を伸ばした。そのときサラがメイリンのためにリンゴ酒と食べ物を運んできた。

イザベルはリオナに抱っこされると最初はいやがって声をあげたが、すぐに彼女の胸に顔をこすりつけた。メイリンがくすりと笑う。「この子、人見知りしないの。胸だったら誰でもいいのよ。この子がユアンの胸を探ろうとしたときの、彼の顔の面白いことったら」

リオナは小声で笑い、指先でイザベルの小さな手のひらに触れた。イザベルは反射的に彼女の指を握り、焦点の合わない目でリオナを見ながらその指を振った。

「すごくかわいいわね、メイリン」ため息まじりにリオナは言った。

「ありがとう。本当に宝物よ。わたしもユアンも、毎日この子を見て幸せに浸っているの」

イザベルを抱いていると、いつの日か自分自身の赤ん坊を抱くことを思わずにはいられなかった。シーレンの緑の瞳を受け継いだ息子か娘。ああ、そうなったら理想的だ。

もしかしたら、もう身ごもっているかもしれない。

そう思ったとき、リオナの全身に衝撃が走った。

すでに彼の子が腹にいるということがありうるだろうか？　マクドナルド領に到着して、もう数週間たっている。いまも子宮の中で子どもが育っている可能性はある。

リオナはイザベルの尻に添えていた手を自分の平らな腹へと滑らせ、指を広げた。これまでそんなことを思いもしなかったのは意外だった。

そう、神がふたりに恵みをお与えくださるなら、子どもが生まれるだろうことはわかっていた。でも、そんなにすぐ妊娠するかもしれないとは、まったく考えてもいなかった。シーレンは結婚して一年以内に子どもが生まれると請け合っていたけれど。

彼が誇らしげにそう言ったのは、新婚の男の自慢にすぎないと思っていた。けれどもいま、彼女は下唇を噛んで、その可能性に思いをめぐらせた。世継ぎを産むのが自分の義務であることは承知している。次期族長をこの世に送り出すのは、クランに対する義務でもある。

しかし、まだ母親となる心の準備はできていなかった。

子宮に彼の種が根づくのはもう少し先でも困りはしないだろう。

## 20

シーレンが部屋に戻ったとき、リオナはほとんど意識を失いかけていた。この一時間、彼がベッドに来てくれるのを待って、暖炉のそばであくびばかりしていたのだ。

扉を開けて中に入ってきたシーレンが、妻の姿を認めて驚いた顔になった。それから眉間に薄くしわを寄せた。

「待たなくてもよかったのに。もう遅いし、きみは体を休めないとだめだろう」

顔をしかめずに言われたなら、それは思いやりのある言葉に聞こえただろう。

リオナは夫の仏頂面をものともせず、立ちあがって彼が服を脱ぐのに手を貸した。彼女がトルーズの紐をほどくと、シーレンが体をこわばらせた。あまりの不動の姿勢に、彼が息をしているかどうかもリオナにはわからなかった。

彼女の指が引きしまった腹をかすめると、シーレンがびくりとした。リオナは彼の腹から胸板まで手のひらで撫であげたくてたまらなかったけれど、きちんと夫の世話をするのが先だ。

さっきまで自分が座っていた暖炉のそばの椅子にシーレンを連れてきて、腰をおろさせた。それからチュニックを頭から脱がせて広い胸をあらわにするあいだも、彼は伏せた目でリオナをうかがい見ていた。

リオナははっと息をのんだ。この男性は美しい。こんなにすてきな人は見たことがない。右肩のくぼんだ古傷に指を走らせたあと、彼女は手をおろし、左脇腹の後ろにあるもっと古い、ほとんど平らになっている傷に触れた。それを見てリオナは顔をしかめた。ナイフによる傷だ。

「誰かが後ろから刺したのね」彼女はつぶやくと、ひざまずいて子細に見た。

シーレンが体をこわばらせ、硬い表情で炎を見つめる。

「ああ」

リオナはつづきを待ったが、彼はそれしか言わなかった。

「誰にやられたの？」

「どうでもいい」

リオナは身を乗り出して傷にキスをした。シーレンがびくりとして、彼女の頭を肘打ちしないよう腕をあげて振り返った。それからリオナの頭に手を置き、指で髪をすいた。

彼がリオナの顎に指を滑らせ、顔をあげて自分のほうを見つめさせる。シーレンの緑の瞳にはいたずらっぽい光がきらめいていた。

「目の前にいる女が誰なのか、さっぱりわからない。まるで妻のようにふるまっている。おれの猛々しい戦士はどこへ行ったんだ？　大広間に入ったら、テーブルにはごちそうが並んでいた。城の女主人がおれの親族を歓迎し、兄嫁をもてなしてくれた。しかも部屋でおれを待っていて、やさしい手と柔らかな口で世話をしてくれるのか？」

リオナは彼をにらみつけた。「男について、みんなが言うのは本当ね」

シーレンが眉をあげる。「なんだ？」

「男は口を閉じているべきときを知らないって」

彼が含み笑いをして親指でリオナの下唇を撫で、顔を伏せてほんのかすかに唇を触れ合わせた。

「今日はきみのことが誇らしかったぞ、リオナ。レディらしい社交儀礼はわきまえていないときみは言うが、族長の妻として立派にふるまっていた」

「親族の前で、あなたに恥をかかせたりしないわ」リオナはささやいた。

シーレンがもう一度キスをし、体を離してブーツを脱いだ。脱ぎ終わっても彼はそのまま座っていた。腰の紐がほどけ、チュニックに覆われていない肉体が火明かりに照らされて輝いている。なんと美しい眺めだろう。今夜は自分が彼を奪うのだとリオナは心に決めていた。視線を脚の付け根のふくらみに向ける。少しうながすだけで、彼はトルーズを脱いでくれるだろう。

「考えていたんだけれど」

シーレンがけだるそうにリオナを見たが、その目には面白がるような光が宿っていた。

「女が考えていると言ったら男は警戒すべきだというのは、万国共通の真理だな」

リオナは彼の脚のあいだに移動し、手で太腿を撫であげて股間をそっと握った。「わたしが考えていたのは、あなたが大切に思っている部分を傷つけてしまったから、その償いをしようということ。だけど、あなたが警戒しているなら……」

シーレンが息をのんだ。「いや。警戒はしていない。まったく」それから手をおろしてまたリオナの顎をつかみ、消えかかったあざを親指で撫でた。「本当にそれがきみの望みなのか？」

彼の心配そうな声を聞いて、リオナは胸が詰まった。襲われて以来、シーレンは彼女を壊れ物のように扱っている。触れるのは慰めを与えるとき、あるいは彼女が大丈夫か確かめるときだけだ。リオナを怯えさせたり、彼女を傷つけた男を思い出させたりするのではないかと心配しているようだった。

「わたしの望みは、今夜わたしの好きなようにさせてもらうことよ」

「好きなように？　きみが求めるなら、毎晩でもそんな望みはかなえてやるぞ」

リオナはトルーズの中に手を入れ、長くこわばったものを愛撫した。静寂の中に彼の息遣いが響く。シーレンが両手で彼女の肩をつかみ、唐突に立ちあがった。一瞬で邪魔な布地を体からはぎ取り、部屋の向こうに放り投げる。

リオナの視線が彼の体を這いのぼっていった。炎に照らされた美しい体。少年ではない、戦士の体。筋肉は分厚く、傷だらけで、ごつごつしている。

脚のあいだには、太くずっしりした欲望のあかしが突き出ていた。

「まさに男を誘惑するのにふさわしい光景だ」足もとにひざまずいているリオナを見おろして、シーレンがかすれた声を出した。

リオナがにっこり微笑んだ。「女をひざまずかせるのは好き?」

「おれはばかじゃない。そんなことを認めるのは、大事なところを切り落とすようなものだ」

リオナは彼の太腿をそっと撫でながら体を起こした。「でも、好きなのね」

股間を手で包み、その重みのあるものを撫でると、シーレンがうめいた。

「ああ、好きだ。とても。女がひざまずいておれを悦ばせようとしているところほど、そそられる眺めはない」

リオナはおずおずと彼のものにもう片方の手を巻きつけ、軽く愛撫した。確かに誘惑を始めたのはリオナのほうだが、どう進めればいいのかはさっぱりわからない。キーリーは誘惑の方法について、あまり詳しいことを教えてくれなかった。教えてくれたのは、最初どうするかということだけだ。

シーレンは人を支配したがる男だ。そしてリオナがひざまずいているのを気に入っている。つまり自分に服従する妻が好きなのだ。では、彼を誘惑する最高の方法は、彼に主導権を握らせることではないだろうか。そうすれば、リオナがこういうことについていかに無知かを認めずにすむという利点もある。

「教えて、あなた」リオナはかすれた甘い声を出してみた。シーレンが喜んでくれればいいのだが。「あなたの女にどうしてほしいか、教えてちょうだい」

彼の目がきらりと光ったことに怯えるべきだったのかもしれない。だが、猛獣を思わせる獰猛なきらめきにリオナは背筋がぞくりとした。シーレンが彼女の髪に指を差し入れてわずかに体を引くと、彼女は顔をあげ、首を伸ばして彼を見あげた。

「服を脱いでくれ。きみをよく見て、その美しさがすべておれのものだと確かめたい」

「では、仰せに従えるよう立ちあがっていいかしら、あなた？」

シーレンの目に欲望が炭のようにくすぶっているのが見えた。この純情ごっこは夫をおおいに楽しませているようだ。男心の複雑さに、リオナはすっかりとりこになっていた。

彼の答えを待つことなく——その必要もない——リオナはゆっくりと立ちあがり、暖炉の熱が肌にあたるよう、一歩後ろにさがった。

笑みを押し殺して彼に背を向け、腰のサッシュベルトをほどき始める。肩越しにちらりと見やると、シーレンは熱っぽくうっとりした目で彼女を見つめていた。

「手を貸してほしいの、あなた」

ドレスのボタンを外そうとする彼の手が、リオナのうなじで震えていた。いくつかのボタンが外れると、彼女はドレスを床に落として下着姿になった。

振り向いてふたたび彼と向き合い、手をあげて肩紐の下に指を差し入れた。少しためらったあと、じりじりと紐をずらしていき、肩から腕へと滑らせた。

襟ぐりが乳房に引っかかった。けれどもそっと引っ張ると、布は胸の頂を越え、足もとへと落ちていった。

「これでお仕えしていいかしら、あなた？」

「ああ、いいぞ、妻よ。もちろんだ」

リオナは彼の前にひざまずいた。手を彼の脚の横に滑らせていく。あらゆるふくらみを、隆起した筋肉を、でこぼこした傷痕を、彼女は記憶に刻みこんだ。傷は新しいものもあれば古いものもある。

首を傾け、リオナは彼を見あげた。「教えて。どうしたらあなたを悦ばせられるのか」

「ああ、きみはなんて美しいんだ。瞳は幾千の夕映えのように輝いている。そして唇のかたちは非の打ちどころがない。その甘い口に含まれるのが待ちきれない」

シーレンは片方の手で張り詰めたものを握り、もう片方でリオナのうなじをつかんで、自らを彼女の口に近づけていった。その親密な行為にリオナは衝撃を受けた。とはいえ、驚くことはなかったはずなのだ。なにしろ彼は唇と舌とで、悦びに気が遠くなるほどリオナを深く愛してくれたのだから。

自分も同じように気を失うほどの悦びを与えられるのだと思うと、リオナは興奮でぞくぞくした。緊張で唇をなめたとき、硬い彼の先端が口をかすめた。

「開いてくれ。おれをきみの熱い口の中に入れてくれ」

かすれた、ゆったりとした声が頭上で響く。彼の要求に想像を喚起され、リオナの肉体が目覚めた。心は緊張と興奮のあいだを行ったり来たりして、落ち着かない。体を彼にこすりつけ、撫でられた猫のように喉を鳴らしたかった。

唇を開いて、おそるおそる彼を舌で味わってみる。シーレンの指がじれたように彼女のうなじをこすり、上に移動して髪を乱した。

彼の反応に自信を得て大胆になったリオナは、彼を口に含み、唇を根もとに向かって滑らせていった。想像したこともない快感が体を貫く。全身が張り詰めてぶるぶる震え、欲望にうずいた。

本能に導かれるまま、軽く彼を吸い始めた。舌を使ってさらに彼をいたぶる。彼の味はまさに男らしく、麝香のにおいがかすかに鼻を突いた。

シーレンは喉から苦しげな声を絞り出している。リオナの髪に差し入れた手に力がこもる。自らのものを握っていたほうの手が、リオナの顔に移動した。そして彼女の口の中に、さらに深く自らをうずめた。

「こんなに熱く甘いものは知らない」シーレンは歯を食いしばっていた。「きみは妖婦だ。おれの足もとにひざまずいているのはきみだが、実際に屈服しているのはおれのほうだ」

彼の言葉を聞いたとき、リオナの中で女としての力が咆哮をあげた。以前はずっと、自分の女らしさを認めたら弱くなると思っていた。けれどもこの瞬間、彼女はいままでにないほどの強さを感じていた。

この獰猛な戦士が、なすすべもなく完全にリオナの意のままになっている。彼の快感も、苦痛も、満足も、すべてリオナしだいなのだ。

彼の根もとに指を巻きつけ、口を上下に動かした。唇と舌とで圧力をかけていく。

シーレンは両手を彼女の頭に置き、握ったり離したりしている。言葉にならないほど苦悶しているようだ。こわばった顔で頭をのけぞらせ、目を閉じて、腰を前に突き出していた。

リオナは先端を吸って、勃起したものを引っ張り、今度は裏側のふくらんだ血管を唇でなぞった。根もとから先端まで官能的に舌を這わせ、また先端を口に含む。

シーレンの苦しげなうめき声が空気を引き裂くと同時に、温かい液体がリオナの舌の上にしみ出した。

「きみのおかげで死にそうだ。拷問はやめてくれ。これ以上耐えられない」

「どういうことかわからないわ、あなた」リオナは無邪気に言った。「あなたがちゃんと教えてくれないと」

シーレンは手を下におろしてリオナの腕をつかみ、彼女を引きあげて立たせた。熱く、もどかしく唇を重ねる。息もできない、乱暴なキス。骨をもとろかすような、体が打ち震えるようなキスだ。

リオナはシーレンの首に腕を回して、彼に劣らない熱情をこめてキスを返した。

シーレンがくるりと後ろを向くと、彼女をベッドまで運んでいった。そのあいだ一度も唇を離さなかった。「きみのそんなところがいちばん好きだ。きみは愛の営みでまったく遠慮というものをしない。とても情熱的に、奔放に反応する」

そう言うと、リオナを勢いよくベッドにおろし、覆いかぶさって、じれったそうに体を押しつけた。

「あら、あなたが好きなのは、わたしの従属的な面だと思っていたのに」リオナはからかうように言った。

「それも含めて全部だ。ひどくなまめかしくもあり、純真無垢でもある。そんなきみが欲しくて、おれは頭がおかしくなりそうなんだ」

シーレンが彼女の首にキスをした。脈打つ部分を音をたてて吸ったあと、首筋を甘噛みしながら耳に向かう。

「きみは欲のない女だ。なんとかしておれを悦ばせようとしてくれる。自分よりおれの快楽を優先する女は初めてだ」

リオナは彼の胸を叩いてにらみつけた。「ほかの女の話は持ち出さないで。たとえわたしのほうが好ましいとしても」

シーレンが低く笑いながら、リオナの胸に口をおろしていった。先端を吸われて、今度はリオナがうめき声をあげる番だった。彼は吸ったり軽く噛んだりを繰り返す。やがてリオナは身をよじり、いじめるのはやめてと懇願した。

「きみがおれを悦ばせる別の方法を思いついたよ」

リオナは疑わしげな目で彼を見つめた。

シーレンは乳房をいじりつづけていた。張り詰めたふくらみに触れ、頂のまわりをなぞる。

「きれいな胸だ。とても美しい。おれがいままでに見た中で、間違いなく最高に非の打ちどころのない胸だ」

「また比べている」リオナは怒った。「どうしても、あのお気に入りの部分を傷つけてほしいみたいね」

シーレンがにやっと笑って体を回転させ、リオナを上にした。彼女ははしたない格好で彼に覆いかぶさった。髪はシーレンの胸板に広がっている。

「きみの美しさをたたえようとしているんだ」

「だったら、わたしが美人で、胸は比類なくすばらしく、顔は吟遊詩人が詩に詠むにふさわしいとだけ言えばいいでしょう。別に、ほかの女と比べなくても」

「きみは美人だ。胸は比類なくすばらしい。本当に、誰とも比べられない……」

リオナは彼の胸をどんと突いて笑いだした。「もういいわ。それで、あなたを悦ばせる方法の話をしてちょうだい」

「簡単だ」シーレンがそうささやくと、彼女の腰に指を回した。リオナの体を持ちあげ、屹立したものを彼女の入り口にあてがう。彼の意図を察してリオナは目を丸くした。「ゆっくり体をおろしていくだけでいい……ほら……」彼女の中にすっぽりおさまると、シーレンは息を吐いた。「さあ、おれを奪ってくれ」

リオナは両手を彼の肩で突っ張った。慣れない体位に身が硬くなる。

「これって普通じゃないでしょう」快感でぼうっとなっているシーレンの目を見おろしながら、彼女は小声で言った。

「普通かどうかなんて、おれにはどうでもいい。ここでは普通なんだ」

「こんなことを楽しんだら、淫乱だと思う人もいるかもしれないわ」真面目な口調になる。

リオナにきゅっと締めつけられて、シーレンが目を閉じてうなった。「他人がどう考えようとかまわない。大事なのはおれがどう考えるかだ。おれが考えているのは、きみに乗られるのは、いままでの人生で経験した中でいちばんすばらしいということさ」

「上出来よ」リオナはつぶやいて前のめりになった。「わかる？　わたしに乗られるのは、ほかの女に乗られるよりもいいと言って、雰囲気をぶち壊したりしなかったわね」

シーレンが身を震わせて笑いだし、リオナの体に腕を回して自分の胸まで引きおろした。

「当然だ。こんな姿勢でおれを迎えてくれた女はきみだけなんだから」

「だったら、これを記憶に残る経験にしなくてはいけないわね」

「ああ、そのとおりだ。絶対に」

「あなたの頭がおかしくなるくらいに感じさせてあげる」リオナは彼に唇を重ねた。互いの濡れた舌が絡み合う。

「これ以上おかしくなったら、おれは底抜けの能なしになる」

さっきのシーレンをまねて、リオナは彼の首筋に軽く歯を立てながら耳もとに向かった。硬いものがさらにこわばり、彼女の体を広げる。リオナは彼をしっかりと包みこんでいた。こすれる感じが最高に気持ちいい。ほんの少し体を動かして、彼のものを容赦なく締めつけると、ふたりはともにため息を漏らした。

リオナの体に回されたシーレンの腕は、とても力強い。リオナは安全だと、守られていると感じた。慈しまれているとも。それはすばらしい感覚だった。終わってほしくない。

この戦士にまたがっているときは、自分を小さいとも取るに足らない存在だとも感じなかった。彼の表情やこわばった体を見ていると、奔放な誘惑を楽しんでいるのがよくわかる。この瞬間、リオナの望みはそれだけだった。彼を悦ばせ、これまでどの女を求めたよりも激しく自分を求めさせること。

できるなら、二度とほかの女のことを考えてほしくはない。かつて愛した女、彼を裏切った女など忘れてほしい。リオナはシーレンに示したかった。自分は勇敢で誠実であり、決して心が揺らぐことはないと。

彼はリオナを愛するようになる。絶対にそうさせてみせるとリオナは自分に誓った。愛さずにはいられないようにするのだ。彼の横で、クランを強くするために戦う。同時に、寝室でふたりきりのときには彼にふさわしい妻になる。彼がもっと従順な妻を求めているのなら、寝室の外ではおとなしくふるまおう。

「きみはクライマックスに近づいているか？」

「どうでもいいわ」リオナは彼の口に向かってささやいた。「今夜はあなたを悦ばせるんだから」

「きみが悦べば、おれもうれしい」シーレンがささやき返した。

ああ、この人は女の心に訴えるすべを知っている。

「もう長くは持ちそうにないわ。動くたびに、急な坂を転げ落ちるような感じがする」

「だったら、いっていいぞ。おれも峠を越えそうだ」

リオナが口を彼の口に押しつけると、シーレンは彼女を抱く腕に力をこめた。リオナは前後に揺れながらうめき声を漏らした。恍惚が血を熱くわき立たせ、より深遠な快感に身をゆだねろと彼女にささやきかける。

シーレンが彼女の腰をつかみ、指を尻に食いこませた。きっと明日にはあざになっているだろう。そう思うとリオナの興奮はいっそう募った。

いまやシーレンが主導権を握っていた。リオナの体を引きおろし、腰を突きあげて、熱くなめらかに彼女を貫く。肉と肉がぶつかる音が部屋に響いた。ふたりのみだらな低いため息が、うめき声が、暖炉の炎と同調して躍った。

シーレンがリオナの体をおろしてそこで止めた。彼のこわばりが、いままでになく奥深くまで彼女を貫いている。彼は大きな手でリオナの尻を握ったり愛撫したりした。自分のものだと言わんばかりに力をこめて。

リオナはじっとしていられなくなり、体を起こしてもだえた。身をよじり、くねらせているうち、やがてなにがなんだかわからなくなった。

ようやく意識を取り戻したとき、彼女は夫の胸にぐったりと寄りかかっていた。髪が顔にばさりと落ちている。シーレンがぼんやりと、なだめるように彼女の背中を撫でていた。

ふたりはまだしっかりとつながっていた。脚のあいだのねばねばした感触からすると、シーレンも絶頂を迎えたはずだが、リオナの中で彼のものはまだ硬いままだった。

シーレンが彼女の頭のてっぺんにキスをして、顔にかかった髪をそっと払った。「きみの従順な面も気に入った。きみがあらゆる命令に従うのは、気分がいいものだな」

面白がるような口ぶりにリオナはふんと鼻を鳴らしたが、あまりに疲れ、消耗していたので、体はまったく動かせなかった。

「あなたはいい枕になるわ。今夜はこのまま寝るわね」

シーレンがいっそう強くリオナを抱きしめると、彼女の内部で彼自身がぴくりと脈打った。

「それはよかった。きみをどこへも行かせるつもりはないからな」

21

気がつくと、腰には手があてられ、脚のあいだには硬く屹立したものが深く埋めこまれていた。リオナは息をのみ、はっきりと覚醒した。快感が全身を走り、目をしばたたく。彼女はマットレスにうつぶせになり、顔を横に向け、足をベッドの横におろした格好で、尻をぎゅっとつかまれて持ちあげられていた。

シーレンが背後に立ってリオナを貫いていた。ひとことも言葉を発することなく、何度も何度も突き立てている。

シーレンが黙って没頭していることで、彼女はいっそう興奮を募らせた。彼はひたすらに容赦なくリオナを責めている。やさしく思いやりのある恋人は、自らの欲望を満たすことに専心する獰猛な戦士に変貌していた。

唐突に、あまりにも鋭いクライマックスに襲われて、リオナははっとした。激しく息をあえがせ、ベッドに体を沈みこませる。

それでもシーレンは彼女の尻を持ちあげて支えたまま、繰り返し突き入れつづけた。リオナの中でふたたび快感が渦巻きだし、高揚してまたもや体がこわばった。

シーレンの上体が前のめりになる。彼の全身の筋肉が波打つのがリオナにも感じられた。ぴんと張り詰めているのが伝わってくる。シーレンは手を彼女の尻から離して肩の両横についた。そしてリオナがベッドに倒れこむと、彼も深々と自らを埋めこんだまま、彼女に覆いかぶさった。

一度ぶるっと身震いしたあと、シーレンはリオナを深く貫いたまま動きを止めた。彼自身がどくどくと脈打つ。リオナの内部に温かなものがあふれた。彼女が小さくうめき声を漏らすと、シーレンが身をこわばらせた。

それから少しだけ上体を起こして、リオナの背中の中央にそっと口づけた。

「寝ていてくれ」とささやきかける。「まだきみが起きるには早すぎる」

自らを引き抜くと、シーレンは濡らした布を持ってきてリオナを清めた。それが終わると彼女をベッドにきちんと寝かせ、上から重い毛布をかけた。

リオナは彼が闇の中で服を着る音に耳を澄ました。彼は暖炉に薪をくべ、炎が明るくなるまでかき立てた。そしてリオナがもう少し眠れるよう、静かに部屋を出ていった。

シーレンにわがもの顔で征服された体をまだうずかせたまま、リオナは暖かい毛布にくるまった。もう一度眠りに落ちていくとき、その唇には笑みが浮かんでいた。


「今朝はえらく遅いな、シーレン」広間に入ってきた弟に、ユアンが声をかけた。

シーレンは暖炉のそばで朝食をとっている兄に目をやった。「野暮用があってね」

ユアンが笑みを殺してうなずいた。「ああ、興味深いことだな、男が結婚するとこんなに変わるというのは」

「その口を閉じろ」シーレンがうなる。

彼が席について、ゴブレットに飲み物を注ぐよう手ぶりで示すと、ユアンが真顔になった。

「あまりゆっくりするつもりはないんだ、シーレン。一刻も早くニアヴ・アーリンにたどり着きたい。キャメロンは好機と見て、道中に襲ってくるかもしれない。おれたちは真夜中にマケイブ領を出発して、ここまで止まることなくまっすぐやってきた。今夜、同じように発つつもりだ」

「おれにできることはあるか？」

ユアンがかぶりを振った。「いや、おまえにはここでやることがあるだろう。それで、どんな具合だ？　襲われたあと、リオナはどうしている？」

シーレンは顔をしかめた。「妻はひどく殴られた。おれを怒らせて愚かな行動に走らせようという卑劣な魂胆だ。キャメロンはおれをおびき出そうとしている。真冬にまともに攻撃をしかけてくる気はないだろう。やつは城に残ってぬくぬくとうまいものを食べ、傭兵に卑怯なことをやらせているわけだ」

「マクドナルドの兵士の訓練はうまくいっているのか？」

シーレンがため息をつく。「彼らなりに一生懸命がんばっている。兵士として出来が悪いわけじゃない。ただ、これまできちんとした訓練を受けてこなかったんだ。長年の非能率的な習慣を数週間で正すのは難しい」

ユアンが弟の肩を強く叩いた。「それができる人間がいるとすれば、おまえだけだ。おまえならきっと部下を強い戦士の軍団にできると信じているぞ」

「アラリックはどうしている？」

「しっかり役目を果たしている。まるで族長になるために生まれてきたみたいにな。わがクランは頼れる人間の手にゆだねられた。あいつはきっといい族長になる。キーリーも妻として立派にやつを支えるだろう」

「兄貴が幸せなのはいいことだ」シーレンはつぶやいた。

ユアンが弟を鋭く見据えた。「おまえはどうなんだ、シーレン？　結婚や族長の地位に満足しているか？」

シーレンは束の間考えこんだ。新しいクランに満足かどうかなど、改めて考えたことがなかったからだ。やるべきことがあまりにも多すぎた。自分は幸せだろうか？　これまで彼の人生に幸福は無縁だった。幸せでも不幸せでもかまわなかった。同盟が守られ、ダンカン・キャメロンとの戦いで兄を助けられれば、それでいいと思っていた。

幸せ？

彼はしかめ面になった。

「厄介な質問じゃないぞ」ユアンが皮肉っぽく言う。

「おれが満足かどうかは関係ない。大切なのは、おれたちにキャメロンを打ち負かせる戦力があるかどうかだ。おれにはいままで以上に、やつの血を求める理由がある」

「ああ、そうだな。おれたちはみんなそうだ。やつはおれたちのクランに甚大な被害をもたらした。そしておれたちの妻に」

「やつは父上を殺した」

ユアンがため息をついた。「自分を責めるな、シーレン」

「被害者ぶるつもりはない。おれが若く愚かだったために、みんなが犠牲を払うことになった。裏切りの兆候は見えていたのに、わざと目をつぶっていたんだ。クランがその代償を支払った。おれたちは父親を失い、兄貴は妻を亡くした。クリスペンは母親に死なれた」

「おれはおまえを責めたことはない」ユアンが低い声で言った。「ただの一度も。たとえエルセペスが失敗していたとしても、どうせキャメロンは別の方法を見つけていたさ」

シーレンは過去の追憶に苛立ち、記憶を払いのけるように手を振った。自分が当時いかに若くて愚かだったかを、ぐずぐず考えていたくない。エルセペスにとって彼はいいカモだった。あの女はシーレンを振り向かせ、誘惑し、とりこにした。シーレンは彼女のためならなんでもしていただろう。

あの女を愛していた。

そのことを思うと、いまでも胸が痛む。それでも彼はあえて過去の罪を自分に思い出させた。あんな過ちは二度と繰り返すまい。女を相手にするときには、感情におぼれることなく、冷静に対処しなくてはならないのだ。

「ちょっと剣の稽古をする気はあるか？　それとも結婚して子どもができたら軟弱になったかい？」シーレンは兄を挑発した。

ユアンの目がきらめく。「家来の前で恥をさらす覚悟はできているんだろうな？」

シーレンはせせら笑った。「やれるもんならやってみろよ、兄貴」


リオナはけだるく伸びをして、目を閉じたまま笑みを浮かべた。すばらしい朝だ。足はほんのり温かい。ベッドから出たくない。

それから目を開けてぼんやりとまばたきをし、もう一度ゆったりと伸びをした。体を横に向けたとき、ベッド脇の床に置かれた革のブーツが目に入った。

目をしばたたき、上掛けを胸に押しあてて体を起こす。

新品のブーツだ。新調したばかりで、しかも毛皮の裏地がついている。

その横には、毛皮の裏地がついたフード付きのマントが丁寧にたたまれていた。

彼女は足を床におろして、その宝物に向かって駆けていった。片方のブーツを手に取ってひっくり返し、すぐれた職人の手による美しい縫い目を見つめる。それから中に手を入れて、暖かい毛皮のぜいたくな感触にため息をついた。

リオナは喜びの声をあげながらブーツとマントを胸に抱き、部屋の中を踊り回った。暖炉の前で足を止め、柔らかな毛皮に顔をうずめた。シーレンはなんとすばらしいことをしてくれたのか。こんな上等なものを、彼はどうやって手に入れたのだろう？

それ以上一刻も待つことができず、リオナは急いでドレスを着ると、ベッドに腰かけてブーツを履いた。

かかとを滑りこませると、目を閉じ、笑みを浮かべながらため息をついた。立ちあがって、感触と大きさを確かめながら部屋の中をぐるぐる歩く。寸法はぴったりだった。大きすぎも小さすぎもしない。

窓辺まで走っていき、毛皮を横に引いて顔を突き出した。雪が空から舞い、地面に積もっていた。新しい宝物を試すのには最高だ。

笑みをたたえたまま、リオナはくるりと振り返り、マントを羽織って急ぎ足で部屋を出た。うっかりして大広間に客がいるかどうか確かめもしなかったけれど、かまわなかった。シーレンはいつものように家来と外にいるはずだし、リオナが会いたいのは彼だけだった。

ブーツで雪を踏みしめても、爪先は湿らず、足は冷たくならなかった。

シーレンが兄と向き合っていた。ふたりがこれから剣を交えようとしているのは明らかだ。だがリオナは興奮のあまり、なにも考えずに割って入った。

「シーレン!」呼びかけながら走り寄る。

その声に彼が振り向くやいなや、リオナは飛びついた。あまりに予想外のことに、シーレンはリオナを抱きしめたまま後ろによろめき、ふたりは雪の中に倒れこんだ。

「なんだ、リオナ、どうした? 誰か怪我でもしたのか?」

リオナは彼に馬乗りになった。顔が痛くなるほど大きな笑みを浮かべながら。彼女は身を屈めてシーレンの顔を手で包み、キスを浴びせた。それから唇にキスをした。爪先までしびれるほど熱く、なまめかしいキスを。

「ありがとう」かすれた声が出た。「すてきだわ。こんなにすばらしい贈り物をもらったのは初めてよ」

ふたりの周囲で茶化すような声があがったけれど、リオナは集まってきた男たちの存在を意にも介さなかった。彼女が身を起こすと、シーレンはいまの出来事にぼうっとなっているようだった。

リオナは男たちにもまばゆいばかりの笑みを投げかけ、ユアンに丁寧なお辞儀をした。

「では、訓練をおつづけください」

いま一度シーレンに目をやる。彼は困惑の表情を浮かべたまま、まだ雪の上に伸びていた。

リオナはきびすを返し、跳びはねるような足取りで城に戻っていった。

シーレンは目をしばたたいて、雪の中を駆けていく妻を見送った。それから集まっていた男たちを見回し、楽しそうな顔の彼らをにらみつけた。

ユアンがかたわらに立ち、唇をゆがめて笑いをこらえている。彼はシーレンに手を差し出した。

「リオナは贈り物を気に入ったようだな」

シーレンはユアンの手をつかんで起きあがった。

「まいったな。あの女には自制心というものがない」ぼそぼそと言う。

ユアンが小さく笑いながらシーレンの背中を小突いた。「ちょっと点数を稼いだというわけだ。おまえがしばらく姿を消しても、おれたちは気にしないぞ」

集まった戦士たちから笑い声があがり、シーレンはさらに厳しく皆をにらみつけた。そしてユアンの腹を殴りつけ、兄が痛みにうめくのを聞いて満足を覚えた。

「なんのつもりだ？」ユアンが訊く。

「おれがメイリンのことでからかったとき、兄貴も殴っただろう。そのお返しだ」

ユアンは笑いながら腹をさすった。「あのときおまえは、おれがタマをどこかに落としてきたとか言ったな。妙なことに、ある金髪の娘のこととなると、おまえも同じ症状で悩んでいると見える」

シーレンはまたしても兄に飛びかかった。しかし今度はユアンが身をかわし、ふたりは雪の上に転がった。男たちが押し寄せ、大声で兄と弟をはやし立てる。すぐに賭けが始まり、雪が舞いあがった。

# 22

クリスペンが力いっぱい腰に抱きついてきて、リオナは驚いた。彼は心のやさしい、だがいかにも少年らしい活発な男の子だ。彼女が頭のてっぺんにキスをすると、次にクリスペンは叔父のシーレンに飛びついた。

「元気でね、リオナ。温かいおもてなしをありがとう」メイリンがリオナを抱きしめる。

リオナはメイリンの頬にキスをしたあと、イザベルをくるんでいる小さな毛布の端をつまんで、赤ん坊の柔らかな顔に頬ずりした。赤ん坊は甘いにおいがする。自分の子どもが欲しいという思いがこみあげたが、すぐにリオナは不可解な衝動にあきれて首を振った。

「旅のご無事を祈っているわ、メイリン。あなたもイザベルも」

メイリンが微笑み、シーレンに別れの挨拶をしに行った。ユアンは馬の横で待っている。かわいい姪を見おろしてシーレンが相好を崩す様子は微笑ましかった。

赤ん坊を前にすると、戦士もめろめろだ。シーレンが意味のない言葉をイザベルにかけているのを見て、リオナは笑いを噛み殺した。将来この子を追い回す男がいたら首をちょん切ってやると彼は断言している。

リオナとメイリンはあきれて顔を見合わせた。ちょん切るのが別の部分でないことだけが、せめてもの救いだ。

ユアンと家来が馬に乗ると、シーレンがメイリンとイザベルをユアンの馬の上まで持ちあげた。ユアンは妻子にしっかりと腕を回し、出発の命令をくだした。

彼らは一列に並んで中庭を出ると、木の跳ね橋を渡り、月のない闇夜に消えていった。

ほどなくシーレンがリオナのもとに戻ってきた。「もう遅い。そろそろ休もう」

リオナはうなずき、彼に腕を預けて城に入った。シーレンが階段の下で立ち止まり、明日の予定についてギャノンと話し始めたので、リオナは先に二階に向かった。

今夜はちょっとした計画がある。レディが考えるべきでない大胆な企てが。それを思うとリオナはいっそう楽しくなった。

部屋に入るとすぐ暖炉に薪を足し、ベッドの毛布を整えた。間もなく夫の重い足音が聞こえてきた。階段をのぼり、扉のすぐ前までやってくる。

リオナは笑みを隠してくるりと後ろを向き、シーレンが入ってきたときには背中を見せる格好となった。

「リオナ、話がある」彼が重々しい口調で切り出した。

「ねえ、ドレスを脱ぐのを手伝ってくれる？」

リオナがちょっと振り向くと、シーレンは渋い顔をしていた。それでも彼は歩いてきてドレスのボタンを外し始めた。

「なんの話なの、あなた？」

シーレンが咳払いをした。「他人の前でしてはいけないこともある」

リオナはドレスの袖を引きおろして振り返った。ボディスは胸の頂のところでかろうじて引っかかっているだけだ。彼女は無邪気を装って彼を見あげながら、布地を少しおろして、片方の乳房の先端をあらわにした。

「たとえば、どんなこと?」

シーレンが視線を下に向けて息をのみ、ひと呼吸置いて言葉をつづけた。「好意を示すのは、部屋でふたりきりのときだけにすべきだ」

リオナはふたたび背を向けた。ドレスを床に落として足を抜き、寝巻きに手を伸ばす。頭を振ると、おろした髪がふわりと尻を撫でた。それから伸びをするように体を弓なりに反らし、気が変わったとばかりに寝巻きを横に放った。

「家来の前であんな行動に出るのは不適切だ」シーレンは喉が詰まったような声を出した。

リオナはまたしても振り向くと、一歩前に出て、彼のトルーズの紐をゆるめた。「そうね、あなた。そのとおりだと思うわ。ほかの人の前で好意を示してはいけないわね。はしたないことだわ」

トルーズの中に手を入れて、ずっしりしたものをやさしく握った。

「それだけではなく……おい、なにをしている?」

リオナは上下に愛撫したあと、手を引き抜いた。「あなたの服を脱がしているのよ。わたしの務めなんでしょう?」

「ああ、まあ、そういうときもある。しかし、いまは話し合いのほうが大事だ」

「ええ、もちろんよ。どうぞつづけてちょうだい。どこまでいったかしら？　ああ、それだけではなくと言ったのよね。それだけではなく、なんなの？」

彼女の手が胸板をかすめ、チュニックを引きあげていくと、シーレンが顔をしかめて首を振った。

「はしたないだけじゃない。敬意という問題がある。家来がおれを敬う気持ちだ。妻に地面に転がされていたら、おれは家来から尊敬を得られない」

シーレンはなんとか怖い顔を保っていた。ところがリオナはトルーズをおろして彼の股間をあらわにし、屹立したものを貪欲に握りしめた。

「部屋でふたりきりのときなら、あなたを転がしてもいいのかしら？」

シーレンが困惑して眉根を寄せた。「なんだって？」

リオナが片方の脚をシーレンの膝の裏に引っかけ、体をぐいっと押す。彼はよろめいて、背中からベッドに倒れこんだ。

リオナはその上に乗り、勝ち誇った顔で彼を見おろした。「それで、なにをおっしゃっていたのかしら、あなた？　わたしは従順な妻として、あなたの指図を待っているのよ」

シーレンが頭の下で手を組んだ。「なにも言っていないさ。ひとこともな。つづけてくれ、リオナ」

満足した表情でリオナが微笑む。「そうだと思っていたのよ」彼に唇を重ねると同時に、手で彼のものをつかんで自分の入り口に導いた。

リオナの心地よい体に深く自らをうずめると、シーレンは大きく息を吸い、彼女の唇に向かってささやいた。「どこででも、好きなだけおれを転がしていいぞ」

# 23

リオナは不機嫌な顔で中庭を眺めていた。シーレンが戦士の集団にきつい言葉を浴びせている。マクドナルドの男たちはシーレンに叱責されるのを面白く思っていなかった。新しい族長を反抗的な目でにらみつけている者も多い。中にはむすっとして彼のほうに目をやったあと、あからさまに顔を背ける者もいた。

サイモンとヒューはなんとか族長をかばおうとしているが、ふたりにも仲間の怒りを静めることはできなかった。

彼らが劣っていると言われるのは聞くに堪えない。努力が足りない、まるで女みたいな戦い方だと言われるのは、さらに聞いていられなかった。

とりわけあとのせりふに、リオナは怒りを覚えた。自分はたいていの男より巧みに戦える。男の無能力をあげつらうのに、女を引き合いに出して侮辱しなくてもいいだろうに。

ユアンが出発してから一週間、シーレンは明け方から夜中まで男たちを追い立てた。戦士たちは日ごとに不快感をはっきりと口にするようになり、どんどん反抗的になっている。この様子ではいずれ本格的な反乱に発展するのではないかとリオナは気が気でなかった。

身震いして、彼女は窓から離れた。見ていたことをシーレンに知られたくなかった。彼は部下の扱いに関してはっきりした考えを持っており、口出しされるのを好まない。本当は、リオナは割りこんで戦士たちをなだめ、自分たちが戦う目的を思い出させてやりたかった。ところがシーレンも彼女がそうしたがっているることを察しているらしく、絶対に邪魔をするなと釘を刺していた。

リオナは足取り重く大広間に向かった。暖炉のそばに立って、あくびを噛み殺す。今日はまだほとんどなにもしていないというのに、疲れ果てていた。

ここしばらく、なんとなく気分のすぐれない日がつづいている。最初は病気になったのかと思ったが、疲労以外に特別悪いところはなかった。実際、夫は飽くなき欲望で彼女の眠りを妨げ、彼女のほうも同じように応えている。

毎朝、夜明け前にふと気がつくと夫に深々と貫かれていた。彼は容赦なくリオナを責め立てた。そして荒々しく抱いたあとは、いつもやさしくキスをして彼女を寝かせ、自分は部屋を出ていくのだった。

ふたりは愛の営みで夜を始め、愛の営みで終えていた。

またしてもあくびが出た。今夜は精力的な交わりに備えて、少し早めにベッドに入ったほうがいいかもしれない。シーレンはあれだけ毎日激しい訓練をこなしながら、睡眠時間は非常に短い。いったいどうやって持ちこたえているのだろう。

すっかり冷えてしまった手を、炎にかざして温める。暖炉の火を見つめているうちに、まぶたがどんどん重くなってきた。こんなに体がだるいのは珍しい。

ギャノンが大股でやってきたので、リオナはなんとか頭のもやもやを振り払った。

「奥方様、シーレン様は稽古の準備ができていらっしゃいます。練習したいなら急ぐようにとの仰せです。今日は家来の休憩中に一時間だけ時間をお取りになりました」

リオナは顔をしかめた。「シーレンは休憩しないの？」

ギャノンが妙な顔でリオナを見た。ばかげた質問だと言いたいようだ。確かにそうかもしれない。シーレンのスタミナは超人的なのだ。

「剣を取ってくるわ」

「わしが取ってきます、奥方様。シーレン様のところへいらしてください」

リオナは小声で礼を言い、急いで扉のほうに向かった。雪を踏みしめたとき、しまったと眉をひそめた。マントを忘れたことでシーレンに説教されるかもしれない。だが、剣を振るときはマントを着ていないほうが動きやすいのだ。

皆が毎日稽古をしている訓練場の端で、シーレンが待っていた。これまでリオナは訓練を休みたいと思ったことはなかったのだが、今日はなにと引き換えてでもベッドに潜って午後じゅう休んでいたい気持ちだった。

それでも、シーレンにはひとことも言わなかった。剣の訓練をつづけさせてくれるよう、必死で頼みこんだのだ。また禁止したいと彼に思わせてはならない。

「剣はどこだ？」シーレンがじれったそうに尋ねた。

機嫌が悪そうだ。今日は訓練の手をゆるめてくれそうにない。リオナはうめきたくなったが、唇を噛んでこらえた。

「ギャノンが取りに行ってくれたわ」

シーレンは苛立たしげに後ろを見てから、リオナに向き直った。

「ギャノンが来るまで、素手で戦う練習をする。戦いで剣を失ったら、生き延びるためには機知と素手での戦闘技術に頼らなくてはならない」

彼の目がきらりと光るのを見て、リオナは警戒を強めた。今日は戦いたくてうずうずしているらしい。しかし彼女は気が進まなかった。シーレンとまともに戦ったら、虫のように叩きつぶされてしまう。

ギャノンがやってきて剣を渡してくれたときは、安堵で倒れそうになった。シーレンは少しばかり落胆した様子だった。

「今日はわしをがっかりさせないでくださいよ」ギャノンがささやいて、後ろにさがった。

「最善を尽くすわ」リオナは皮肉っぽく答えた。

鞘を握るやいなや、彼女は叫び声をあげて突進した。シーレンが驚きに目を光らせたが、次の瞬間にはおおいに満足げな表情になった。

彼はリオナの攻撃をかわし、力いっぱい剣を振りおろした。それを剣で防ぐと、リオナの体全体がしびれた。歯もがたがた鳴って、折れてしまいそうだ。

それから数分、ふたりは激しく戦った。けれどもリオナの力はすぐに萎えた。まるで泥をかき分けているかのように、ゆっくりとしか動けない。腕がどんどん重くなっていく。

シーレンが前進すると、リオナは後退を余儀なくされた。彼が頭上で剣をぐるぐる回し、下向きに振りおろす。それを阻んで彼女はさらに一歩さがったが、手にした剣は危ういほど下に垂れていた。

剣の先が地面に食いこむ。視界がぼやけ、リオナは倒れないように両手で剣の柄を握りしめた。シーレンの驚きと心配の表情が見え隠れしたかと思うと、目の前が真っ暗になった。

剣をつかんだまま、リオナは地面に膝をついた。そして体を横に投げ出し、雪の中に倒れこんで意識を失った。

シーレンとギャノンが同時に彼女に駆け寄った。ふたりはひざまずき、シーレンがリオナの体の下に手を入れて、服に雪がしみこむ前に抱きあげた。

シーレンの心臓が、まるで棍棒を振るうようにがんがんと激しい音をたてている。リオナに怪我をさせてしまったのか？　剣が彼女の体にあたったのか？　いや、もしそうなら彼はすぐに気づいたはずだ。

集中すべきときに、彼は一瞬集中力を欠いてしまった。相手は妻だ。彼と同じくらい大きくて強い戦士ではない。シーレンは妻に怪我をさせないよう気をつけていなければならなかったのに、家来の扱いにくさやその対処法について考えていたのだ。

彼はリオナを胸に抱きしめ、城の入り口めざして雪の中を走っていった。周囲の驚きの叫び声にも耳を貸さず、ギャノンをすぐ後ろに従えて階段を駆けのぼる。

部屋に飛びこむと、そっとリオナをベッドに寝かせた。それから傷がないかと全身をくまなく調べたが、その結果に彼は当惑した。意識を失う理由がまったくわからないのだ。

どこにも傷は見あたらない。出血も、あざもない。

リオナはただ単に気を失っただけのようだ。病気なのか？

「サラを呼べ」彼はギャノンに命じた。「急いで来るように伝えろ」

ギャノンが行ってしまうと、シーレンはリオナの青白い頬に触れて悪態をついた。やはりこんなばかげたことを許してはいけなかったのだ。

「リオナ。リオナ、目を覚ませ」

彼女は身じろぎもしない。シーレンの不安がさらに募った。もし重病だとしたら、どうすればいい？リオナは頑固だ。なんの異常も訴えなかったとは、まさに彼女らしい。

廊下から足音が聞こえたので、彼はほっとして顔をあげた。サラがあわてて入ってくる。後ろからは治療師のネーダがついてきた。

「なにがあったのですか、族長？」ネーダが尋ねた。

女たちがリオナの横に来て調べられるよう、シーレンは立ちあがった。「わからない。剣の稽古をしていたら、突然気を失ったんだ。傷を負った様子はどこにもない」

サラがシーレンを手で追い払うような仕草を見せた。「廊下でお待ちください、族長。場所をあけてください。わたしたちが看病します。たぶん深刻な病ではないでしょう。リオナ様はこのごろお疲れのようでしたから」

シーレンは顔をしかめながら、ギャノンに連れられて部屋の外に出た。リオナが疲れていたことに彼は気づいていなかった。罪悪感がどっと心にあふれる。毎朝早く起こして抱き、夜も遅くまで寝かせなかった。リオナの体への負担を考えていなかった。なんとも説明がつかないが、彼女はシーレンにとって必要不可欠な存在になっていたのだ。

いつも隣で目覚めると、リオナが欲しくてたまらなくなる。シーレンを突き動かしているのは、もはや性欲ではなかった。彼女を自分のものにしたい、自分の皮膚に彼女を焼きつけたいという心の底からの欲求だった。

一日の終わりには、早く部屋に戻りたいと心がはやった。部屋に入ると、ふたりは攻守を変えながら愛の営みにふけった。シーレンのお気に入りは、リオナが彼に馬乗りになって、自分に劣らぬ欲望で彼を奪うときだった。

シーレンは確かに独占欲が強い。だが、それはリオナも同じだ。そして彼はそのことに大きな喜びを見いだしていた。

「どうしてこんなに長くかかるんだ?」扉の前で行ったり来たりしながら、シーレンは吐き出すように言った。

「まだ少ししかたっていません」ギャノンが答えた。「きっと、なんともありませんよ。ちょっとした体調不良でしょう。食べたものが悪かったのかもしれません」

「サラは、リオナが最近疲れていたと言っていた。どうしておれは気づかなかったんだ?」

「家来たちの訓練に忙しかったからです。それ以外のことに気づく余裕はほとんどありませんでした。リオナ様は頑丈です。すぐまた起きあがって、シーレン様のお尻を蹴りなさるでしょうよ」

シーレンは険しい表情で首を左右に振った。しかし、もう二度とリオナに剣の稽古は許さないという思いを口に出す前に、扉が開いてサラが顔を出した。

「少しお話があります、族長。リオナ様はお目覚めになりましたので、ここで」

「大丈夫なのか？　自分の目で確かめたい」

サラが片方の手をあげて止めた。「そう興奮なさらずに。リオナ様はお元気です。少しお休みになったらよくなられますよ。ご存じなかったのでしょうけれど、リオナ様は宿していらっしゃいます」

シーレンはきょとんとした。「なにを宿しているんだ？」

サラがあきれ顔になる。「お子様です。身ごもっておられるんです」

シーレンは呆然と立ち尽くした。サラが告げたことを理解しようとしたが、すぐには消化できなかった。やがて怒りで身がこわばり、妻の無謀さを思って頭を横に振った。サラは彼の反応を奇妙に思っているようだったが、いまのシーレンにはどうでもよかった。頭にあるのは、リオナが充分元気を取り戻したらたっぷり説教してやるということだけだった。

彼はギャノンのほうを向き、扉を指さした。「今日一日、リオナを部屋から出すな。ベッドから起きあがるのも禁止だ。しっかり見張っておけ」

そして身を翻し、ずかずかと廊下を歩いていった。突然、ちょっと血でも見ないとおさまらない気分になっていた。誰の血でもいい。マクドナルドの男たちにも、彼らがまともな軍勢となるために必要な努力をいやがっているらしいことにも、もううんざりだ。情けない話だ、やつらより女主人のほうが男らしいとは。

24

「普通なら、わたしはリオナ様が夫に背くようなことをお勧めはしません。だけど家来たちはみんな、族長がリオナ様に害をなしたと思いこんで怒っています。リオナ様が姿をお見せにならないと、男たちは手のつけられない暴徒になって反乱を起こしますよ」

リオナは顔をあげてサラを見たあと、ギャノンのほうに目をやった。彼は胸の前で腕を組んで、ふたりの会話に耳を傾けている。

サラがギャノンに腹立たしげな視線を送った。

「あなたは、赤ちゃんができたという知らせをシーレンが喜ばなかったと言ったわね」リオナは当面の問題に話を戻した。

「そんなことは言ってません」

「だけど、喜ばなかったのよね」

「族長の反応はよくわかりませんでした。あの側近に、リオナ様がベッドから起きあがったり部屋から出たりしないよう見張っておけと言いつけて、足を踏み鳴らして歩いていかれたんです」

「子どもができてそんな反応を示すのが、おかしいとは思わないの?」

「男の人には時間が必要なんです。族長は心の準備ができていなかったようですから」

「わたしだって準備はできていなかったわ」リオナはささやいた。立ちあがってまた首を左右に振り、あきれたように両手を上に投げ出す。「ご夫婦揃って鈍感なこと。どうしておふたりとも、赤ちゃんができたとわかってそんなに驚くんですかね。さっぱりわかりませんよ。せっせと励んでおられたんでしょうに」

「心の準備ができていなかったのよ」リオナは言い訳がましく繰り返した。

「赤ちゃんが、両親に準備ができるまで待ってくれると思っているんですか?」サラがなおも頭を横に振りながら無遠慮に言った。「生まれるまでには何カ月もあるんですから、心の準備はそのあいだにすればいいんです。すぐに慣れますよ。つわりで苦しい思いをしていないのを喜ばなくては。当面の症状は疲労だけみたいですからね」

リオナは鼻にしわを寄せた。「身ごもっているとわかったら、さっそく明日の朝からつわりになるでしょうよ」

サラが笑う。「そうかもしれませんね。心はおかしな働きをしますから」

リオナはまだ平らな腹に手を置き、不安で全身を小さく震わせてサラを見あげた。「どうしたらいいの、わたしが母親にふさわしくない女だったら?」

サラは目つきをやわらげ、ベッドのリオナの横に腰をおろした。それからギャノンをにらんで、出ていくように手ぶりで示す。ギャノンは不服そうな顔をしながらも部屋を出た。それでも、扉の外で見張りに立っていることを伝えるのは忘れなかった。

すぐにサラは向き直ってリオナの手を取った。「リオナ様はすばらしいお母さんになりますよ。確固たる忠誠心をお持ちですし、領民や保護を求める人々をきちんと守っていらっしゃいます。自分の子どもにもそんなふうに接しないわけがありません。リオナ様は心配しすぎなんです。時間をかけて慣れていけば、気に病むことはなにもないとわかりますよ」

リオナはため息をついた。「あなたの言うとおりならいいんだけれど。シーレンは父親になることをあまり喜んでいないみたい。種を植えつけることにはすごく熱心だったくせに。結婚したら一年以内に世継ぎが生まれると自慢げに話していたのよ。自分がなにをしているのかはわかっていたはずだわ」

「族長には考えることがいろいろおありなんですよ。大変な責任を負ってらっしゃるんです。いずれお喜びになりますよ。いまはただびっくりしているんでしょう。見ていらっしゃい。そのうち、ご自分の男としての能力を鼻高々で触れ回られますよ」

「だけどさっきは……怒っているみたいだったんでしょ？」リオナは小さな声で言った。

サラが肩をすくめる。「すぐにショックから立ち直られますよ。それで、家来たちのことですけど……」

「そうだわ。わたしは元気で、シーレンに殺されたわけじゃないと知らせて、みんなを安心させなくてはね。それでなくともシーレンはいろいろ問題をかかえているんだから」リオナは嘆息した。「このクランはいったいどうなっているのかしら、サラ。シーレンに忠誠を誓って彼を支えているのは、ほんのひと握りよ。みんながいったいなにを期待して、なぜ心を閉ざしているのか、わたしにはわからないわ。父に統治されていたときより満足感を覚えて当然なのに」

サラがリオナの手を軽く叩いた。「変化を嫌う人間もいるんですよ。自分が思いついたこと以外は受け入れようとしない。よそ者を新しい族長として押しつけられるのは、多くの者にとって認めがたいことです。それに、自尊心も邪魔をしています。族長に欠点を指摘されてばかりなのは、彼らにとって屈辱なんです」

「起きあがってドレスを着るから、手を貸してちょうだい。女の服を着ているわたしを見たら、夫の機嫌も少しはよくなると思うわ。もしかしたら、ベッドに寝ていろという命令に背いたことで、わたしを怒鳴らないでくれるかもしれない」

「どうでしょうかね」サラが苦笑した。「族長がリオナ様を殺して側近に埋葬させたんじゃないかと心配している家来たちを、リオナ様がなだめに行ったというだけで、充分怒鳴られる理由になると思いますよ」

面白がるようなサラの口調に、リオナはあきれて目玉をくるりと回し、ベッドの横に足を投げ出した。ほどなく彼女は金糸を縫いこんだ琥珀色のドレスに身を包んだ。サラにこれを縫ってもらってから、リオナが着るのは今日が初めてだった。特別な機会のために取っておきたかったのだ。怒る夫の気をそらすのは、充分に特別な機会と言えるだろう。

「おきれいですよ。お子様を宿したことで、もう色艶がよくなっておられますね」

リオナは扉に向かいかけたが、途中で立ち止まり、ため息まじりに振り返った。「ギャノンがいるわ」

シーレンの側近の存在をたったいま思い出したらしく、サラも顔をしかめたが、すぐに肩をすくめた。「まさかリオナ様に手を出したりはしませんよ。そりゃあ、怒鳴って前に立ちはだかろうとはするでしょう。でも、わたしたちふたりが力を合わせたら、あの男を抑えておけると思います」

ギャノンが強制的に止めることはないというサラの意見に、リオナはそこまで確信が持てなかった。

「あなたがギャノンを部屋に呼び入れたらどうかしら。わたしは扉の裏で待っているわ。それで彼が入ってきたら、すぐに出ていくの」

サラがくすくす笑った。「悪知恵が働きますね。わたしがあわてふためいて悲鳴をあげたら、うまくいくかもしれません。リオナ様は位置についてください。でも、素早く動いてくださいね。ギャノンはわたしたちにだまされまいと思っているでしょうから」

リオナはスカートをつまみ、急いで扉の裏に隠れた。サラが部屋の奥に行って、大声でギャノンの名前を叫んだ。

即座に扉が勢いよく開き、ギャノンが飛びこんできた。彼の反応をわざわざ確かめることなく、リオナは扉をつかんで廊下に飛び出し、階段を駆けおりた。後ろからギャノンの怒声が追いかけてくる。

ギャノンが階段をおりる重い足音にせき立てられるように、リオナは中庭に通じる扉に向かって走った。雪に足を取られて滑りそうになったが、すぐに姿勢を正し、こちらに背を向けている夫のほうに駆けていく。

男たちがリオナの姿を認めた。シーレンによる指導の最中に剣をおろし、なにごとかと見つめる。リオナはシーレンを行き過ぎかけたところで横滑りしながら止まった。

戦士たちはリオナとシーレンを交互に見やり、警戒の表情を浮かべている。シーレンが振り返ったとき、リオナはその理由を悟った。

あまりに冷たく怒りに駆られた顔を見て、リオナは思わずあとずさった。心臓が口から飛び出しそうだ。そこへギャノンがやってきて、彼女は突然、ふたりの怒り狂った戦士に挟まれることになった。

「部屋から出すなと言っただろう」シーレンがギャノンに怒鳴りつけた。

「ギャノンが悪いんじゃないわ」リオナはそっと割りこんだ。「わたしとサラが彼をだましたの」

「人をだますのがずいぶん得意なんだな」

リオナは夫の口調に驚き、非難されたことに唖然とした。彼が彼女のなにを責めているのかはよくわからないが、なんにせよ、よい兆候ではない。

彼女はつんと顎をあげた。「わたしは元気だと知らせて、みんなを安心させたかっただけよ」

集まった戦士たちをシーレンが手ぶりで示した。「見てのとおりだ。愚かな行動をとったにもかかわらず、きみは元気でぴんぴんしている。用がそれだけなら、おれたちは訓練に戻るぞ」

どうでもいいと言いたげなきつい口調に、リオナは胸が苦しくなった。「愚かな行動? なんのことを言っているの、あなた?」

シーレンが一歩前に出てリオナを見おろした。その表情はあまりにも冷たく、リオナは身震いした。「話はあとだ。おれの怒りがおさまってから。それまで部屋に戻って、そこから出るな。わかったか?」

リオナはぽかんと口を開けた。愕然として彼を見つめる。シーレンがこんなに怒るなんて、自分はいったいなにをしたというのか?

夫の股間を膝蹴りして、苦痛にのたうち回らせたい。彼女は唇を引き結び、満開の花をもしぼませるような怖い顔で彼をにらみつけた。

くるりと身を翻す。ギャノンが腕を取ろうとしたが、リオナは彼を振りほどき、夫に劣らぬ冷たい表情でにらみつけた。部屋に戻って待っていろという夫の命令には、死んでも従いたくなかった。どうせ彼は侮辱されたと思いこんで、リオナをこっぴどく叱りつけるに決まっている。

足を踏み鳴らして城に入ると、彼女はサラを捜した。本当ならシーレンは喜びにあふれているべきなのだ。父親になるのだから。新たなクランにおける指導者の地位を確立するためにも、急いで彼女を身ごもらせたかったはずだ。

これでマケイブとマクドナルドは血によって結びつくことになる。シーレンは望むものをすべて手に入れる。なのにどうして、彼はリオナを最悪の裏切り者だというような目で見るのだろう？

「族長を永遠に避けていることはできませんよ」サラが言った。

リオナは鋭くサラを見据えた。「避けているわけじゃないわ。高圧的な指図に従っていないだけ。あいつなんて、地獄へ行けばいいのよ。あんな人のために、わざわざドレスを着たなんて」嫌悪の表情で琥珀色の美しいドレスを見おろす。ドレスにはすでにかなりのしわができていた。

サラがくすくす笑いながら編み物をつづけた。ここはサラの家だ。暖炉では炎が明るく燃えていた。城の夕食の時間はもう過ぎているが、リオナはこの静かな家で――サラにうるさく言われて――食事をすませていた。

「食事を抜いてはいけませんよ」サラはリオナをいましめていた。「気を失ったのも、それが原因でしょう。朝食も召しあがらずに、稽古で無理をなさったんですから」

リオナはサラのしつこさに負けてシチューを食べたが、味は覚えていなかった。記憶にくっきり刻まれているのは、激怒した夫の顔だけだ。そしてリオナに対する冷たい態度。まったく理解できなかった。剣の稽古をしていたとき、男たちのせいでシーレンが不機嫌だったのは確かだ。だがリオナの妊娠に彼がひどい反応を示した原因がそれだとは考えられない。

彼は本当にリオナが妊娠したから怒ったのだろうか？　そんなばかな。リオナが世継ぎを身ごもることは、マケイブとマクドナルドの同盟にとって大きな意義がある。赤ん坊が生まれれば、いまマクドナルドの男たちがシーレンに抱いている敵意もかなり薄れるはずだ。

「正直に言うけれど、男の人がなにを考えているのか全然わからないわ」リオナはため息をついた。

サラが舌打ちをする。「ようやく気がつかれたんですね。わかろうとするのは無駄な努力ですよ。殿方の考えなんて一日ごとにころころ変わりますし、次の瞬間にどっちを向くやら、女にはわかりません。だからこそ、男には自分が主人だと思わせておくんですよ。女は黙って後ろを歩きながら、好きにしていればいいんですから」

リオナは笑いだした。「あなたは頭がいいわね、サラ」

「ふたりも夫を見送ったんですよ。男についてはたいていの女よりよく知っています」サラが肩をすくめた。「男はたいてい不機嫌にがみがみ怒鳴るものだとわかってしまえば、ことは簡単です。激しい物言いを無視して、その裏にある気持ちを見通せるようになったら、一緒に暮らすのが難しい相手じゃありません。ちょっとやさしくして、自尊心をくすぐって、キスでもしてやれば、向こうは満足しますよ」

「ええ、以前はあなたの言うことが正しいと思っていたわ」リオナは炎に見入った。「だけど、夫は……そんなふうに言うのは忠誠心に欠けるけれど、彼といると頭がおかしくなってしまいそうなの。このうえなくやさしいと思ったら、次の瞬間には冬の雪みたいに冷たくなるのよ」

サラが笑顔になった。「リオナ様のことをどう考えていいのか、まだ決めかねているんでしょう。すっかり狼狽して、戸惑っておられます。いずれご自分の気持ちがおわかりになりますよ」

「彼が心を決めるまでわたしのほうが待たなくては和解できないなんて、あまりにも身勝手だわ」リオナはぼやいた。

「ふたりが別々の場所にいたら猛獣を飼いならすこともできませんよ」

「いまは寒いし、外に出たくないの」

「困りましたね、おふたりとも意地っ張りで。どちらも、少しも譲ろうとしない。これでは結婚がうまくいくはずがありません」

「あまり簡単に譲歩する習慣をつけたら、いつもわたしが譲るばかりで、彼は自分の意見を曲げないということになるわ」

「まあ、確かにそうですけれど」

「だったら、どうしたらいいの？」リオナは苛立ちをぶつけた。

サラが含み笑いをする。「わたしにわかっていたら、誰も喧嘩なんてしないでしょう？　こういうことは、ご自分でいろいろと考えて解決するんですよ」

「そうね」リオナはしぶしぶ同意した。「だけど今夜は無理よ。疲れたわ」

「それに不機嫌になっておられます」

「しかたないでしょう」

「お休みになってください。どうせすぐに族長が捜しに来られるでしょうし、そうなったらリオナ様も寝ていられなくなりますから」

「隠れるつもりはないわ」

サラが眉をあげた。「あら？　では、いまなさっていることは、なんと呼べばいいんでしょう？」

「彼の命令に背いているの」

「背いて隠れていらっしゃるのですね」サラが楽しそうに言った。

「いいえ、わたしは隠れたりしないわ。彼が怒っている理由を突き止めなくては」

リオナはこぶしを握りしめて立ちあがった。

「気をつけてお帰りください。今夜はみぞれがちらついて、凍てつくように寒いですよ。雨と雪のどちらを降らせるか、神様も決めかねておられるようですね」

「わかったわ、サラ。相手をしてくれてありがとう。それに助言も。たまには話を聞いてもらうのもいいことね」

サラが微笑んだ。「そうですね。さあ、もう行って、族長と仲直りなさってください。いまおふたりがすべきことは、お祝いですよ」

リオナは別れを告げ、雪道を急いで城に戻った。石段まで行き着いたときには、彼女はぶるぶる震えていた。雪まじりの雨が首筋を伝い落ちている。

城の中に入り、ブーツをとんとんと踏み鳴らして氷と雪を落とし、大広間に向かった。夫を捜しに行く前に炎で手を温めたかったのだ。

けれども、捜す必要はなかった。

彼はギャノンや大勢のマクドナルドの戦士たちとともにテーブルについていた。リオナを見ると目を細め、唇を固く結んで立ちあがった。腕組みをして妻を見おろす。部屋に戻れという命令に彼女が背いたことすら気づいていなかったようだ。リオナを飢え死にさせるつもりだったのだろうか？

リオナは彼のむっつりした表情を無視してまっすぐ暖炉まで行き、彼に背を向けて手を温めた。

考えれば考えるほど腹立たしくなってくる。シーレンを怒らせるようなことは、なにもしていない。子どもを宿したのが不満なのだとしたら、悪いのは彼自身だ。リオナが身ごもるのを防ぐための措置はなにもとっていなかったのだから。

充分温まるとリオナは振り返り、夫のほうを見もせずに平然と階段に向かった。

「おれの我慢も限界だぞ」シーレンが声をかけた。

それを聞くとリオナは足を止め、ゆっくりと振り返った。腹の中で煮えくり返る怒りをあらわにした顔でシーレンをにらむ。

男たちが興味津々の表情で族長とリオナを交互に見つめた。こんなに大勢の前で怒りを吐き出すのはリオナにふさわしくない。けれども彼女はあまりに憤慨していて、そんなことを気にする余裕もなかった。

「わたしも同じよ、あなた。わたしがあなたの不興を買うどんな悪いことをしたのか、わかったら教えてちょうだい。それまで休んでいるわ。今日はさんざんな一日だったから」

25

部屋に着いたときには、リオナはがたがた震えていた。怒り狂うシーレンを尻目に落ち着いた足取りで大広間を出ていくには、ありったけの気力を振り絞らなければならなかった。家来の前で反抗的な態度を示すのは悪いと思ったけれど、人の前で妻への不満をあらわにするシーレンもよくないのだ。

この部屋にはいたくなかった。シーレンが都合のいいときに現れるのを、やきもきしながら待つのはいやだ。とはいえ、昔の自分の部屋に戻って、隠れているという印象を与えたくもない。

けれども、本当はひとりになって安らかに眠りたかった。あまりにも緊張し疲れ果てているので、ベッドに潜りこんで一日じゅう丸くなっていたい。頭までがんがん痛み始めた。

暖炉の前で行ったり来たりしているうちに、シーレンがわざと彼女を待たせているのだと気がついた。リオナは苛立ちの息を吐いてドレスを脱ぎ、汚れないよう丁寧に片づけた。これは美しいドレスだ。もしかしたら、いつかその美しさをきちんと認めてもらえるときに着る機会が訪れるかもしれない。

寝巻きだけでは寒かったので、マントを羽織って暖炉のそばの椅子に座りこんだ。湯浴みができたらどんなにいいだろう。だが夜も遅いし、夫が現れたときに浴槽に入っているところを見られたくなかった。

手足が温まってくると、まぶたがだんだん重くなってきた。扉の外にシーレンの足音が聞こえたときには、リオナは頭がぼうっとしていて、長く待たされたことに対する怒りもわいてこなかった。

扉が静かに開き、また静かに閉まった。リオナはじっとしたまま、振り向いて彼を迎えようともしなかった。

しばらくのあいだ、部屋は静寂に包まれた。そのあとようやく、ふたたび足音が響いた。足音は近づいてきて、リオナのすぐ後ろで止まった。

「今日一日、おれは必死で怒りを抑えようとしていた。なのにいまも怒りはおさまらない」

それを聞くと、リオナは座ったまま頭を後ろにめぐらせた。マントをしっかり体の前でかき合わせる。

「わたしがどんな罪を犯したというの？　父親になるのがそんなに不満？　結婚したら一年以内に世継ぎを産ませると自慢していたのは、わたしの誤解だったの？」

シーレンが眉根を寄せ、びっくりしたようにリオナを見つめた。「おれが怒っているのは、きみが子を宿したからだと思っているのか？」

リオナはマントを翻して立ちあがった。「そうとしか思えないでしょう！　わたしが身ごもったとわかった瞬間から、あなたは怒ってよそよそしくなったわ。あなたの怒りを買うようなことはなにもしていないのに、こちらを見るたびに、わたしをずたずたに引き裂きたいような顔をして」

「なにも？　ばかを言うな。おれの忍耐にも限界があるぞ。きみは身ごもっていることを言わなかった。いつ白状するつもりだったんだ？　おれがふくらんだ腹に剣の先を向けたときか？　それとも、赤ん坊をこの世に送り出すときまで黙っているつもりだったのか？」

シーレンの言わんとすることに気づいて、リオナはあんぐりと口を開けた。「わたしがわざと隠していたと思っているの？　わたしが赤ちゃんを危険にさらすとでも？」

「きみは妊娠している女がすべきでない活動に参加していた」シーレンが歯を食いしばった。「おれがそんなことを許すはずがないと知っていたはずだ」

「つまり、訓練をつづけるためならわたしが平気で嘘をつくと思っているのね。次の族長を身ごもっているというのに。見くびらないでよ」

「だったら、なぜ言わなかった？」

失望と苛立ちの涙でまぶたが熱くなった。彼にそんなふうに思われていたことで、リオナは傷ついた。シーレンは本当に、彼女が子どもの命を危険にさらすほど身勝手で愚かだと思っているのだろうか？

「知らなかったのよ！」リオナは激しく言った。「意識を取り戻してサラに教えられるまで、なにも知らなかったの。わかっていれば言っていたわよ。大喜びであなたに告げていたでしょうね」

束の間、シーレンの顔に衝撃が走った。そんな可能性など思ってもみなかったかのように。

「なんてことだ」彼はつぶやくと、くしゃくしゃと髪をかきむしり、顔を背けた。片方の手を脇におろして強くこぶしを握る。「どんなことになる可能性があったか。もう少しでなにが起こるところだったか。それを考えるといたたまれなかった。きみが倒れたとき、おれは自分がきみに怪我をさせたのだと思った。おれは子どもを傷つけていたかもしれない。きみを傷つけていたかもしれないんだ」

たちまちリオナは理解した。怒りも苦しみも消え失せ、動悸が激しくなった。彼女は夫のところまで歩いていき、彼の腕に手を置いた。

「心配してくれていたのね」やさしく言う。

シーレンがやにわに振り返った。目がぎらぎら光っている。「心配？　怖くてたまらなかったんだ！　大きな傷を負わせたと思いながら、きみを部屋まで運んだ。出血や傷口など、おれがきみに怪我をさせたことを示すものを探した」

リオナはシーレンの腰に腕を回し、彼の胸に頭をもたせかけた。長いあいだ、シーレンは彼女の腕の中で身をこわばらせたまま、抱擁を返しもせずに立っていた。それからゆっくりと彼女の肩に手を回して抱き寄せた。

彼は頬をリオナの頭の上に置き、息もできないほどきつく抱きしめた。体が小刻みに震えている。リオナは感激していた。この猛々しい戦士は怖がっていたのだ。彼女の身を案じて、震えあがるほどに。彼が子どもを欲しがっていないと一瞬でも考えたのが恥ずかしかった。たとえあのときはそう判断するほかなかったとしても。

それでも確証が欲しかった。彼の口から、妊娠を喜んでいるという言葉を聞きたい。

「じゃあ、赤ちゃんができてうれしいのね？」

その言葉は彼の胸もとでくぐもってよく聞こえなかった。だがシーレンはぴたりと動きを止め、ゆっくりとリオナを自分の体から離して目をのぞきこんだ。

「うれしい？　うれしいなんて、あまりにも陳腐な言葉だ。あのときのおれの気持ちを表す言葉はいろいろある。まずは感激。そう、感激だ。おれはつい最近まで、子どもを持つなど思ってもみなかった。そういうことを口にするのも、単に自分の男としての能力を自慢するためだった。廊下でサラから話を聞くまでは、父親になるのを本気で考えてはいなかった。それが、赤ん坊の姿を想像するだけで、まっすぐ立っていられなくなった。皆の前で恥ずかしい姿をさらけ出さないように、城を出てひとりになる必要があった」

彼の指がリオナの頬に触れ、顎まで滑りおりていく。

「それから恐怖。おれの心は、いままで感じたことのない恐怖でいっぱいになった。ダンカン・キャメロンのような輩から子どもを守れるだろうか。娘だとしたら、その子にメイリンのような人生を送らせることにはならないだろうか。ユアンと結婚する前のメイリンは常に身を隠し、見つかるのを恐れながら暮らしていたんだ。彼女が産む子どもにもたらされる富のために、他人に利用されることを警戒しながら」

リオナは彼の頬に手を置いた。シーレンが顔を横に向け、その手のひらにキスをした。

「そして喜びだ、リオナ。おれは言葉にならないほどの喜びを味わった。きみの美しさと強さを持つ娘を、きみの勇気と頑固さを持つ息子を思い描いた」

リオナが笑う。「あなたからは？　わたしたちの子は、あなたからなにを受け継ぐの？」

「なんでもいい。子どもが健康で、きみが安産ならそれでいい」

彼女はもう一度シーレンに抱きついた。「心配させてごめんなさい。身ごもっているなんて知らなかったの。本当よ。知っていたら、訓練のときもっと気をつけていたわ」

シーレンがリオナの肩をつかんで自分から離し、このうえなく真面目な表情になった。

「二度と剣に手を触れるな。そんなばかなことはもうやめるんだ」

「だけどシーレン、妊娠しているとわかった以上、赤ちゃんに害がないような訓練をすればいいでしょう。わたしが自分と赤ちゃんを守れるようにするのは大切なことよ」

「おれのものはおれが守る」シーレンはきっぱりと言った。「きみや子どもに害がおよぶかもしれないことは、絶対にしない」

「でも――」

彼が手をあげて止めた。「話し合いの余地はない。おれがそう決めたんだ」

リオナはため息をついたが、彼の目が不安で曇るのを見てしまっては、腹を立てるわけにはいかなかった。

「さあ、おいで。きみを抱きしめたい」

彼女は微笑んで夫の腕に飛びこんだ。シーレンが彼女の顔を両手で包み、貪るように唇を奪う。

彼はリオナの体に沿って手をおろしていき、腰で止めた。マントの合わせ目から手を滑りこませ、平らな腹に手のひらをあてる。そこで突然じれったくなったようにマントを脱がせ、彼女を寝巻き姿にした。もう一度手を腹に戻し、そこに置いたまま彼女の目を見つめた。

「おれの息子か娘」シーレンの声はかすれていた。「おれに子どもができるなんて、考えてもいなかった」

「いまは、その考えが気に入っている？」リオナは笑顔で尋ねた。

「もちろんだ」シーレンが静かに答える。「とても気に入っている。すまなかった、リオナ」

リオナは彼の唇に一本の指をあてたあと、キスをした。「今日はふたりにとって、いろんなことがあった日だったわ。ベッドに行って、明日からまたやり直しましょう」

「きみはやさしい女だ」

「お返しに、欲しいものがあるの」リオナは片方の手をおろしていき、彼の股間を包んだ。シーレンがすぐに理解して目をきらめかせた。「そうなのか？　なにが欲しい？」

リオナはトルーズの上から愛撫をつづけた。「いい夫は、妻の体の状態を思いやるものよ。妻は気配りとやさしさを必要としているの」

「いま？」

「ええ、そう」リオナはささやいた。「夫にやさしく、情愛深く接してもらうことを」

「望みはかなえてやれそうだ」

彼は身を屈めてリオナを抱きあげ、ベッドまで運んで藁のマットレスにおろした。

「実のところ、情愛ならいくらでも注いでやるべきだと思う」

「ええ、わたしもそう思うわ」リオナは息を吐いた。

シーレンが一歩さがって服を脱ぐと、リオナのほうに屈みこんで頭から寝巻きを脱がせた。一糸まとわぬ姿になったリオナが、彼の下で息を荒くする。

少しのあいだ、シーレンはじっとたたずんでリオナの体を見おろしていた。それから両手を彼女の下腹部に置き、床にひざまずいた。左右の手を開いて腹に口づける。あまりの柔らかくやさしいキスに、リオナの心臓は爆発しそうになった。

リオナはシーレンの髪を撫でてから指を差し入れ、彼の頭をそこに押しとどめた。

「きみの子宮にはおれたちの未来が宿っている」シーレンがリオナの腹に向かってささやいた。「それがふたつのクランを結びつけ、ひとつにするんだ」

「子どもに大変な責任を負わせるのね」

シーレンが彼女の腹から脚の付け根へとキスを浴びせていった。そっとひだをかき分け、敏感な中心に舌を這わせる。

リオナは小さくうめいて、彼の口の下で身をくねらせた。シーレンが唇と舌で彼女を愛し、いつになく辛抱強く、飽きることなく繰り返し彼女に快楽の波をもたらした。

クライマックスの寸前まで追いやったかと思うと、ゆっくりと後退する。それからまた彼女を高ぶらせる。回を重ねるごとに激しさを増しながら。

リオナは息をあえがせた。あまりにも硬く身をこわばらせているので、体の節々が痛む。

やめてと請い、やめないでと願った。かすれた懇願の言葉は、どんどん意味をなさなくなっていった。

シーレンは口を離すと、そそり立ったものをあてがい、ひと突きで奥まで貫いた。そしてリオナに覆いかぶさり、骨まで彼女を温めた。リオナはこんなに安全だと感じたことはなかった。なにものも彼女を傷つけることはできない。

彼はリオナの中にいた。体だけではなく、心の中、魂の中にも。彼女に考えられるのはシーレンのことだけ。見えるのはシーレンの姿だけ。聞こえるのはシーレンの声だけだった。かつて彼はリオナがふたりの将来を握っていると言ったけれど、シーレンこそがリオナの将来だった。彼だけがいればいい。彼だけが欲しい。

今夜、無骨で独占欲の強い恋人はどこにもいなかった。幾晩も容赦なくリオナを奪ってきた男は、やさしい戦士に取ってかわられている。そして彼はリオナを、なににも増して慈しむべき壊れやすい高価な宝物のように扱っていた。

リオナを抱きしめながら、彼女の熱い体の中でなめらかに出し入れを繰り返す。そのあいだじゅう、決してリオナの体から唇を離さなかった。唇に、頬に、まぶたにキスをし、耳に向かい、首筋をたどる。

男性からこれほど徹底的に崇められたのは、リオナにとって初めてだった。ここまで慈しまれたことはない。もちろん、これまでもシーレンは愛してくれた。男が妻を愛するには充分なほどに。それでも今夜はまったく違っていた。

今夜……彼は体だけでなく、心でもリオナを愛しているかのようだった。今夜、リオナは体だけでなく魂そのもので彼を愛した。

リオナが頂点に達して叫んだとき、シーレンは彼女を強く抱きしめた。自らの快楽はあと回しにして、彼女が充分に快楽を得たことを確かめる。そのあとようやく深く突き入れて、彼女の中に自らを吐き出した。

終わったあと、リオナは彼の腕の中で身を丸め、頭を彼の肩にのせた。脚のあいだにあるものはまだ硬く湿っていたけれど、気にならなかった。体を清めるために彼と離れるのもいやだった。

シーレンの呼吸が深く規則的になるまで、彼女はしっかり抱きついていた。彼の全身はすっかり消耗して弛緩し、とても温かかった。

リオナはため息をついて彼の肩を撫でた。すでに彼が眠りについているのはわかっている。「愛しているわ、あなた。あなたに心を捧げることになるなんて、夢にも思わなかった。あなたがわたしの心を求めているかどうかはわからない。だけど、この心はあなたのものよ。いつか……いつかわたしも、あなたの心が欲しい」彼の肌に向かってそうささやきかけた。

それから目を閉じ、彼に寄りかかった。毛布のように心地よい疲労が全身を包む。ほどなく、リオナも眠りに落ちた。

シーレンは眠るリオナを強く抱きしめたまま、真っ暗な中で横たわっていた。彼女の言葉が耳の中で、何度も何度もこだまする。確かにそれは幻聴ではなかった。

妻は彼を愛している。この展開をどう受け止めていいのかわからなかった。かつてシーレンは女を愛したが、それは悲惨な結果をもたらした。だが、愛というものが実在することはわかっている。兄たちとその妻のあいだにあるのがそれだ。ふたりの兄が、尋常ではありえないほど激しく妻を愛していることをシーレンは知っていた。

愛は犠牲を求める。信頼と約束を求める。愛する相手に対して完全に無力になることを求める。

そう考えたとき、シーレンの胸は締めつけられた。

最後に彼が女に信頼と約束を与えたとき、相手は彼のクランを破滅させたのだ。

## 26

翌朝リオナが目覚めたとき、時刻はまだ早かった。部屋を照らすのは暖炉の炎と、シーレンの持ち物をおさめた木の机に置かれた一本のロウソクだけだ。彼は黙って机に向かい、羽根ペンとインクで巻き紙になにか書きつけていた。

リオナはうっとりとその光景に見入った。シーレンは眉間にしわを寄せて考えに集中し、ときどきペンをインクつぼに浸しては、また書き始める。

彼が巻き紙に字を書くのを見るのは初めてだった。毎朝、リオナが起きる前にこうやって書いているのだろうか。いつも目覚めたときは彼に深く貫かれているのだが、もしかすると、その前にこうした個人的な用事をすませているのかもしれない。

リオナはじっと横になったまま、シーレンが戻ってくるのを待った。そしてこの機会を利用して、ひそかに夫をじっくり観察した。

とても凛々しい男性だ。いかついところが、リオナの女性としての本能に訴えかけてくる。そしてたくましい。あちこちに傷があり、完璧な体とは言えない。そういうところを気にする女性もいるだろうが、リオナは違った。彼女は戦士としての心で、彼の傷ひとつひとつを名誉のしるしと認めていた。

鼻にかすかなくぼみがあるところを見ると、過去に折ったことがあるのだろう。だがそれ以外、顔に傷はなかった。たくましい頬骨、力強い顎。そして、リオナを魅了してやまない淡いグリーンの瞳。彼のふたりの兄と同じ、少し変わった色合いだ。生まれてくる赤ん坊も同じ色の目をしているのだろうか。

父親の黒髪と美しい目の色を受け継いだ娘。そんな子が生まれたら、リオナは自らの戦闘能力を活用して、娘のもとに押し寄せる戦士たちを追い払わなければならないだろう。

シーレンが羽根ペンを片づけて紙を丁寧に巻いたとき、リオナは息をひそめた。彼が立ちあがり、足音を忍ばせてベッドに向かってくる。彼に抱かれるのだと思うと、リオナの全身が期待でしびれた。

ところがシーレンは、リオナの腰をつかんでベッドの端まで引き寄せることはしなかった。かわりに屈みこんで彼女の額に唇をつけ、少しのあいだじっとしていたと思うと、あとずさって静かに部屋を出ていった。

リオナは彼の後ろ姿を見つめながら、当惑し……落胆した。全身がぴりぴりしている。体の奥がうずき始めていたのに、夫は行ってしまった。リオナは横たわったまま天井を眺めた。ふうっと息を吐き、横向きになって暖炉の炎を見つめる。そして書き物机と脇に置かれた巻き紙のほうに視線を漂わせた。シーレンはひとりで考えごとをしながら、なにを書いていたのだろう？

シーレンはリオナを横に従え、集まった領民の前に立った。中庭に向かって張り出したバルコニーから語りかける。族長の発表を聞くために老若男女が集まっていたが、リオナが身ごもったと知ると、ある者は歓呼の声をあげ、ある者は黙りこんだ。

サイモンとアーレンが剣を高く掲げて前に踏み出した。しかし称賛を表す彼らの仕草も、多くの戦士の心を動かしはしなかった。

ヒューがサイモンとアーレンの横に進み出て、同胞をちらりと振り返る。それからシーレンとリオナのほうを見あげた。

「お子様はマクドナルドとなるのですか、それともマケイブですか？」

シーレンは眉をひそめた。「もちろんマケイブだ」

領民たちが一様に顔をしかめ、不満の声をあげた。多くの者が背を向けて歩きだす。

リオナがシーレンの手を握った。妻の震えが伝わってきて、彼は安心させようと手を握り返した。

「妻に対する不敬な態度は許さない」シーレンはこわばった声で言った。

「おれたちが尊敬できないのはリオナ様ではない」ひとりが怒鳴り、くるりと背を向けた。

狼狽したリオナの表情を見て、シーレンは鼻孔をふくらませた。このクランにも、彼らの敵意にも、もううんざりだ。征服され、破滅させられてもいいのか。こんなやつらなど放り出して妻とともにマケイブ領に戻りたい——彼はいまほど強くそう思ったことはなかった。

そろそろ、もっと強硬な姿勢で臨まねばならない。あまりにも長いあいだ、彼らを甘やかしていた。シーレンを受け入れるか、さもなくば出ていくかだ。

自分のクランの人間に背を向けられて、リオナの目からは喜びが失われていた。しばらく呆然と立ち尽くしている彼女を、シーレンはやさしく城の中に導いた。

中に入るやいなや、リオナがシーレンに握られていた手を引き抜き、嫌悪の表情で両手をあげた。「どうしてみんな、あんなに愚かなの？　明日キャメロンが襲ってきたら、わたしたちはおしまいなのよ。もはや望めるのは、もっと大きくて強いクランの陰に隠れて、かわりに戦ってもらうことだけだわ。恥ずかしい。これまで自分をマクドナルドと呼ぶのを恥じたことはないけれど、今日は情けなくて泣きたくなったわ」

シーレンは肩に手を置いて慰めようとした。彼女がそんなに嘆いていてはだめだ。腹の赤ん坊によくない。

だが、彼自身まともに考えられないほど怒り狂っているときに、慰めを与えるのは難しかった。

階段をのぼりきったところでリオナが両手を握り合わせ、うろうろと歩き回った。「わたしが呼びかけてみるわ。あなたが反対なのは知っているけれど、わたしが話せば、みんなも道理をわかってくれるかもしれない」

シーレンは手をあげ、彼女が黙ってから言った。「きみは家来を統率する立場ではないんだ、リオナ。族長はおれだ。やつらがそれを認めないかぎり、おれたちがひとつのクランとしてまとまることはないだろう。あいつらは自発的に自分たちの務めを受け入れなくてはならない。おれが無理強いすることはできないんだ」

「あなたがここを出て家族のもとに帰っても、文句は言えないわ」リオナがささやいた。「きっとマケイブは、ここよりもっと立派なクランと同盟を結べるはずよ」

シーレンはリオナを抱き寄せ、彼女の頭のてっぺんに顎を置いた。「まだ時間はある。ユアンはこんな厳しい冬のさなかに戦いをしかけたりしないし、おれは務めを放棄するつもりはない。これは単にきみのクランとおれのクランのあいだの問題ではないんだ。おれの子どもの将来がかかっている。見捨てるわけにはいかない」

「だったら、どうするつもり？」

彼はリオナの体を放した。「中にいてくれ。今日は寒いし、北から嵐が近づいている」

「あなたは？」

「家来たちと話をつける」

リオナが心配そうな顔になったが、シーレンに引く気はなかった。たとえ妻に止められたとしても。そろそろ領民たちに分別を叩きこんでやる潮時だ。話は通じなかった。彼らの欠点を言葉で説明しても無駄だった。ならば、はっきりと見せてやろう。

彼はリオナを城に残して中庭に出た。「家来を集めろ」ギャノンに命じる。「全員だ。拒むやつがいれば、引っ張ってでも連れてこい。やつらがこれ以上おれを侮辱するのは許さない。甘やかすのはやめるぞ。ばかばかしい」

ギャノンが満足げににやりとした。「そのとおりです」彼は剣を抜き、もう一度集まるようにと叫びながら大股で歩いていった。

シーレンは中庭の中央に立った。なにごとかといぶかりながら男たちが集まってくる。そんな彼らにシーレンは冷徹で厳しい視線を向けた。

最後のひとりまで集合したとギャノンが手ぶりで示すと、シーレンは剣を抜いて切っ先を群集に向け、大きく左右に振って全員に語りかけていることを示した。

「選んでもらおう。おれを族長と認めて従う者は、前に出て忠誠を誓え。認められない者は、やはり前に出ておれに挑戦しろ。おまえたちがおれを打ち負かすことができたら、おれはマクドナルドの地を去り、二度と戻ってこない」

高笑いや驚きの声が、一同のあいだに広がった。

男たちのひとりが嘲るように言った。

「おれたち全員を相手にするつもりですかい?」

シーレンは唇をめくりあげた。「ひとりのマケイブの戦士がおまえたち百人にも匹敵することを教えてやるつもりだ」

「挑戦しましょう」ジェイミー・マクドナルドが進み出た。

経験の乏しい生意気な若者だ。まだ自分が一人前の男であることを証明してもいない。シーレンは首を左右に振った。

「おまえ相手では楽勝だ」

ジェイミーの顔が怒りから鈍い赤色に染まる。彼はシーレンが剣を抜きもしないうちに、叫び声をあげながら飛びかかった。シーレンはぎこちない攻撃をかわすと、よたよたと走り過ぎる若者の頭にげんこつを食らわした。ジェイミーが手足を投げ出して倒れ、彼の剣は数メートル先まで飛んでいった。

シーレンはあきれて首を振った。「自制心のかけらもない。おれの妻のほうが、百倍もうまく剣を振るうぞ」

ジェイミーがその侮辱に顔を引きつらせて起きあがった。

「剣なしで戦うのは難しいな」ギャノンがのんびりと言って身を屈め、ジェイミーの剣を拾うと横に放った。「どけ、若造。おまえはもう負けだ」

その午後、剣はギャノンによって次から次へと横に投げられ、うずたかく積みあげられていった。シーレンに負けた男たちは脇に座っているよう命じられて、次の男が戦いに挑むのを眺めていた。

どうやら腕の立つ戦士のほうがあとに回り、シーレンが疲れるのを待っていたらしい。オーレン・マクドナルドを打ち負かすのにはとりわけ手こずった。シーレンは足をよろめかせながらも、なんとかオーレンの剣を山と積もった剣の上に飛ばすことができた。

次の男が出てきたとき、シーレンは心の中でうなり声をあげた。巨漢のシーマス・マクドナルドだ。筋骨たくましい男で、腕や脚は木の幹のように太く、胸板は岩のごとく広く、首はほとんど肩に埋もれている。

剣さばきは巧みとは言えなかったが、彼には素手でも人を叩きつぶせるだけの力があった。

シーレンが劣勢なのを見て取ると、座っていた男たちがいっせいに立ちあがり、にらみ合いながらぐるぐる回っているふたりを見て騒々しく応援の声をあげた。

男たちの輪の外には、女や、もう兵士として働けなくなった老人や、子どもたちも集まっていた。四方八方から「シーマス！　シーマス！　シーマス！」という声が響いてくる。

ただ一カ所を除いて。

騒音の中で、ひとりだけがはっきりとした声で「シーレン！　シーレン！　シーレン！」と叫んでいた。

リオナが群集をかき分けて進み出ると、戦いの輪のすぐ外に立った。シーレンがたいそう驚いたことに、彼女は男の服を着てもいなければ、剣を持ってもいなかった。婚礼のときに着ていたドレスを身にまとい、髪を優雅に結いあげて、顔の横におくれ毛を垂らしている。

息をのむような美しさだ。

そう思った直後、シーマスが体あたりしてきて、シーレンは文字どおり息を詰まらせた。ふたりの男は地面に倒れて転がった。剣が手から落ちたので、シーレンの不利は明らかだった。シーマスのほうが体半分ほど大きいし、それまでにほかの戦士たちと戦っているわけでもない。

肉づきのいいこぶしに顔の横を殴られ、シーレンの視界がぼやけた。目の前に色とりどりの星がきらめく。彼は首を振って頭をすっきりさせようとした。

右手で相手にパンチを食らわせ、つづいて左手でも強く殴りつけた。彼は多くの男たちとは違って、左右どちらの手も同じように巧みに扱えるのだ。だがいずれにせよ、シーマスは殴られても平然としていた。

三度目に地面から起きあがったとき、シーレンはまともに戦っても勝ち目がないことを悟った。シーマスは人間離れしている。動きはのろく、洗練されてもいない。しかし野獣並みの力と、どんなに殴られてもへこたれない忍耐力を持っている。こんな男があと五十人もいれば、キャメロンに立ち向かえるかもしれない。

シーレンは口から流れ出た血をぬぐい、好機をうかがいながらシーマスのまわりをぐるぐる回った。敏捷さでは断然優位に立っている。疲労で倒れなければということだが。ほかのマクドナルドの男たちとの戦いで、シーレンはかなり消耗していた。彼らを倒すのは簡単だったものの、軍隊全体を相手にして勝つのは至難のわざだ。それでも彼は最善を尽くすと心に決めていた。すべてが彼の勝利にかかっている。シーレンが疲れて弱ってから最強の男を出すのは、正々堂々としたやり方ではない。それでも賭けは賭けだ。シーレンが負けたら、族長の地位をおり、負け犬として故郷に帰らざるをえない。

彼は深く息を吸った。負けることなど、考えるわけにはいかない。

ちらりとリオナを見ると、彼女の目はぎらぎら燃えていた。視線で彼を励まし、足りなくなった力を彼の筋肉に注ぎこんでいる。

彼が勝つというリオナの絶対的な確信に鼓舞されて、シーレンは底力を振り絞った。足の運びを速め、軽快にシーマスのまわりを回る。やがて大男はシーレンの動きに追いつこうと、きょろきょろ左右に頭を動かし始めた。

シーマスが背中を見せたとき、シーレンは飛びついた。相手の首に腕を回して、ありったけの力をこめて締めつける。

シーマスは野獣にも劣らぬ咆哮をあげつつ、体を前後に揺すった。それでもシーレンの腕はゆるまない。すると今度は振り返って、シーレンをぶらさげたまま城の壁めざして走りだした。壁の手前でくるりと向きを変え、シーレンを壁に叩きつける。

痛みにうめきながらもシーレンは手を離さなかった。腕を相手の喉に食いこませてさらに締めあげる。そのうちシーマスの体が小刻みに震え始めた。息を吸おうともがいている。腕を外させようと、ふたたびシーレンを壁に叩きつけた。だが勝利を察したシーレンの全身には力がみなぎっていた。

シーマスはシーレンの腕をつかんで引きはがそうとした。よろよろと男たちの輪のほうにあとずさっていき、片方の膝を地面についた。

「降参するか？」シーレンはかすれた声で訊く。

「いいや！」シーマスがうなる。

シーレンは腕を自分の体のほうにぐいと引きつけ、さらに締めつけた。

シーマスが両膝をついてうずくまる。シーレンはイガのように背中に張りついていた。するとシーマスは前のめりになり、そのままドスンと地面に倒れこんだ。

シーレンは倒れた男の下から腕を引き抜き、チュニックについた雪を払いながら立ちあがった。マクドナルドの戦士たちは、意識を失って倒れているシーマスを唖然として見やったあと、シーレンに目を向けた。シーレンは胸の前で腕を組んで、皆を見つめる。

「もう一度訊く。おれに従うのは誰だ？」

長い沈黙のあと、ひとりが進み出た。

「おれです、族長」

別の男が群集から出てきた。

「おれもです、族長」

「はい、ぼくも従います」

突然、群集全体がどよめいた。男たちが口々に「はい！」と叫ぶ声が、シーレンの耳をつんざかんばかりに中庭全体に響き渡った。

ギャノンが横に立ち、大きな笑顔でシーレンの肩を叩く。しかしシーレンのほうは、妻を捜して熱気の中で首をめぐらせた。

リオナは端のほうに立っていた。太陽のごとき明るい笑みを浮かべて。そして握りこぶしをあげてシーレンに向けた。不意にシーレンは彼女を自分のそばに置きたい思いにとらわれ、手招きして呼んだ。

即座にリオナはスカートを揺らし、群集をかき分けてやってきた。男たちが彼女のために道をあけた。雪を踏みしめる彼女に手を差し出す者も、身ごもっているのだから気をつけるようにと声をかける者もいる。

シーレンの前まで来ると、リオナは立ち止まった。顔にはまだ大きな笑みを浮かべていて、とても美しい。彼女は指をあげ、シーレンの口の端からしたたる血をぬぐった。

「血が出ているわ、あなた」

シーレンは彼女を抱き寄せた。そして後頭部に手をあてがい、血だらけの唇を彼女の唇に押しつけた。周囲でわっと歓声が起こる。いま初めて、マクドナルドの領民はふたりを祝福したのだ。

# 27

「兵士は進歩していますね」バルコニーからリオナとともに中庭を見ながら、サラが言った。

「そうね。いまは熱心に取り組んでいるわ。よかった、戦いが迫っているもの」

リオナはわずかにふくらんだ腹をさすった。戦いは避けられない。それが彼女の心を悩ませていた。シーレンのこと、クランのこと、シーレンの家族のことが心配だった。赤ん坊の将来が不安だった。

「しかめ面になっておられますよ。ご気分が悪いのですか？　しばらく横になってお休みになったほうがいいかもしれません」

リオナは首を横に振った。シーレンは昼も夜もリオナの体調を気遣ってやかましく言っている。彼女に充分休養を取らせ、無理をせず指一本あげないようにさせることに余念がない。しかも困ったことに、シーレンの強迫観念はサラにも伝染していた。

「ねえサラ、あなたは身ごもっていたとき、ずっと寝ていたの？」

サラが顔をしかめた。「やるべき仕事がありましたからね。もちろん、ずっと寝てなんかいませんでしたよ」

自分がいまなにを言ったかに気づいて、サラは渋い顔になり、リオナをじっと見つめた。

「わたしは族長のお世継ぎを身ごもっていたわけではありませんし、リオナ様みたいに痩せてもいませんでした。族長が心配しておられるんです。妊娠《コンファインメント》しているあいだはゆっくり休んでおくようにというお求めには、応じなければいけませんよ」

「まさに監禁《コンファインメント》されているのね。ばかばかしい。さっきあなたが言ったとおりよ。やるべき仕事があるのだし、できるだけ多くの手が必要なの。なのにわたしは脇に追いやられて、寝ていろと言われる。そんなのおかしいわよ。わたしは健康だし、一日だってつわりで苦しんだことはないわ。三カ月目が過ぎてからは、疲れも感じなくなった」

「族長はこうと決めたらてこでも動かない方です。わたしは族長の指図にさからいませんよ。クラン全体が、リオナ様についての族長の望みを知っています。だから、やかましく言うのは、わたしだけではありませんからね」

「そろそろなにかさせてもらわないと、頭が変になりそうよ。来る日も来る日も城の中に閉じこもって、椅子から椅子へと移動するだけだなんて。太って怠惰な女になってしまうわ。そうしたらどうなると思う？　シーレンはわたしを捨てて、もっと美人で元気な奥さんをもらうわ」

サラが笑い飛ばした。「よしてくださいな。妊娠は永遠につづくわけじゃありませんよ」

シーレンがふと訓練の手を止めて顔をあげた。リオナが見ていることを知っているかのように。かすかな笑みを浮かべ、こちらに向かってうなずきかける。彼にそんなふうに見られるたびに、リオナはわけもなく興奮を覚えた。彼の過保護さにはうんざりしていたけれど、同時に、それほど彼女の健康を気遣ってくれることがうれしくもあった。

シーレンはリオナが好きだという気持ちを認めはしないだろうが、もはや彼女に心を閉ざしていないのは明らかだ。

「すぐにわたしの望む言葉を言わせてみせるわ、あなた」リオナは心をこめてささやいた。

「なんとおっしゃいました？」

「なんでもないわ。ただのひとりごとよ」

「入りましょう。雪が降りだしました」

リオナはサラに連れられて城の中に入った。暖炉で温まれるよう、大広間に向かう。

以前は城の切り盛りを覚えねばならないことに疑問を抱いていたリオナだが、城から出ないようにとシーレンにしつこく言われて、なにかせずにはいられなくなった。それで毎日のように暖炉の前に陣取り、サラから城の女主人としての心得を教えられている。

暖炉の前に立つと、いつもひとりで考えにふけるときと同じく、ぼんやりと思いをめぐらせた。女主人の責務のひとつは、夫が快適に過ごせるようにし、夫が妻を気遣うのと同様に夫を気遣うことだ。

最近のシーレンは過保護になっている。あれこれと世話をしてくれるので、リオナはすっかり甘やかされていた。もしかしたらこれは、将来彼女にもっと子を産ませるための、夫の作戦かもしれない。

リオナは微笑んだ。そんなことをされなくても、いくらでも産むつもりなのに。

いずれにせよ、お返しはすべきだろう。

ひと晩夫を甘やかすのだ。そう決めると、大きな浴槽を部屋に運ばせ、夫が部屋に引っこむときに合わせて手桶に熱い湯を用意するよう、女たちに言いつけた。

無香の石鹸を置き、きれいな入浴用の布を用意する。リオナが自分で薪を運んだらシーレンは卒中の発作を起こすだろうから、ギャノンに命じて運ばせた。それから暖炉に火をおこし、エールの瓶を用意させ、夕食を部屋でとれるよう手配した。

部屋を見回して自分の仕事ぶりに満足すると、階下におりて、夫が中庭から戻ってくるのを待った。

リオナはそわそわと待ちつづけた。一時間後、男たちが夕食を求めて大広間になだれこんできた。シーレンが姿を見せるやいなや、彼女は駆け寄って出迎えた。

「部屋で食事をとれるようにしたの」低い声で言う。「二階に来てちょうだい。わたしがお世話するわ」

シーレンはけげんそうな顔をしながらも、リオナについて階段をのぼった。すると手桶を持った女たちが部屋からどっと出てきて、追加の湯を取りに行くため、階段をおりていった。

「なにを企んでいるんだ?」暖炉のそばに座らされると、シーレンが尋ねた。

面白がるような目でじっと見つめられながら、リオナは彼のブーツを引っ張った。

「熱いお風呂と、温かい食事を用意させたの。体の痛みが取れて温まれるでしょう」

片方のブーツを脱がされると、シーレンがいぶかしげに眉をあげた。「今日はなんの日だ?」

リオナは微笑んで、もう片方のブーツに手をかけた。「別に特別な日じゃないわ」

ノックの音がして、リオナは返事をした。四人の女が入ってきて、すでに湯気をあげている浴槽にさらに湯を足す。女たちが出ていくと、リオナは指を浸けて熱さを確かめた。

「これでいいわ」

シーレンが服を脱ごうとしたとき、リオナは彼の腕に手をかけて止めた。そして彼の服を脱がせ、すっかり裸にした。彼の手を引いて浴槽に向かう。湯に浸かるとシーレンは小さくうめき声をあげた。

しばらく彼は目を閉じてじっと座っていた。やがてリオナは布と石鹸を持って浴槽の横にひざまずいた。彼の胸に布を押しあてて洗い始めると、シーレンが目を開けて彼女を見た。

「こんなに世話を焼いてもらえるようなことをした覚えはないんだが」

「あなたは何週間も、休みなしでがんばってきたでしょう」リオナはやさしく言った。「わたしには休め休めと言うくせに、自分は全然休まない。わたしを甘やかしてくれるけれど、誰もあなたを甘やかしはしないわ」

シーレンが笑い声をあげた。「おれは戦士だ、リオナ。戦士を甘やかす人間はいない」

「この妻は甘やかすの。ひと晩世話を焼かれたら、あなたはまた元気になるわ」

リオナはゆったりと官能的な手つきで彼の背中を撫で、洗い始めた。彼女の手の下で筋肉が波打ち、シーレンが息をのんで大きく吐き出した。

「きみの言うとおりかもしれないな。部屋でふたりきりのときに、妻にかしずかれるのも悪くない。いろんなことができそうだ」

リオナは屈みこみ、キスで彼の口を封じた。手を湯の中に入れて、指で彼の腹から股間までをたどっていく。そして屹立したものをやさしく上下に撫でた。

「隅々まできれいにしなくちゃ」

「ああ、そうだ、くまなく洗ってくれ」シーレンがささやき返し、彼女の唇をそっと噛んだ。

リオナは体を起こし、洗面器から水差しに湯をくんだ。体を倒すよう促して、彼の髪を洗い始める。

彼の長い髪に指を滑らせるのが心地いい。石鹸を泡立て、すすぎ、豊かな髪に指を差し入れて頭皮を揉む。そうして彼をくつろがせた。

「きみの手は魔法のようだな」シーレンがささやいた。「単に髪を洗うだけのことで、こんなに気持ちよく感じたのは初めてだ」

「暖炉の前に立ってちょうだい。体を拭くわ」リオナは素早く立ちあがった。

「きみの手がおれの体に触れてくれるんだ。いくらでも言うことを聞くよ」

シーレンが立つと、背中から引きしまった尻、そして脚へと湯が伝い落ちていった。彼は浴槽から出て、暖炉を背にしてリオナのほうを向いた。リオナの目は彼の体に釘づけになった。九十歳になっても、この男性のことは見飽きないだろう。彼はリオナをとりこにし、女としての感覚に訴えてくる。いままでどんな男にも、これほどの魅力を感じたことはない。

「そんな目で見られていたら、きみを押し倒して奪ってしまいそうだ」シーレンがむっつりと言った。

リオナは微笑んで彼に近づき、体の湿り気を拭き取り始めた。爪先立ちになって、髪に残った水分を絞る。髪から水がしたたり落ちなくなると、それ以外の部分を布でこすった。今夜は夫を甘やかすつもりだ。けれどもリオナ自身こうしていることを楽しんでいるので、なんだか後ろめたい気持ちだった。

胸と腕が乾くと、今度はひざまずいて腰と太腿とふくらはぎを拭いた。お楽しみはあと回しとばかりに、股間は避けていた。

膝立ちになると、口が彼の硬いもののすぐそばに来た。「教えて、あなた。もしいまあなたを悦ばせたら、夕食をとる元気がなくなるかしら?」

妻のいたずらっぽい口調に、シーレンが目をきらめかせた。彼女の髪に指を差し入れて、ぐいと頭を引き寄せる。張り詰めたものの先端が彼女の唇をかすめた。

「なんとかなる」

立っているシーレンの前でリオナがひざまずいている光景が、どれだけ彼を興奮させるかは見当がつく。リオナは彼をすっぽりと口で包んだ。

「ああ」シーレンがうめいた。「きみの口は最高に気持ちがいい」

リオナの髪をぎゅっとつかんだあと、きつく握りすぎて傷つけてはいけないとばかりに手の力をゆるめる。だがリオナに先端を含まれると、またしても髪を強くつかんだ。

今回、リオナは彼の快感を長引かせなかった。長い夜の序奏として、素早く激しくするつもりだ。

根もとに手を巻きつけて撫でおろすと同時に、先端を吸う。握る力を強めて撫であげ、ふたたび彼をのみこんだ。

何度も何度も、速く激しく彼を吸う。それから伸びあがって、もっと深くのみこんだ。クライマックスが近づくと、シーレンは体を引こうとした。しかしリオナはそれを許さず、喉の奥まで彼をくわえて逃がさなかった。ついにシーレンが苦しげな叫び声をあげ、彼女の口の中に自らを注ぎこんだ。

リオナは彼に舌や唇を滑らせつづけた。しばらくして、シーレンが彼女の顔を手で包み、そっと腰を引いた。彼女を立たせ、よろめいた体を抱きしめる。やがてリオナは彼の抱擁から逃れてトルーズを差し出した。

「ベッドに来てちょうだい。髪をとくから」服を着たシーレンに言う。「もうすぐ食事が届くわ。そうしたら食べられるわよ」

リオナがベッドの端に腰をおろすと、シーレンが彼女の膝のあいだに身を置いて床に座りこんだ。リオナは彼の髪のもつれをときほぐした。しばらくするとブラシを横に置き、指で髪をすいてその感触を楽しんだ。

シーレンが彼女の片方の手をつかみ、口まで持っていった。手のひらにキスをしたあと、裏返して指の関節ひとつひとつに口づけていく。

「どうしてこんなにやさしくしてくれるんだ？」

「あなたが言ったのよ、好意を他人の前で示すのはよくないって」リオナは澄まして答えた。

シーレンが大声で笑った。「ああ、それはやめてくれ。きみがおれのものをくわえている光景は嫌いじゃないが、家来たちがそんなところを見たら暴動を起こすだろう。こういうことは、ふたりだけのときにするほうがいい」

リオナは笑顔になった。身を乗り出してシーレンに抱きつき、こめかみにキスをする。そのときノックの音が響いたので、彼を放した。「たぶんサラが夕食を持ってきてくれたのよ。じっとしていて。すぐに戻るから」

サラを廊下に待たせたまま、リオナは何度か往復して食事を部屋に運び、すべてが揃うと、彼女をさがらせて扉を閉めた。

まずシーレンのゴブレットにエールを注いで手渡す。リオナが皿を用意しているあいだ、彼はじっと見つめていた。そのまなざしは強く、独占欲にあふれていた。彼女の服をすっかり脱がせてその場で抱きたいと思っているかのようだ。

実を言うとリオナもそれを望んでいた。けれども目の前には食べ物があるし、夫は猛烈に腹をすかせているだろう。

彼の横で床に座りこんだとき、リオナは小さく体を震わせた。シーレンの湯浴みの世話をして服が濡れたのだ。シーレンが顔をしかめ、ドレスの袖に触れた。

「冷たいな。それに濡れている」

「かまわないわ」

「震えているじゃないか」

「暖炉の火にあたったら、すぐに温まるから」

シーレンが彼女の手から皿を取ってベッドに置いた。それから立ちあがり、リオナを抱き寄せる。さっきまでの役割を逆転させて、今度は彼が彼女のドレスと下着を脱がせて裸にした。

「暖炉の火明かりが、きみの肌を温かく照らしている」彼がつぶやいた。「今夜はこのままの姿でいてほしい」

そしてまた床に座りこむと、さっきのようにリオナを横に座らせるのではなく、引き寄せて自分の膝にまたがらせた。

「床は冷たすぎる。体が冷えないようにおれの上に座るんだ」

彼はリオナの腹のわずかなふくらみに触れ、手のひらをあてた。「おれたちの子どもは、今日はどうしている？」

「まだ動かないけれど、もうすぐ胎動があると思うわ。わたしは小柄だから、その分早く感じられるようになるとサラは言うの」

「小柄すぎるんじゃないか」シーレンが顔をしかめた。「赤ん坊を押し出せるだけの大きさがあるとは思えないんだが」

「心配しすぎよ。わたしは大丈夫」

リオナは彼の体の向こうに手を伸ばして、肉とチーズとパンののった皿を取った。彼の横の床に置き、肉をひと切れつまみあげる。

それを手ずから彼の口に運んだ。シーレンが食べるとき、口がリオナの指をかすめた。

「いままで食べた中で、最高にうまい食事だ」彼の声はかすれていた。「おれにまたがった裸の女神の手から食べさせてもらうなんて。きっとおれは天国に行ったんだな」

彼にもたれかかって、長く激しいキスをしたい。リオナはそんな強い衝動に駆られた。だが、それでなくとも食事を待たせすぎている。だから彼女は肉とチーズとパンを順に少しずつちぎっては彼に食べさせていった。

だが、なかなか集中できなかった。シーレンは食べさせてもらっているあいだじゅうずっと彼女の肌を撫でていたのだ。肩から背中を撫で、前に回って豊かな乳房をつかみ、両手の親指で頂をもてあそぶ。リオナは彼の膝の上で身をくねらせた。

「先に言っておくが、きみの誘惑が終わったときには、おれは長く持ちそうにない。きみを抱きたくてたまらない。だが、ひと突きしただけでいってしまいそうだ」

リオナは笑った。「今夜の目的は、あなたを悦ばせることよ。あなたの好きにしてくれればいいの」

「だったら、いまここでトルーズを脱がせてくれ。きみを深く貫けるように。おれの膝の上に座るときには必ずおれのものを受け入れろという規則をつくろうかと思っている」

リオナはもどかしげに彼のトルーズを引っ張った。シーレンの言葉に火をつけられ、彼を受け入れたくてたまらなくなっていたのだ。

彼の股間が解放されるやいなや、リオナは背を反らした。シーレンが彼女の腰をつかんで固定し、ぐいっと突きあげる。あまりの快感に、ふたりは同時に不明瞭な声をあげた。リオナが動こうとすると、シーレンは彼女をしっかり抱きしめて隙間なく腰を密着させた。

「そのままだ。動くな。さあ、残りの食事を食べさせてくれ」

リオナがパンやチーズを皿から取ろうとして体を動かすたびに、埋めこまれた彼のものが締めつけられていっそう大きくなり、彼女の内部はありえないほど引き伸ばされた。

「きみはなめらかに、こぶしのようにおれを握りしめる」シーレンがため息まじりに言う。

彼がリオナの腕を撫であげ、肩のすぐ下をつかんだ。唇を重ねられたとき、彼女の手からパンの最後のひと切れが落ちた。シーレンは飢えたようにリオナを貪った。

彼の手のひらがリオナの腕を滑りおり、腰で止まる。指を彼女の尻に食いこませ、背を反らせながら彼女を持ちあげた。

「すごくいい」苦しげにシーレンが言う。「もう持たない」

激しく突きあげると、リオナの内部は熱いもので満たされた。体の中で彼自身がどくどくと脈打つ。シーレンが腰をつかんでいた手を離して、彼女を胸にかき抱き、背中を上下に撫でた。

しばらくそうやってやさしく撫でつづけているうち、リオナの中で彼のものが柔らかくなっていった。シーレンが片方の腕で彼女を抱き、もう片方の腕を床について立ちあがった。

彼のものがするりと滑り出たが、シーレンはリオナを抱きしめたままベッドに向かった。

浴槽も食事の皿も放置したまま。

リオナを寝かせてから、シーレンも横になって、彼女を引き寄せる。ふたりは手足を絡ませ、自分のものだと主張するように相手に腕を回してマットレスに横たわった。シーレンがリオナの額にキスをして、満足のため息を漏らす。欲望を満たした男の声を聞いて、リオナは自分も満足の笑みを浮かべた。

「いったいなにをして、妻がこんなにかいがいしく世話をしてくれたのか、さっぱりわからない。教えてくれ、これからもまたしてもらえるように」シーレンがさらりと言った。

リオナは彼をぎゅっと抱きしめ、首のくぼみにキスをした。なにげなく髪をいじる。そのとき不意に、夫のことをもっと知りたいという衝動に襲われた。

「巻き紙になにを書いているの？」

その質問に驚いた様子で、シーレンが顔を引いた。彼の表情は、少し……恥ずかしそうだ。せっかく親密になれたのに雰囲気を壊してしまったのだろうかとリオナは不安に駆られた。

「頭に浮かんだことだ」ややあって、彼が答えた。「紙に書くと、自分の考えが整理できる」

「一日の記録みたいなもの？」

「まあ、そういうことだ。書くほうが、考えたことをうまく表現できる。おれは雄弁じゃないし、しゃべるのは苦手なんだ」

「嘘。冗談でしょう」リオナはからかった。

シーレンがふざけて彼女の尻をぴしゃりと叩いた。「子どものころ字を習って以来、ずっとそうしてきたんだ。父は教養のある人間で、息子に読み書きを教えてくれた。父は、読み書きを重要だと考えていた。戦士には剣より知識のほうが役に立つとよく言っていたよ」

「賢い方だったのね」

「そうだ」シーレンはしみじみと言った。「クランの皆から慕われる偉大な族長だった」

リオナは夫の目をのぞきこみ、彼が過去のつらい記憶に苦しめられているのを察した。彼に父親を思い出させたことが悔やまれる。それは必然的に、父の死とエルセペスの裏切りの記憶をよみがえらせてしまうからだ。しかし同時に、もっと知りたいとも思った。知って夫の重荷を軽くしてあげたい。

「エルセペスのことを教えて」

シーレンの体がこわばり、顔が暗くなった。「話すほどのことはない」

「いえ、あるわ。彼女はあなたを無情な人間にした。本当はわたしがもらうはずのものを、あなたから奪ったのよ」

彼が困惑の表情を向けた。「なんの話だ？」

リオナは彼の頬に触れた。「あなたの心よ。あなたはわたしに心を捧げることができない。なぜなら、そこはまだエルセペスで占められているから」

「違う」シーレンが即座に否定した。

「そうなのよ。あなたは彼女に心を捧げた。彼女に裏切られたとき、心の一部を閉ざし、決して開けようとしなかった。そこにはまだ彼女が閉じこめられている。わたしのものであるべき心の部分を、エルセペスに奪われているのよ。わたしはそれが欲しいの。これ以上待てないわ」

彼があきれたようにリオナを見た。「きみは無茶な要求をしているぞ」

リオナはいらいらと息を吐いた。「夫の心を丸ごと欲しがるのが無茶なことなの？　もしわたしの心の一部がほかの男のもので、あなたの手がそこに届かないとしたら、あなたはあきらめる？」

シーレンの顔が険しくなった。「きみはおおげさに考えすぎているんだ、リオナ。エルセペスはおれの過去の一部だ。きみはおれの未来だ。そのふたつにはなんの関係もない」

「だったら話して。恐れていないのなら、彼女のことを話せるはずよ」

彼はため息をつき、腹立たしげに髪をかきむしった。仰向けになって天井を見つめる。リオナはじっと、彼が苛立ちを抑えるのを待った。

「おれはばかだった」

リオナは返事をせず、夫の顔にさまざまな感情が浮かぶ様子を見つめた。彼がまだエルセペスを愛しているとは思わないけれど、彼の心にも頭にも、過去の記憶はまだ鮮明に残っているのだ。まるで体から排出されていない毒のように。

シーレンの目には生々しい苦痛が、何年も前の出来事についての後悔が浮かんでいる。

「あの女はおれより二、三歳年上で、経験豊かだった。おれはまだ若造で、エルセペスはおれの……初めての恋人だった。愛していると思いこみ、ふたりの将来を思い描いていた。結婚するつもりだったんだ。といっても、妻に与えられるものはなにも持っていなかったが。おれは族長の三男だ。わがクランは貧しくはなかったが、とりたてて裕福でもなかった。おれはエルセペスのいとこであるダンカン・キャメロンに、求婚の許可をもらいに行くつもりだった」

リオナは顔をゆがめた。この話は――少なくとも概要は――知っているが、それでもどういう結末を迎えるのかを考えると体がすくんでしまう。

「おれとユアンとアラリックは、父の使いで、近くのクランと物々交換をしに行った。おれたちがいないあいだに、エルセペスは兵士に薬をのませ、夜中に門を開けてキャメロンの軍勢を城に入れた。結果は大虐殺だ。おれたちは数で劣っていたし、兵もいまほど訓練が行き届いていなかった。勝ち目はまったくなかった。

おれたち兄弟が戻ってみると、父は死んでいた。ユアンの若い奥方は犯され、喉をかき切られていた。クリスペンは城の女たちにかくまわれたおかげで命を取り留めた。しかし、おれの恥はそれだけじゃなかった」

リオナは眉根を寄せた。「なにがあったの?」

「おれは彼らを信じなかった」シーレンが嫌悪の表情になった。「はっきりした証拠を示され、頭ではそれが真実だとわかっていたくせに、心ではエルセペスが裏切るはずはないと思いこんでいたんだ。彼女の口から説明を聞こうと、エルセペスを捜した。きっとなんらかの誤解があると信じていた」

リオナは顔をしかめ、息を吐き出した。この部分は初めて聞く話だ。

「面と向き合ったとき、彼女は笑った。でまかせを言おうともしなかった。おれの目の前で笑い、おれが背を向けたとたんに後ろから短剣を突き立てたんだ」

「脇腹の傷ね」リオナがささやく。

「そうだ。誇れる傷じゃない。愛した女にクランを破滅させられたことを思い出すための傷痕だ」

「彼女はいまどこにいるの？」

「知らない。どうでもいい。あいつはいつか罪の償いをすることになるだろう。おれが自分の罪を償うように」

「まだ自分の過ちを償っていないと思っているの？　あなたのクランは立ち直ったわ。領民の暮らしは豊かになったし、あなたはキャメロンの身勝手な野望から多くの人を救うための同盟を結んだ」

「おれがなにをしても父は生き返らない。おれはあの日、貴重な教訓を学んだ。決して忘れることのない教訓だ。頭がわかっていることを、おれの心はわかろうとしなかった。もう二度と、ちゃんと見えているものに目をつぶったりしない」

リオナはしかめ面になり、シーレンの胸に手を置いて体を寄せた。彼の言い方は、とても……冷たかった。彼女が愛するようになった、情熱的で無骨な戦士の片鱗も見えなかった。

そのとき初めてリオナは思った。エルセペスが彼の心の一部を壊してしまったのだとしたら、自分にはそれを修復する望みはないのだろうか。

ふたりは黙って横たわっていた。シーレンがリオナの手をぎゅっと握る。リオナは彼から聞いた話に思いをめぐらせたが、考えれば考えるほど、ひとつ理解できないことがあった。

「シーレン？」

「なんだ」

「キャメロンはどうしてマケイブを襲ったの？　なにが目的で？　領地を乗っ取りはしなかったのよね。ただ城を廃墟にして、自分の領地に戻っていった」

シーレンが胸をふくらませて深く息を吸った。「わからない。まったくわからなかった。なにか意味があるような気もするんだが、おれには理解できなかった。おれたちのクランは平和に暮らしており、誰とも争っていなかった。父は、戦いを求めて他のクランを襲ったりする人間ではなかった。誰にも害をなしたことのない父があんな最期を迎えたのだと思うと、胸が悪くなる」

リオナは片方の肘をついて体を起こし、夫を見おろした。どうしてもひとこと言わずにはいられなかった。

「わたしはエルセペスじゃないわ、シーレン。それをわかっていてほしいの。わたしは絶対にあなたを裏切らない」

シーレンはしばらくリオナを見つめたあと、引き寄せてキスをした。「ああ、わかっているとも、リオナ」

## 28

五月になっても天候はよくならなかった。まるで一月に穏やかだった分を埋め合わせようと、春が来ても冬が頑固に居座っているかのように。

食料の蓄えが尽きかけているというのに、降りしきる雪に阻まれて、男たちは二週間も狩りに出られずにいた。

誰もが屋内にいることを強いられ、暖炉のそばで温まっていた。シーレンは天候の変化とユアンからの連絡を、じりじりしながら待っていた。

五月の三週目の末になって、ようやく変化が訪れた。ユアンからの使者がやってきたのだ。ニアヴ・アーリンでは万事順調であり、戦いの計画が着々と進んでいるとのこと。ユアンはほかのクランの族長たちとも連絡を取っており、国王は忠実な兵団をユアンのために派遣していた。

長くつづいた雪と寒さのために、かなりの時間が失われてしまった。いま、ユアンは戦いに出たくてうずうずしており、準備を整えて自分の指令を待つようシーレンに命じていた。

予期してはいたものの、その知らせにリオナの心は乱れた。夫や領民を戦いに送り出したくはない。だが彼女は唇を噛んで、懸念を口に出すまいとこらえた。来《きた》るべき戦いのことですでに頭がいっぱいになっているシーレンに、よけいな負担をかけたくなかったのだ。

シーレンは落ち着きを失い、日ごとに緊張を募らせ、無口になっていった。ついに鹿肉が尽きかけてくると、狩人を集め、戦いに赴くまでの短期間で獲れるかぎりの肉を獲ってくると宣言した。

シーレンの焦燥感は家来たちにも伝染していた。戦いを前に頭を冷やすためにも、狩りは絶好の機会だった。

彼は大広間で、右にリオナ、左にギャノンを従えて立っていた。リオナは彼と指を絡め、その感触から慰めを得ていた。

「おまえは残って城を守れ」シーレンがギャノンに言った。「ユアンからの連絡は、まだあと数日は来ないだろう。だがもし知らせが届いたら、すぐに使いをよこしてくれ。そんなに遠くまで行くつもりはない。おれにかわってリオナの世話を頼む」

ギャノンがうなずいた。「もちろんです、族長。狩りがうまくいって、獲物をたくさん持って帰られますように」

そう言うと彼は歩き去り、あとにはシーレンとリオナだけが残った。リオナは夫が口を開く前にひしと抱きついた。誰に見られようとかまわない。いまだけは、寝室の外で妻が好意を示すことに耐えてもらうのだ。

驚いたことに、シーレンはゆったりとキスをしながら指で彼女の頬を撫でた。それから顔を引いた。

「不安そうだな。きみのためにも赤ん坊のためにも、気に病むのはよくないぞ。すべてうまくいく。何年も前から、戦いの日が来るのはわかっていた。おれは一刻も早く戦いに出たくてたまらなかったんだ」

「ええ、わかっているわ」リオナは静かに言った。「狩りに行って、頭をすっきりさせてきて。キャメロンとの戦いに赴く前に。あなたたち兄弟はきっと勝つと信じているわ」

その言葉に満足したように、シーレンの目がきらめいた。身を屈めてもう一度キスをすると、彼は背を向けて大広間をあとにし、狩りの一行が待つ中庭に向かった。

リオナは彼を見送ってため息をついた。これからしばらくは彼女の精神力が試される日々がつづくのだろう。シーレンや家来たちが遠く離れた戦場に行き、そのあいだ自分は城に残って戦況を知ることもできないなど、考えるだけでもいやだった。勝敗が決するまで、なにもわからないのだ。

翌日、ジェイミーが狩りで獲った肉を携えて戻ってきた。彼が下馬してギャノンに挨拶しているあいだ、リオナはじりじりしながら城に通じる石段に立っていた。

ジェイミーはギャノンと言葉を交わしたあと、リオナのところまでやってきた。

「族長から奥方様への伝言をことづかってきました。狩りは順調で、明日の夜には戻るとのことです」

リオナは微笑んだ。「いい知らせだわ、ジェイミー。中に入って温まって。誰かに馬から荷物をおろさせるから、そのあいだに食事をしてちょうだい」

まだユアンから連絡はない。ということは、戦いに呼ばれる前に少なくとも数日は、シーレンはここにいられそうだ。リオナはうれしくなり、彼が発って以来ずっと彼女を悩ませていた頭痛も軽くなった。

その日の午後は鹿肉の加工をして過ごした。けれども、ひとつ困ったことが起きてしまった。リオナにつわりの症状はいままでまったくなかったし、初期に疲れやすかったことを除けば、妊娠は日常生活になんの支障ももたらしていなかった。ところが鹿の死体に近づいたとたん、血と生肉のにおいに反応して胃が激しく痙攣したのだ。

恥ずかしながら、リオナは雪の中に嘔吐してしまった。いくら忘れようとしても、あのにおいは永遠に消えることなく鼻にしみついたように感じられた。

ギャノンが女たちの働いている場所からそっとリオナを連れ出し、雪を踏みしめて中庭の端まで歩いていった。そこからだと遠くの湖を見渡せ、すがすがしくかぐわしい空気のにおいを嗅ぐことができる。

「恥ずかしいわ」リオナはつぶやいた。

ギャノンがにっこり笑う。「いいえ、おなかの大きい女性がそんなふうになるのは、珍しいことではありません。レディ・マケイブは妊娠がわかったときから出産まで、ずっと吐いていらっしゃいました。わしとコーマックはしょっちゅう、吐くための器を持っていったものです」

そのとき門から叫び声がして、リオナはまだ胸に残る吐き気のことを忘れた。ギャノンとともに振り向くと、馬に乗ったサイモンが中庭に駆けこんでくるところだった。彼の顔は血だらけで、馬は泡汗をかいている。休むことなく走ってきたようだ。

馬が止まると、サイモンはずるずると滑り落ちて雪の上に倒れた。

リオナは恐怖に襲われ、ギャノンが止める間もなく走りだした。サイモンのところまで行って地面に膝をつく。ギャノンがすぐに追いつき、リオナとともに老人を仰向けに寝かせた。サイモンの意識は朦朧としていた。流れる血が雪を朱色に染めていく。首の横に深い切り傷があった。肩が切られて、腕がちぎれそうになっている。

彼が腫れた目でまばたきをして、なにか言おうと口を開けた。

「だめ」リオナはささやいた。涙が目にあふれる。「なにも言わないで、サイモン。出血が止まるまで、じっとしているのよ」

「いえ、奥方様」サイモンがかすれた声を絞り出した。「お伝えしなければ。大事なことです。わしらは待ち伏せされました。族長は肩に矢を受けました。敵はわしらが通り過ぎるのを待って、後ろから襲ってきたんです」

「まあ、なんてこと」リオナは喉が詰まりそうになった。「シーレンは？　生きているの？　いまどこに？　ほかの人たちは？」

「アーレンが死にました」サイモンがささやく。

「父上！」ジェイミーが叫びながら駆け寄ってきた。ひざまずいて、父親の頭を膝にのせる。

「なにがあったんですか？」

「静かに」ギャノンが暗い声で言った。「いま話してくれているところだ」

サイモンが唇をなめ、小さくうめいた。「シーレン様は落馬しましたが、生きておられます。やつらに連れていかれました」

「誰？　誰がこんなひどいことをしたの？」

リオナを凝視するサイモンの目は怒りでぎらついていた。「あなたのお父上です。お父上と、その味方についたやつらです。やつらは族長を、ダンカン・キャメロンのところに連れていったんです」

29

「奥方様が城を出るのをわしが許すと思っておられるのなら、大間違いですぞ」大広間でうろうろと歩き回るリオナに向かって、ギャノンが無遠慮に言った。

リオナは封蝋にユアン・マケイブと国王の印《いん》が押された巻き紙をぎゅっと握りしめた。重傷を負ったサイモンが、シーレンがとらわれたことを知らせてきてから一時間もしないうちに、この指令が届いたのだ。

シーレンの側近をなんとしても説得しなければ、すべてが失われてしまう。リオナは切羽詰まった表情で振り返り、ギャノンを見つめた。「よく考えて、ギャノン。そうすれば、わたしが正しいとわかるはずよ。ぐずぐずしてはいられない。キャメロンはシーレンを殺すわ。たとえキャメロンが手をくださなくても、わたしの父が殺す。シーレンはユアン・マケイブをおびき出すための人質として利用されているわけじゃない。これは父が企んだのよ。ダンカン・キャメロンと悪魔の取引をして。前に父がそういうことを話していたけれど、わたしは父の頭がおかしくなったんだと思っていた。父は結婚式のあとでわたしのところに来て、このクランからシーレンを排除する計画に協力するように言ったのよ。族長の座を追われたことに怒り狂っていたわ。いま思うと、最初に同盟の話を持ちかけたときも、父はアラリックに族長の座を渡すつもりじゃなかったのよ。わたしをアラリック・マケイブに嫁がせて、最初の子どもが生まれたら族長の地位を譲るという計画だったでしょう？　だけど、どうして子どもが生まれるまで待つ必要があったの？　わたしにはこの取り決めの意味が理解できなかった。だって、父は族長の座を明け渡したくなかったんだから。たぶん、そもそもアラリックを族長にする気などなかったのね。わたしが身ごもったらアラリックを殺すという計画だったんじゃないかしら。事故に見せかけて。わたしがアラリックの子を宿していたら、ユアン様は同盟を破らない。父がアラリックを殺したと証明することはできなかったでしょうし」

「少々複雑な策略ですが」ギャノンが眉をひそめた。

「わたしが感情的になって、シーレンのことを心配するあまり、わけのわからないことを言っていると思っているんでしょうね。でも、そう考えれば筋が通るのよ、ギャノン。あなたもよく考えてみて。確かに筋が通っているんだから」

「ああ、確かにそうですな」

「ユアン様がキャメロンとの戦いの準備を整えるまで待っていられないわ。急いでニアヴ・アーリンへ行って、わたしの計画を伝えてちょうだい。この巻き紙になにが書かれているかはわからない。封印を破ってほかの人に中を読ませるわけにはいかないわ。それでは、わたしの計画が台なしになる。だけど、ここにどんな指示が書かれているとしても、奇襲をかけるならユアン様にはこの内容と異なる行動をとってもらわないといけないのよ」

ギャノンが大きく首を横に振った。「奥方様を放っていくわけにはまいりません。奥方様がこんな無茶をされるのをわしが許したら、シーレン様はわしのはらわたを抜いて狼の餌になさるでしょう」

リオナの口から怒りのうなり声が漏れた。あまりにも憤慨し、同時にあまりにも恐怖に打たれていたので、声を抑えられなかったのだ。体を丸めて、こんなことは起こらなかったというふりをしたい。しかしシーレンの生死は、リオナが彼を救えるかどうかにかかっている。そのために領民すべてと戦わなければならないとしても、シーレンを救うつもりだった。

「ユアン様が戦士を集めてキャメロンを攻撃するのを待つあいだに、シーレンが死んでもいいの？　そのときまで彼が生きていると思う？　考えてよ、ギャノン。父と家来たちは怪我人を連れているのよ。そのおかげで、キャメロンの城に戻る一行の歩みは遅くなる。わたしがいますぐ出発してまっすぐ敵地に向かったら追いつけるはずよ。やつらがシーレンの生死を決める前に」

ギャノンが髪をかきむしって背を向けた。「奥方様が命じられているのは、無理なことです。奥方様を見捨ててユアン様に助けを求めに行くなんて、そんなことができますか？　奥方様とおなかのお子様に万一のことがあったら、わしはシーレン様に合わせる顔がありません。奥方様はシーレン様の強さを見くびっていらっしゃいます。肩に矢が刺さったとしても、関係ありません。絶対に生き延びられます。大きな生きがいをお持ちですから」

リオナはギャノンの腕を引っ張って自分のほうを向かせた。「わたしは家来と一緒に行くけれど、キャメロンの城に入るのはわたしひとりよ。ひとりで来たと思わせることが大切なの。すべては、わたしの言葉をキャメロンに信じさせることができるかどうかにかかっている。ユアン様が来るまでの時間を稼ぐ必要があるのよ。あなたの許可を求めるつもりはないわ、ギャノン。わたしが求めているのは協力よ。ニアヴ・アーリンに行くのは、あなたじゃないとだめなの。これまでの経緯を考えると、マクドナルドの者を送ったらなにかの計略だと疑われてしまう。でもあなたなら信じてもらえる。あなたはユアン様の信頼が厚い。だからこそ、シーレンの腹心の部下として送り出されてきたんでしょう。その信頼を裏切らないで、ギャノン。わたしと赤ちゃんは、夫を救うのにあなたが手を貸してくれるのを頼りにしているわ」

「わしを困らせないでください、奥方様」ギャノンがうんざりしたように言う。

「夫の命がかかっているのよ。困らせるとか困らせないとか、そんなのはどうでもいいわ」リオナの語気は荒い。「彼を愛しているの。みすみす彼を死なせはしないわ。それを防ぐ方法があるかぎり。そのためなら、父でも、ダンカン・キャメロンでも、軍隊全体でも相手にしてやる」

ギャノンが表情をやわらげ、慰めるようにリオナの腕に触れた。「シーレン様は幸運なお方ですな。自らの命を危険にさらしてまでも夫を救おうとするほど猛々しい妻は、めったにいるものではありません」

「じゃあ、やってくれるの？　すぐにニアヴ・アーリンに向かってくれる？」

彼はため息をついた。「はい、そうします」

リオナはギャノンに腕を回して抱きついた。ギャノンがうろたえて抱擁から逃れ、彼女をにらみつけた。

「できれば、シーレン様を助けるときと同じくらい熱心に、わしのことも助けていただきたいものですな。奥方様のこんな無謀な行動をわしが許したと知ったら、シーレン様はわしの首をはねられるでしょう」

「すぐに行ってちょうだい。わたしは家来を中庭に集めて計画を話すわ」

リオナは集まった戦士たちを緊張の面持ちで見回した。彼らの暗い顔がたいまつに照らされている。ギャノンはすでに出発した。男たちに状況を説明したらすぐに発てるよう、サラはリオナの荷物を用意している。

「サイモンは助かりますか？」

誰がその質問を発したのか、リオナにはわからなかった。目の前の使命のことで頭がいっぱいで、ほかのことを考える余裕はなかったのだ。

「わからないわ」正直に答えた。「いま治療しているところよ。神がサイモンを生かすとお決めになったら、彼は長寿をまっとうするでしょう」

「誰がこんなことをしたのですか、奥方様？」

リオナは深く息を吸った。「わたしの父、あなたたちの前の族長よ。父はダンカン・キャメロンと手を組み、シーレンを殺して自分が族長の座に返り咲こうとしているの」

家来の反応を、彼女は息をひそめて待った。父がふたたび族長になることを家来が支持する可能性もある。シーレンは彼らの尊敬を勝ち取ったけれど、この機に彼らがシーレンに背を向けないという保証はない。

「どうしたらいいんです？」シーマスが前に進み出て、いかにも不快そうな顔で腕組みをした。「わしらの族長をそのように侮辱することを許すわけにはいきません」

大柄な戦士に抱きついて涙ながらにキスを浴びせたい衝動を、リオナは必死に抑えた。

「みんなでダンカン・キャメロンの領地まで行くのよ」喉を詰まらせずに声を出せるようになると、リオナは話した。「ギャノンはユアン・マケイブ族長に状況を説明するため、ニアヴ・アーリンに向かったわ。わたしたちはキャメロン城の近くまで行く。あなたたちは身をひそめて、わたしの攻撃命令を待ちなさい」

男たちのあいだからささやき声があがり、シーマスがさらに一歩進み出た。「それで、奥方様はどうなさるのですか？」

「わたしは夫を救いに行きます」リオナは反論を許さない声で宣言した。彼女はこのクランの族長ではない。だがいま、彼女がシーレンのところへ行くのを止めようとする人間がいたら、ひとり残らず倒していくつもりだった。

「わたしは人生最大の嘘をつくことになるわ。夫に軽蔑されるかもしれない。でも、うまくいけば彼は命を取り留める。大事なのはそれだけ。あなたたちに訊きたいのは、わたしの味方となって、族長を救うために命を懸けてくれるかということよ」

シーマスが咳払いをして振り返り、集まった男たちを見渡した。それからゆっくりとリオナのほうに顔を戻した。「わしは味方です、奥方様」

男たちがひとりずつ前に出て、リオナの計画に協力する気持ちを明らかにした。

「では、いますぐ出発よ。必死で馬を走らせましょう。手遅れになる前に着くように」

# 30

地面にどんと落とされたとき、シーレンはなんとか悪態をこらえた。肩に鋭い痛みが走り、燃えるような熱さが広がる。目を閉じ、歯を食いしばって声を抑えた。

両手を背中で縛られているために、肩の痛みがいっそうひどくなる。グレガー・マクドナルドに乱暴に矢を引き抜かれ、ダンカン・キャメロンの城までの悪路を運ばれる途中で、シーレンはかなりの血を失っていた。

「シーレン・マケイブを連れてきましたぞ、キャメロン族長」グレガーが大声で言った。

シーレンが目を開けると、少し先にキャメロンが立っていた。彼の口の中に憎しみが苦々しくこみあげる。あの男がすぐそこにいるというのに、なにもできずに横たわり、吐き気をこらえていることしかできないのだ。できるものなら、キャメロンの目に唾を吐きかけてやりたい。

「そのようだな」キャメロンが言う。

シーレンが倒れているところまで歩いてきて、傷ついた肩を蹴りつけた。シーレンは痛みに顔をゆがめながらもキャメロンを見あげ、ありったけの憎悪をこめてにらみつけた。

「おれを殺したいんだろう、シーレン？」キャメロンが低い声で嘲った。「おまえの恨みは、兄たちより深いはずだ。おまえの愚かさのせいで、自分のクランがつぶされかけたんだからな。おれのいとこは美人だろう？　あの女にはしばらく会っていないな。おおかた、どこかの哀れな愚か者をとりこにして、脚を広げているんだろうよ」

シーレンはキャメロンを凝視しつづけた。やがてキャメロンはきまり悪げにもぞもぞすると、またしてもシーレンの肩を蹴りつけた。

「弟の命を救うか、美しい妻と娘を守るかのどちらかを選べと言われたら、ユアンはどうするだろうな。弟を選ぶことはなかろう。昔あんな大きな損害をもたらした弟を。教えてくれ、シーレン。兄が大切にしているものをまたしても破滅させたとしたら、おまえはどんな気持ちになる？」

キャメロンがシーレンの顔の横に膝をつき、手で髪をつかんでぐいと引っ張りあげ、顔と顔を突き合わせた。

「といっても、ユアンには選ぶ必要もないのだがな。どうせおまえもユアンの妻子も殺してやるんだ。おまえにはなんの用もない。さっさと始末して、おまえのクランを壊滅させ、おまえが忠誠を誓った国王を亡き者にしてやる」

キャメロンの目をのぞきこんだとき、リオナの発した問いがシーレンの脳裏によみがえった。

「なぜだ？　どうしてあんなことをした？　どうせ殺すつもりなら、教えてくれ。八年前にどうしてマケイブを襲ったのか。おれたちは無害な存在だったのに」

キャメロンが立ちあがって一歩さがった。シーレンの感じているのと同じ憎悪が、彼の目にもくっきりと浮かびあがっている。

「あのときまで、おまえはおれの名前も聞いたことがなかったんじゃないか?」キャメロンは首を横に振った。「おれのことも、おれの父のことも黙っていたとは、いかにもおまえの父親らしい。憎しみを抱いているのはおまえだけじゃないぞ、シーレン。おまえの父親はおれのものを奪った。おれはそのお返しをしたんだ」

「ばかなことを言うな」シーレンはかすれた声で反論した。「父は平和的な人間だった。誰に対しても戦いをしかけたりしなかった。挑発されないかぎりは」

キャメロンがブーツでシーレンの首を踏んで地面に押しつけた。「ああ、確かに平和的なやつだったさ。なぜそうなったか知りたいか? おれの父が死んだあとで誓いを立てたのさ。耐えられないほどの罪悪感を覚えてな。やつはおれの父の墓前で、二度と武器を持たないと誓った。おれはそのことを知っている。その場にいたんだ。この耳でその誓いを聞き、やつが母に謝罪しているのを聞いた。やつはおれの頭を撫でて去っていった。埋葬されている父の前で、おれを慰めるように頭を撫でたんだ。あのときおれが剣を持っていたら、やつは父の墓の上で切り殺されていただろう。おれが殺してやっただろう」

「嘘をつくな」シーレンは声を絞り出した。「おまえのことも、おまえの父親のことも、父の口から聞いたことはない」

「おまえの父親は臆病者だった。おれの父とともに戦場にいたのに、父が落馬したとき、やつは瀕死の父を放って逃げた。友と呼んでいた男に背を向け、戦場から逃げていったんだ。

やつが息を引き取る寸前、おれは、父の墓前で頭を撫でた少年のことを思い出させてやった。死に際にやつがなんと言ったか知っているか、シーレン？」

シーレンは喉までこみあげてきた怒りをのみこんだ。血が激しい奔流となって全身をめぐり、血管が破裂しそうになる。

キャメロンがふたたび身を屈め、シーレンの耳もとに口を近づけた。「すまなかったと言ったんだ。そのあと、孫の命を助けてくれと懇願した」

「かわりにおまえは、その母親を犯して殺したんだ」シーレンはうなった。

「ガキを見つけていたら、串刺しにしてやるつもりだった。ただひとつ悔やまれるのは、襲撃した日におまえたち兄弟が留守だったことだ。マケイブの人間をひとり残らず殺せたら、もっと満足できただろう」

「ひどいことを。おまえとは地獄で会おう」

キャメロンが背筋を伸ばし、家来を手招きした。「地下牢に連れていけ。これ以上こいつの顔を見るのは我慢できん。いますぐ殺すのは、あまりにも情け深い。あの戦場で血を流して死んでいった父のように、ゆっくり苦しめてやりたい」

キャメロンの手下三人がシーレンを立たせ、地下の暗闇に通じる階段まで引きずっていった。四人目の男がたいまつを持って階段を先導し、冷たく湿った廊下に向かっておりていく。

廊下の突きあたりの床に穴が開いていた。シーレンはいきなり突き落とされた。真っ暗な中に飛び出し、体がふわりと宙に浮いたかと思うと、次の瞬間には石の床に叩きつけられた。

傷ついた肩が落下の衝撃を受け止め、背中から腕に激痛が走り、手がしびれる。思わず叫び声をあげた。

深呼吸をして、なんとか意識を失うまいとする。口の中に血の味が広がり、唇を噛み切ったことを知った。

シーレンは震えながら、痛みだけを友として闇の中で横たわった。目を閉じ、リオナの笑顔を思い浮かべる。ふたりきりで部屋にいる場面を空想した。リオナが彼を欲情に駆り立てる新たな方法を思いついたところを。

彼女の腹のふくらみをなぞるところを。子どもへの希望や夢を夜遅くまで語り合っているところを。

「リオナを守ってくれ、ユアン」彼はささやいた。「おれは妻を守れなかった。兄貴の信頼に応えられなかった」

リオナはほとんど倒れそうになりながらも、キャメロン城を包囲して身をひそめておくようにと部下に命じた。神が味方してくださるならば、彼らが行動を起こさざるをえなくなる前に、ユアン・マケイブが援軍を率いて現れるだろう。だがそうでなければ、リオナとマクドナルドの戦士たちは死を覚悟して戦うことになる。

力をお与えくださいと彼女は祈った。これからすることに神のお導きがありますように。敵を言いくるめるのに失敗したら、自分もシーレンも死ぬことになる。

疲れた馬の手綱を握りしめ、リオナは前進した。心臓をどきどきさせながら林を抜け、キャメロン城の門に向かっていく。

石と木材と金属でできた堂々たる城だった。壁は高い。家来たちが見つかることなく、素早くよじのぼれればいいのだが。

この計画はうまくいくはずだ。神が正しいほうについてくださるなら、マクドナルドは勝利をおさめ、彼女は夫とともに帰郷できるだろう。

それでもリオナは祈った。この件については神の説得を試みる必要があるかもしれない。

門にたどり着くと、見張りに誰何《すいか》された。壁の上方では、少なくとも三帳の石弓が彼女を狙っていた。

リオナはマントのフードをおろして声をあげた。「わたしはリオナ・マクドナルド。父のグレガー・マクドナルドに会わせてちょうだい」

長いあいだ待たされたあと、ダンカン・キャメロンがリオナの父を従えて壁の上に現れた。

「なんだ、夫の命ごいに来たのか?」

リオナは高慢な顔でキャメロンを見つめ、軽蔑したように唇をゆがめた。「家来の話が真実かどうか確かめに来たのよ。もしそれが本当で、父があのマケイブの戦士を倒したのだとしたら、わたしに彼を殺させてちょうだい」

キャメロンが驚きに眉を吊りあげた。リオナは息を詰め、しまいには頭がくらくらして馬から落ちそうになった。ああ、彼がまだ生きていますように。シーレンがここに連れてこられたのは、それほど前のことではないはずだ。リオナと家来たちは止まることなく馬を駆ってきた。途中で新しい足跡を見つけ、それをたどってこの城までやってきたのだ。

「門を開けろ」キャメロンが叫んだ。

しばらくすると木が音をたててきしみ、重い門が開き始めた。リオナは馬上で、入れと言われるのを待った。

するとキャメロンと父が入り口に現れた。キャメロンの手下の男がやってきて、リオナが馬からおりるのに手を貸した。足が地面につくやいなや、彼女の膝はがくがくとなった。けれども意志の力だけで立ちつづけ、馬が引いていかれるのを見送った。

「面白いことを言うな、女」キャメロンがリオナをじっと見つめた。「話を聞こう」

リオナは父に目を向けた。グレガーはキャメロンを恐れるあまり口がきけないのだろうか、無表情で娘を見返した。その目には疑念が浮かんでいる。

「彼はもう死んだの？」

しばらくのち、キャメロンが首を横に振った。リオナは安堵で全身の力が抜けそうになった。「いや、まだだ。ついさっきここに来たところだ。しかし、なぜおまえはこんなに急いで来たのだ？」

「家来から話を聞いたとき、この目で彼を見るまでは自分の幸運を信じたくないと思ったの。本当に父がシーレン・マケイブをとらえたのなら、お礼を言わなくてはいけないでしょう」

「どういうことだ、娘よ？」ようやくグレガーが口を開いた。

キャメロンが手をあげて制した。「謎を解く方法はひとつしかない。入れ、奥方。外は寒い。長い距離を旅してきたのだろう」

リオナはキャメロンが差し出した腕に手を絡ませ、感謝の笑みを投げかけた。「ありがとう、キャメロン族長。疲れたのは確かだけれど、とても安心したわ。あなたのところで保護していただくまで不安でたまらなかったの」

「保護？　奥方がなぜ保護を求めるのだ？」キャメロンはリオナを連れて中庭を抜け、城に通じる石段をのぼった。

暖かい風が悪臭を運んできた。リオナは顔をゆがめ、必死で吐き気をこらえた。

彼女が着ているチュニックは腹のふくらみを隠している。それに、まだ外から見ただけではわからないだろう。シーレンの子を宿していることだけは、なんとしても隠しておきたかった。

「ええ、保護よ。マクドナルドの人間が弟を殺したとユアン・マケイブに知られたら、わたしが無事でいられると思う？」

「どうして夫を殺したいのだ？」キャメロンが単刀直入に尋ねた。

暖炉の前の椅子に座るよう、リオナに手ぶりで示す。彼女はほっとした。これ以上立っていられる自信がなかったのだ。

「気になるの？」彼女は落ち着いた声で訊き返した。

「冬のさなかに安全なクランのもとを離れて、死んだも同然の男をわざわざ殺しに来るというのは、ちょっと信じがたい」

「彼を憎んでいるもの」リオナは吐き捨てるように言った。「マケイブの人間はみんな憎い。あいつらはわたしのクランを踏みつけにしたのよ。父が立派な指導者だとは思わないわ。だけど少なくとも、父はマクドナルドの人間だった。わたしはことあるごとに、夫に恥をかかされてきた。もし彼を殺すのを許してもらえないなら、せめて死ぬところに立ち合わせてちょうだい。そして、マケイブとの争いに決着がつくまで、ここで保護していただきたいの」

「おまえは変わった女だな、リオナ・マクドナルド。いや、リオナ・マケイブと呼ぶべきか？」

リオナはぱっと立ちあがって剣を抜き、キャメロンに向けた。この虚勢で彼を感服させたい。あるいは、彼女が夫の死を願うような愚かな女だと思わせたい。とにかくいまは必死で、藁にもすがりたい思いだった。

「その名前では呼ばれたくないわ」小さな声に怒りをこめた。

キャメロンは、わずらわしいハエであるかのように剣を押しのけた。「おれは自分の城で女に剣を向けられたくない」

そしてリオナに座るよう合図したあと、娘の向こう側に立っているグレガー・マクドナルドに一瞥をくれた。

「おかしなことを言うのだな。それほどおまえの怒りを買うとは、シーレン・マケイブはいったいなにをしたのだ？」

リオナは父をちらりと見た。なんとしても、これからする話を父に信じさせ、それが真実だと父に請け合ってもらわねばならない。キャメロンの耳にいかにばかげて聞こえようとも。「わたしに、女らしい格好をして女らしくふるまえと言ったの。わたしから剣を奪って、二度と持つなと言ったわ。なにかあるたびにわたしを嘲笑し、侮辱した。彼は……ひどくわたしを虐待したのよ」

キャメロンがくっくっと笑ってリオナの父親を見やった。「おまえはどんな娘を育てたんだ、グレガー？」

「娘は自分を男だと思っているのだ」グレガーが嫌悪の表情になった。「わしがなにを言っても、女らしいふるまいや格好をしようとしなかった。わしはとっくにあきらめていた。もしかしたらこいつは、シーレンのやつにベッドに連れこまれたことを〝虐待〟と思っているのかもしれん」

キャメロンに全身をなめるように見渡され、リオナは胸を縛ってきてよかったと思った。彼はリオナの女らしいところを探そうとしている。しかしこの服装だとくびれのない痩せ細った体に見え、まるで少年だった。

男の目に浮かんだ劣情を見て取り、リオナは身を震わせた。風変わりであるにもかかわらず、いやむしろそれゆえに、リオナを地面に転がして手ごめにしたいと思っているらしい。もしかすると、すでにシーレンのものになっているからこそ、リオナを求めているのかもしれない。男の頭の中というのは理解しがたいものだ。

地下牢から連れてこい。奥方が再会を求めておられる」

だがキャメロンは横を向き、いかにも傲慢そうに部下を呼んだ。「シーレン・マケイブを
胸のつかえが大きくなり、リオナは不安でなにも考えられなくなった。いまの話が本当だとキャメロンや父に信じさせるためには、迅速に行動しなければならない。自分がすべきことを考えると心が痛んだ。生まれてからこんなにつらいことはなかった。それでも彼らに信じさせねばならないのだ。シーレンを見るだけでも虫酸が走り、さっさと死んでほしいと思っていると。

待っているあいだ、夫に会ってもひるまないよう心を鬼にしようとした。彼が怪我をしているのは知っている。いまこの瞬間にも死にかけているかもしれない。それでも、怯えた妻のような反応を示すことは許されないのだ。

リオナは泣きたかった。心身ともに疲れ果てていた。いままでこれほど不安に怯えたことはなかった。

男たちに押されてシーレンが大広間に入ってきて、床に膝をついた。両手を後ろで縛られている。彼が顔をあげる前に、リオナは立ちあがった。ずかずかと部屋を横切る。近くまで行ったとき、シーレンが目をあげて彼女を見た。

彼が驚きの表情になり、なにか言おうと口を開きかけた。そこでリオナは、シーレンを黙らせるために考えられるただひとつのことをした。

ありったけの力をこめて、彼の頬を平手打ちしたのだ。

31

シーレンの顔がぱっと後ろにのけぞった。膝で立っているのも苦しい。彼は首をめぐらせて妻を見つめた。自分の妻を。彼女は目の前に立ち、怒りで瞳をぎらつかせている。その後ろにはキャメロンとグレガーが立って、面白がるように眺めていた。

「気でも違ったのか？」シーレンは言った。「なにをしているんだ？」

「あなたが死ぬのを見に来たのよ」リオナが嘲りをこめて答えた。「神のご意思とキャメロン族長のお許しがあれば、わたしが自分で殺したいくらい。あなたがいなくなったらせいせいするわ、シーレン・マケイブ」

彼女の言葉は聞こえた。目に浮かぶ怒りも見えた。それでもシーレンには、まったく理解できなかった。恐怖が胸にしみ出し、肩の矢傷よりもひどく痛む。

また同じことが起ころうとしているのか。これほどみじめな歴史が繰り返されるのは許せない。

ダンカン・キャメロンがリオナのすぐそばにやってきて、肩に手を置いた。「おまえの奥方が会いに来たんだぞ、シーレン。なんと思いやり深いことではないか？ おまえの死刑を執行したいそうだ。どう思う？」

シーレンが答えを思いつく前に――そんな問いに対してどう答えたらいいのだ？――キャ

メロンがリオナを自分のほうに向かせると、腕を回して抱きしめ、激しくキスをした。

冷たい憎悪がシーレンを貫いた。もはや傷は痛まない。いま感じられるのは、とてつもない憤怒だけだ。頭がぼんやりしていて、なにがなんだかわからない。だが、いま面前に見ているのは裏切り行為だ。

またしても。

リオナがキャメロンから顔を引きはがし、シーレンにしたのと同じように平手打ちをして、剣に手をかけた。キャメロンはその腕をつかんで彼女を引き寄せた。

「ひとりの男に充分虐待されたのよ。別の男にまたいたぶられるのはごめんだわ」リオナが語気荒く言った。

シーレンは眉根を寄せた。「虐待? それを虐待と呼ぶのか?」

リオナがシーレンに目をやった。美しく、嘘つきの目が、軽蔑をたたえて光る。彼女はキャメロンに目を戻して、つかまれた腕を引っ張った。それから動きを止め、キャメロンの目をじっと見据えた。「疑っているのね。いまのはわたしを試すためだったんでしょう。わたしがシーレン・マケイブの死を願ってここに来たという話を疑っているんだわ」

彼女はキャメロンに握られた腕を引き抜き、マントの合わせ目から手を入れて巻き紙を取り出した。ひざまずいているところからも、シーレンにはふたつの印が見えた。ひとつはユアンの、もうひとつは国王のものだ。

「これを持ってきたわ。なんだかわかる、キャメロン族長? ユアン・マケイブからの、戦いへの召集状よ。おそらく戦いの詳細な計画が書かれているんでしょうね。来るべき戦争に関して、あなたの知りたいことがすべてここにあるのよ。もしなにかの策略だとしたら、わたしがこれをあなたに渡すかしら？」

「やめろ！」シーレンが叫んだ。

突進しようとしたが、キャメロンの手下ふたりに両側から止められた。身をよじって必死に抵抗したものの、両手を縛られているのでなにもできなかった。

キャメロンがリオナの手から巻き紙を受け取り、ひっくり返して封印を確かめた。無言で封を破り、紙を広げる。数分かけて中身を読み終わると、丁寧に巻いてシーレンを見た。

「奥方もクランも、もうおまえに用はないらしいな、マケイブ」

シーレンは小鼻をふくらませ、唇をめくりあげて、目の前に立つ女を冷たく見つめた。

「おれには妻も、マケイブ以外のクランもない」

「これ以上この男を見ていたくないわ。どこの穴から引っ張り出してきたのか知らないけれど、すぐに戻してちょうだい」リオナも同じくらい冷たい声で言った。

「そうだな、こいつをどうやって殺すか話し合う必要がある」キャメロンがゆったりと言った。「ユアン・マケイブと王からの知らせを信じるならば、戦いは目前に迫っている。やつらはもう少し独創的な計画を考えると思っていたんだが、正攻法で来ることにしたようだ。おまえには一日待ってもらおう、奥方。そいつは明日の朝に殺す。そのあと、ユアン・マケイブの計画に対抗しておれも計画を練らなければならん」

リオナが剣を抜き、ゆっくりとシーレンのほうに歩いてきた。彼は目を合わせてリオナの存在を認めるのを拒んだ。頭の中には怒りと困惑が渦巻いていて、いまこの場で起こっていることがまったく理解できなかった。

近くまで来ると、リオナが彼の首に剣の切っ先を押しあてた。シーレンはしかたなく顔をあげた。そうしないと首を切り落とされそうだったからだ。

「いま殺してもいいのよ」リオナの声は冷たかった。顔も無表情で、感情をまったくあらわにしていない。まるで日常の天候のことを話題にしているかのようだ。彼女の態度に、シーレンは冷え冷えしたものを感じた。いままで見たことのない、妻の新たな一面だった。「でも、それだと安易すぎるわ」

「なぜだ?」シーレンはかすれた声で尋ねた。「きみはおれだけでなく、自分が友人と呼んでいた人々をも裏切っているんだぞ。あれだけ親切にしてくれていたメイリンや、なんの罪もない彼女の子どもを裏切っている。きみに忠実だった男たちを死に追いやろうとしているんだ。なんのために? 道義心のかけらもない男が、かつて自分のものだったクランの族長に返り咲けるようにか?」

リオナが剣を彼の脚の付け根におろした。「黙りなさい。でないと、そのぶらさがっているものを切り落として犬に食わせるわよ」

そして、彼を見るのも耐えられないとばかりに背を向けた。情けないことに、シーレンはリオナを呼び戻したかった。彼は目を閉じた。どうやら自分は決して教訓を学べないらしい。

「明日の朝いちばんで火あぶりにして」リオナの口調は冷静だった。「あんな男にはふさわしい死に方よ」

彼女の無情さには、キャメロンすら驚いたようだ。しかし同時に、感服して目をきらめかせた。そう、この男なら確かに、自分に共通する卑劣な性質を高く評価するだろう。

「承知した、奥方。死刑は明日の朝に執行する」

彼は部下にシーレンを連れていくよう合図すると、リオナに向き直った。「なにか軽く食べるか？　長旅で疲れているだろう」

シーレンは大広間から引っ張り出されながら、世界じゅうで最も憎む男に妻が微笑みかけるのを見つめていた。

最後に一瞬、リオナがシーレンを見やった。その目にちらりと影がよぎったが、すぐに彼女は顔を背けた。

リオナは部屋の窓辺に立って、雪に覆われた景色を眺めた。骨の髄まで疲れきっている。だが今夜は眠れそうにない。シーレンが地下牢で苦しみに耐えていることを考えると。

目を閉じて、彼の表情を、怒りの言葉を思い返した。ついにシーレンは、妻が自分を裏切ったことを信じたのだ。リオナはいままでにも増して、決して失敗するものかという決意を固くした。夫に、裏切られたと思ったまま死んでほしくない。

両手を腹に置いてさすったとき、体の奥深くでぴくりと動くものを感じた。リオナの目に涙があふれた。よりによって赤ん坊はこのときを選んで動き始めたのだ。父親をなんとしても助け出すという母親の誓いを再確認するかのように。

「あなたはわたしの未来よ、シーレン・マケイブ。クランの未来、わたしたちの子どもの未来なの」彼女は小さな声できっぱりと言った。「あなたが動物みたいに縄でつながれたまま暗い穴の中で死ぬのは、絶対に許さない」

ベッドまで行き、端に腰かける。キャメロンはいい部屋をあてがってくれた。部下に命じて、暖炉に火をおこさせもした。だがリオナはひとりになるやいなや扉を閉じると、窓辺から重い椅子を引いてきて扉の前に置き、外からの侵入を防いだ。

油断は禁物だ。キャメロンは横暴な最悪の人でなしだ。目に留まったものはなんでも自分のものにしていいと思いこんでいる。彼がリオナの美しさに目がくらんだとは、まったく思っていない。粗野な少年に見えるよう、わざとみすぼらしい格好をしてきたのだ。それでも彼女は、あの族長の目に好奇心と欲情を見ていた。

服を着たままマットレスに横たわり、短時間でも休息を取ろうと目を閉じた。早く時間がたってほしい。さっさと片をつけられるように。

いまこのときにも、家来たちは城壁のまわりで待機しているだろう。彼女からの攻撃の合図を待っているはずだ。

うろうろと歩き回ったり、椅子やベッドに腰かけたりを繰り返すうちに、やがて朝になり、扉がノックされた。リオナは意図的に返事を遅らせ、もうすぐ行くと答えた。さっきまで眠っていて、いま着替えをしていると思わせるために。

毛布を折り返してくしゃくしゃにし、髪を肩の後ろでまとめて編みこむと、扉に向かった。椅子を横に押しのけて扉を開けると、廊下で待っていたのはグレガーだった。リオナは髪から手を離して、無言で父を見つめた。

「族長が中庭に来いとのことだ」

リオナはうなずき、父が廊下を先導するのを待った。ところが彼はためらうようにリオナに目を据えた。「おまえの怒りを買うとは、やつはいったいなにをしたのだ？　おまえはやつを選んでわしに背を向け、わしが族長の座にとどまることを支持しなかった。それが今度は、両手を広げてわしを迎え入れるのか？」

突然心変わりしたと言っても信じてもらえそうにない。だからリオナは、部分的に真実を話すことにした。「お父様にも族長になってほしくはないわ。お父様かシーレン・マケイブか、ふたりの悪人のうちましなほうを選ぶということよ」

グレガーが怒りに目を細くして娘を見つめた。「まだ、言葉を慎んだり目上の者に丁寧に話しかけたりすることを学んでおらんようだな」

「目上だと思っていないもの。この前こういう話をしたときみたいにわたしを殴ったら、あのときの脅しを実行に移すわよ。そしてマクドナルドは新しい族長を探すわ」

「いずれ思い知らせてやるからな」

父の警告など気にしていないと言わんばかりに、リオナは肩をすくめた。

中庭に足を踏み入れると、リオナはマントの前をしっかりとかき合わせて冷気をさえぎった。すでにシーレンが杭に縛りつけられているのを見たときは、心臓が止まりそうになった。彼のまわりには、円を描くように薪が積みあげられている。

シーレンは昨夜見たときよりもさらにひどい状態に見えた。顔には新しいあざができており、脇腹を血が伝い落ちている。

リオナは痛いほどきつく歯を食いしばり、まばたきして怒りの涙をこらえた。いま父とダンカン・キャメロンを憎んでいるほど、激しく人を憎んだことはない。剣を抜いて情けない父の命を絶つのは簡単だ。けれども辛抱しなければ。そんなことをしたら、父が地面に倒れる前にシーレンが殺されてしまう。

シーレンから少し離れたところにキャメロンが立ち、たいまつを持った家来に囲まれていた。リオナが歩いていくと、彼は一本のたいまつを手渡した。

「おまえに頼もう。さっさとすませてくれ。肉が焦げるにおいは気持ちが悪いし、おれにはほかにも用がある」

リオナは震える手でたいまつを受け取り、夫のほうを向いた。一歩進み出て深く息を吸い、次の行動に備えて心を強く持った。

ふたりの視線がぶつかり合う。シーレンの澄んだグリーンの瞳は苦痛に満ちて、ぼんやりしていた。なにが起ころうとしているのか、よくわかっていないようだ。リオナは心の中で悪態をついた。いま必要なのは夫の力なのに。

32

シーレンは、リオナがキャメロンの手からたいまつを受け取るのを見ていた。苦痛が彼の体を貫き、きりきりと締めつける。ぞっとするほど寒く、それでいて焼けるように熱い。それでも彼は妻から目を離さず、彼女もシーレンを凝視していた。

ゆうべはなにかが心に引っかかって、地下牢の湿った冷たい床の上で体を丸めながら、ひと晩じゅう起きていた。大広間から引きずり出されるときにリオナの目をよぎった影を見たときから、ずっと気になっていたのだ。

そしていま、本能が叫んでいた。見かけにだまされるなと。心の中には葛藤があった。かつて彼は、目の前に見えているものを決して疑わないという誓いを立てた。明らかな証拠は嘘をつかない。

しかし。しかしリオナが冷たく彼を裏切ったとは、どうしても信じられない。彼女を見たときの驚きと、その後の事態の進展に対する衝撃とで、彼はまともにものを考えられなくなっていた。

だがいま、この数カ月のことを思い返してみると、リオナが裏切ったとは信じられなかった。筋の通らないことがあまりにも多い。彼女は父親を憎んでいる。恐れている。それならなぜ、その男がクランに復帰するのを支持するのだ?

リオナは領民の思いに反してまでシーレンの味方になってくれた。領民と仲たがいする危険を冒して彼を応援してくれた。それは、あらゆるものを嘘で固めた女の行動ではない。

そう、ありえない。彼は愚かにも、頭より心を信じるという過ちをふたたび犯しているのかもしれない。だが今回は……今回は、彼の心は間違っていない。命を賭けてもいい。

つまり、妻は危険な状況にあり、シーレンは彼女を守ってやれないということだ。

彼女の狙いはなんだ？　この偽計の目的は？

リオナはたいまつを握っている。あいているほうの手をそっとマントの中に滑りこませるのを、シーレンは目にした。そのとき彼女の瞳は、なにかを訴えていた。協力を。理解を。彼がまばたきする間もなくそれは消えてしまった。だが見間違いではありえない。それとも、単に彼の願望だったのか。けれどもシーレンの脈拍は速くなり、彼は身を硬くして身構えた。

リオナに向かって、逃げろと叫びたい。自分と赤ん坊の身を守れと。なにを企んでいるにせよ、彼女の命には値しない。彼の命を救うために自分の命を投げ出してはいけないのだ。

だがシーレンは沈黙を保った。叫べばリオナの死を招くだけだ。

そのとき、彼女が行動に出た。唐突に振り返り、キャメロンの顔にたいまつを突きつけたのだ。キャメロンが苦悶の悲鳴をあげる。同時にリオナは、シーレンがいままで聞いたどんなものにも劣らぬ威勢のいい雄叫びをあげた。

彼女が剣を抜き、マントを脱ぎ捨て、杭に向かって走ってくる。マクドナルドの兵士たちが続々と壁を乗り越え、剣を手に飛びおりてくるのを、シーレンは呆然と見つめた。

自分のものではないと断言した妻とクランが、彼を助けに来たのだ。

「戦うだけの力はある?」彼を杭に縛りつけている縄を切りながら、リオナが尋ねた。

「ああ、戦える」シーレンはまだ生きている。妻がこれだけの危険を冒してくれたのに自分が応えられなかったら、きっと地獄に落ちるだろう。

彼の体がすっかり自由になる前に、リオナは姿を消した。次に見たとき、彼女は少し離れたところで敵と戦っていた。だが助けに行こうとしたとき目の前に剣が現れ、シーレンは転がって、頭を切り落とされるのをなんとか防いだ。

まずは武器を手に入れなければ。キャメロンの手下が顔のすぐ前で振りおろした剣を、彼はふたたびかわした。低く身を屈めて相手の脚に体あたりをし、敵もろともどっと地面に倒れこんだ。

剣が敵の手を離れて雪の中を滑っていく。シーレンは男の顔をこぶしで殴りつけ、雪の上に血しぶきを飛び散らせた。それから彼は剣に向かって転がっていった。柄を握って引っ張ったとき、別の男が彼の頭上に現れて切りつけてきた。

シーレンは剣を横に払いながら体を転がせた。刃が相手の脚を切り裂く。彼は痛みも発熱も忘れて立ちあがった。頭にあるのは、妻を見つけることと、ダンカン・キャメロンを追い詰めることだけだ。

左右に目をやり、彼は戦いながら城壁に向かった。意志の力がなければ立っていることもできなかっただろう。中庭を見渡したとき、シーレンは失望した。

マクドナルドの兵士たちは、これまでに見たことがないほど雄々しく激しく戦っている。だが数では大きく劣っており、彼らの顔には早くも疲れが見えていた。

ようやくシーレンは、ふたたびリオナの姿をとらえた。キャメロンの戦士を壁際に追い詰めている。彼女は相手の胸に剣を突き立ててさっさと始末したが、剣を抜いて振り返ると、また別の敵が待ち構えていた。

それこそが問題だった。倒しても倒しても、キャメロン配下の兵士はまた新たに現れる。シーレンは敵を倒しながら妻のほうに向かっていった。なんとしても彼女を無事に救うのだ。そのとき、ぞっとするような鬨の声が響いた。胸が痛むほど聞き覚えのあるその声に、彼は安堵のあまり膝から崩れ落ちそうになった。

ありったけの力をかき集めて顔を後ろに反らし、彼はどら声で叫び返した。それからマクドナルドの兵士に向かって声をあげる。「援軍が来たぞ！　持ちこたえろ！」

振り返ると、馬に乗った兄たちが門を駆け抜けてくるのが見えた。何百というマケイブの戦士が、ありとあらゆる方向から押し寄せてくる。いままでシーレンが生きてきた中で最も壮大な眺めだった。百歳まで生きたとしても、この光景は忘れないだろう。

流れは確実にマクドナルド有利に傾いていた。ついさっきまで憔悴して力尽きかけていた男たちが、神から新たな力を与えられたかのように、にわかに活気づいて戦い始めた。

兵を率いて門をくぐったユアンが、剣を手にしたまま、シーレンのすぐそばで馬から滑りおりた。直後にアラリックも駆け寄り、シーレンは兄ふたりに挟まれた。

「怪我の具合は?」シーレンの脇腹を流れ落ちる血を見て、ユアンが叫んだ。

「死にはしない」

三兄弟はキャメロンの戦士を切り倒しながら進んでいった。激しい怒りと、復讐を果たしたいという猛烈な願望に突き動かされて、彼らは決然と戦った。

「リオナはどこだ?」中庭の中央まで行ったとき、アラリックが大声で訊いた。

シーレンはまわりを見回し、走ってきた戦士の攻撃をよけた。「わからない。兄貴たちが来たときに見失った」

「あの女は頭がどうかしている」ユアンが別の戦士を切り殺した。「おれがいままでに出会った中で、誰よりも愚かで、腹立たしくて、勇敢な女だ」

「ああ、そのとおりだ」シーレンは同意した。「そして、おれのものだ」

アラリックがにやりとしたあと、身をひるがえして敵を倒した。剣にべっとりと鮮血がつく。「おまえは幸運な男だよ、シーレン。おまえの奥方は頑固だから、絶対におまえを死なせはしない」

「キャメロンはどこだ?」ユアンがいらいらと叫んだ。「二度とあの畜生に逃げられてたまるか」

「リオナはあいつの顔にたいまつを突きつけたんだ。縄を解かれてからは、やつの姿を見ていない」

またしても敵が激しく攻撃してきたので、三人は口をつぐんだ。敵は四方八方からやってくる。シーレンは自分の知るあらゆるわざを駆使し、必死で集中力を保ちながら、苦痛を意識から締め出して戦った。

彼の頭にあったのはダンカン・キャメロンではなかった。捜していたのはリオナだ。彼女を思うと、経験したことがないほどの不安に襲われた。

「やつらが逃げるぞ！」ヒュー・マクドナルドが怒鳴った。「包囲だ！　包囲！　敵を逃がすな！」

中庭には死体が散乱している。純白の雪に覆われていた地面はいまや深紅に染まっていた。雪の白とは対照的な血の赤が陽光を反射する。つんと鼻を突くにおいが立ちのぼり、風に乗って広がった。

立っている人間の数が減って少し先まで見通せるようになったので、シーレンは懸命に妻の姿を捜した。ようやく見つけたとたん、彼の血が凍りついた。

リオナは父親と戦っていた。相手は熟練した戦士らしいきびきびした動きができず、やみくもに剣を振り回している。まるで死を自覚しているかのような戦い方だ。

彼女はシーレンに背を向け、死にもの狂いの攻撃を剣で防ぎながら勇ましく戦っている。だが切りつけられるたびに後退し、体力を削られていた。

シーレンは自らの痛みや極度の疲労をものともせずに走りだした。半分ほど行ったところで、ダンカン・キャメロンの姿が目に入った。

いかにも臆病者らしく、家来の陰に隠れている。だが兵士のほとんどはすでに倒れているため、キャメロンは無防備になっていた。

顔の左側は、リオナに押しつけられたたいまつのために火ぶくれができて、血だらけになっている。彼は片方の手に長剣を、もう片方には短剣を持っていた。シーレンがはっと気づいたときには、キャメロンは狙いを定め、リオナに向けて短剣を投げようとしていた。

「やめろ！」シーレンが怒鳴る。

だが、遅すぎた。キャメロンの狙いは正確で、短剣はリオナの右肩甲骨の内側に突き刺さった。リオナがよろめき、父親が振りおろした剣をかわしたあと、片方の膝を地面についた。ふたたびグレガーが剣を振りあげ、リオナにとどめを刺そうとする。そのとき矢がグレガーの胸に刺さった。シーレンは、振り返って誰が矢を射たのかを確かめようともしなかった。彼の視線はリオナだけに向けられていた。

生まれてこのかた感じたことのないほどの猛烈な怒りが、シーレンに百人力を与えた。彼はキャメロンの名を叫びながら飛びかかっていった。

ふたりの男の剣がぶつかる。金属と金属の激突する音が中庭に響き渡る。シーレンはなにかにつかれたように戦った。キャメロンの血の味が想像できた。あの男の胸から心臓をえぐり出し、やつの血を浴びたい。

しかしキャメロンも、死神に狙われた男のように必死で戦っていた。彼がマントのごとく身にまとっていた傲慢さは消えていた。いま初めて自分の死すべき運命を悟り、なんとしても生き延びようとしているかのようだ。

熱と出血と激しい戦いとですっかり衰弱しているシーレンは、キャメロンの激しい攻撃を受けてよろよろとあとずさった。足を踏ん張って彼の剣を自分の剣で受けたが、衝撃で肩がびりびりとしびれた。

剣と剣を合わせたまま、キャメロンのみぞおちに蹴りを入れて、後ろにさがらせる。瞬間的に優位に立ったのを利用して連続攻撃を加え、相手を後退させていった。

金属のぶつかる音がシーレンの耳の中でこだまする。周囲で漂う死臭がぷんと鼻を突く。怒声はほとんどやみ、マケイブとマクドナルドの戦士が力を合わせて、卑怯者キャメロンに忠誠を誓った男たちを倒していた。

シーレンの脳裏に、リオナが地面に膝をついて前のめりに倒れる光景が何度も繰り返し浮かびあがった。彼の喉から、傷ついたけもののような咆哮が飛び出した。

臆病者とはいえキャメロンは腕の立つ戦士であり、いまは命懸けで戦っている。シーレンを殴りつけ、剣を振りかぶった。シーレンは膝から崩れ落ちて頭を後ろに反らした。彼の喉のすぐ前で、キャメロンの剣が空を切る。

シーレンの肩は燃えるように熱かった。傷口に汗がしみて痛み、血でぬめっている。彼の体力は急速に衰えていた。一刻も早く決着をつけねばならない。兄たちはそれぞれ敵と戦っている。シーレンを助けられる者はいない。余力はまったくない。

またしても攻撃をかわしたあと、シーレンはよろよろと立ちあがり、敵に向かって突進しようとした。キャメロンが頭上に剣を構え、うなり声とともに前進しようとする。そのとき突然、キャメロンの胸に剣の先が現れた。

彼は背中から体を貫かれていた。胸から突き出した切っ先が真っ赤な血に染まっている。戸惑ったように彼は自分の体を見おろした。顔には死相が浮かび、目からみるみる生気が失われていく。

キャメロンが膝をつき、音をたてて地面に倒れると、その後ろにはリオナの姿があった。両手で剣の柄を握り、顔は死人のように蒼白だ。足もとの死体からシーレンのほうに顔をあげたとき、その目は痛みで曇り、死ぬ間際のキャメロンの目と同じように、うつろでぼんやりしていた。

「こいつに名誉ある死に方はさせないわ」リオナが小声で言った。「名誉には縁のない男だもの」

彼女は足を一歩前に踏み出したが、ふらついてしまい、もう片方の足を後ろに引いて踏ん張ろうとした。けれども体がよろめき、雪の中に膝をついた。

シーレンに見えたのは、血に染まった彼女のチュニックだけだった。

「リオナ！」

剣を落として駆けだし、いまにも倒れそうに横に揺れているリオナの体を支えた。胸に抱きしめ、深く刺さったままの短剣に触れないように気をつけて、そっと地面に寝かせる。

「よかった」リオナがシーレンを見あげてささやいた。目の光はあまりに鈍く、まるで生命力が流れ出てしまったかのようだ。いつもは温かく生気をみなぎらせている金色とも琥珀色ともつかない瞳が、いまは冬の木に似た鈍い茶色になっていた。「心配したわ。戦いの途中、あなたが見えなかったから。殺されたんじゃないかと思った」

リオナは鋭い痛みに顔をゆがめたあと、小さく吐息をついて目を閉じた。

シーレンは彼女の頬に、口に、目や耳に触れた。「死ぬな、リオナ。聞こえるか？　こんなところで死ぬな。生きろ。命令だ。ああ、神よ」彼の声は割れていた。「死なないでくれ、リオナ。おれを置いていくんじゃない」

彼女を胸にかき抱き、前後に揺する。胸には悲しみがあふれ、息もできなかった。

「愛している」彼ははっきりと言った。「きみに心の一部を閉ざしているなんて、それは間違いだ。おれの心はすべてきみのものだ。ずっと前から。おれはきみに心を捧げたんじゃない。最初からきみが奪ってしまったんだ」

目を開けてくれと思いながら、またリオナの頬に触れた。無言の願いに応えるかのように、彼女がまぶたをぴくりと動かして目を開いた。だが、それだけでもかなりつらいようだ。

リオナがかすかな笑みを浮かべた。「それを聞けてうれしいわ、あなた。だって、いちばん聞きたい言葉をあなたが言ってくれないんじゃないかと、希望を失っていたのよ」

「おれのもとにいてくれたら、死ぬまで毎日聞かせてやる」悲しみと絶望に満ちた、荒々しい口調だった。「ああ、リオナ、おれはきみにはふさわしくない。本当だ。それでもおれはきみが欲しい。きみがいないと生きていけない」

「わたしたちふたり、お似合いね」リオナが消え入りそうな声で言った。「ぼろぼろで、傷だらけで、血みどろで。お互いを死の床に連れていく力もないほど弱っている。ふたりとも、この場で死ぬしかなさそうね。わたしには、あなたを運んでいく力がないから」

そのからかうような口調に、シーレンはもう耐えられなかった。喉のつかえがふくらみ、涙があふれる。目が潤んで視界がかすんだ。

「ああ、きみの言うとおりだ。もしかしたら兄貴たちがおれたちをベッドに運んでくれるかもしれない。しかし、きみが自分のベッドに行けると思っているなら大間違いだぞ」

「こんなにみじめな光景は見たことがない。どうだ、アラリック？」

シーレンが顔をあげると、ユアンとアラリックがふたりを見おろしていた。兄たちの目には不安の色が浮かんでいる。それでもユアンは冗談めかした軽い口調を保っていた。自分の懸念を口に出したくないかのように。

「どうやら弟は結婚して軟弱になったらしいな」アラリックが答える。「か弱い娘に命を助けてもらわなくてはならないとは、情けない」

「かかってきなさい、か弱いかどうか見せてあげるわ」リオナがうなった。

笑うべきか泣くべきかわからなかったので、シーレンはリオナをしっかりと抱いたまま、彼女の髪に顔をうずめていた。もう少しでこの女を失うところだったと思うと、全身がぶるぶる震えた。いや、まだ危機を脱したとは言いきれない。

「どんな具合です？」ギャノンが駆け寄ってきた。

「ギャノン」リオナが弱いながらもうれしそうな声をあげた。「無事に知らせを届けてくれてよかった。あなたのおかげよ。あなたがいなければ勝てなかったわ」

ギャノンはシーレンと同じものを感じているようだった。畏怖や怯えや当惑を。

「いいえ、奥方様。きっとあなたと家来たちだけでも、ダンカン・キャメロンの軍隊を打ち負かし、シーレン様をマクドナルド城まで引っ張って帰られたことでしょう」

彼はシーレンに並んで雪の中にひざまずき、リオナの額にそっと手をあてた。「本当です、奥方様。あなたほど勇敢で猛々しい女性は知りません。あなたにお仕えできて光栄です。わが族長の命を救ってくださったことに感謝いたします。この気難しい若造に仕えることにも慣れてきたところですし」

リオナが笑いだしたが、小さな体に痛みが走ったのか、笑いはたちまちうめきに変わった。

「確かに気難しいわね。だけどわたしがなんとかするわ」

ふたたび彼女の顔が痛みにゆがむと、ユアンがシーレンの肩に手を置いた。「リオナを放せ、シーレン。アラリックに城の中まで運ばせろ。戦いは終わった。キャメロンは死に、数少ない生き残りは逃げていった。おまえたちの傷の手当をしなくては」

「シーレン?」

シーレンは下を向いて、リオナの目にかかった髪を払った。「なんだ?」

リオナが焦点の合わない目で彼を見て、唇を舌で湿した。「背中に短剣が刺さっているみたいなの。抜いてくれない?」

## 33

「おれに傷の手当をさせてくれなかったら、おまえは死ぬ。そうしたらリオナは喜ぶか？」

ユアンはいきり立っていた。

シーレンは兄に怒鳴り返した。はらわたが煮えくり返っている。「リオナのところに行け。手当が必要なのは彼女のほうだ。ここでおれたちが言い争っているあいだにリオナが死んでしまったら、おれはメイリンを未亡人にしてやる。本気だぞ」

ユアンがいらいらと息を吐き出した。「どうしてもというなら、おれがおまえの上に乗って、アラリックにおまえの傷を清めさせてやるぞ。早くおまえの手当をさせてくれたら、それだけ早くリオナの治療にかかれるんだ」

シーレンは激しく毒づいた。「もしメイリンがリオナのように苦しんでいたら、兄貴は先に自分の手当をさせるか？　いや、メイリンを先にしろと言い張るはずだ」

「リオナにはギャノンがついている。なにかあったら、やつがおれを呼びに来る。リオナの傷はまだ新しい。おまえのは時間がたっていて、化膿しかけている。頼むからシーレン、降参しろ。そうしたらリオナの横で休めるぞ」

リオナとともにいられると言われたことで、シーレンは折れた。彼らがここで言い争っているあいだも、リオナはひとりで苦しんでいる。そう思うとシーレンの胸は締めつけられた。

彼女にひどい言葉を浴びせたこと、初め彼女の偽計を信じたことは、いまだ記憶に新しい。いまはもうなんとも思っていないということを、早く彼女に知らせたかった。

「ひどい熱だ」シーレンが部屋に寝かされると、ユアンは仏頂面になった。「おまえはリオナを心配しているが、実のところ、おまえのほうが重傷だぞ」

「リオナは身ごもっているんだ」シーレンは低い声で言った。「兄貴は知らないかもしれないが。あの女は腹に子を宿していながら、おれを助けるために戦ってくれた。ここまで来るのに、止まることなく馬を走らせてきたんだろう。ああ、ユアン、そのことを考えると、おれは赤ん坊みたいに泣きたくなってしまう」

「妊娠のことは知っている。しかしリオナは意志の強い女だ。戦わずしてあきらめることなどない人間だ。国王やこの国がどうなろうが、おれが賛成しようがしまいが、とにかくおまえを助けたい一心で行動した。ギャノンがニアヴ・アーリンまで来て、彼女の命令を伝えたんだ。従うのが当然と言わんばかりの命令をな」

「たいした女だ」シーレンはそっと言った。「なのにおれは、彼女のすばらしさに気がつかなかった。おれの勝手な理想像に合わせて無理にリオナを変えようとした」

ユアンが低く笑った。「リオナがそれに辛抱したとは思えないがね」

シーレンは苦笑したが、ユアンが矢の傷口を拭き始めると悪態をついた。「ああ、辛抱しなかった。リオナは気性の激しい女だ。おれは……」彼は言葉を切った。ここで言うわけにはいかない。兄に聞かせるべきことではない。言うべき相手はリオナだ。彼女以外の誰にも聞かせるつもりはない。彼女はこの言葉を聞くために戦った。この言葉を求めていた。だから彼女に伝えるのだ。

「ニアヴ・アーリンのことを教えてくれ」体を貫く痛みに、シーレンは歯を食いしばった。

「見たこともないほど美しい土地だ」ユアンが静かな声で話した。「城は百年以上前からある建物だが、まるで昨日建ったみたいに見える。先王アレグザンダー亡きあと、家来たちがしっかり城を守っていたんだ。先王はメイリンとその子に、すばらしいものを遺してくれた。イザベルへの最高の遺産だ」

「男どもはイザベルと結婚したがるだろうな。メイリンと結婚したがったみたいに」シーレンはむっつりと言った。「確かに最高の遺産だが、あの子にとっては重荷だろう」

「メイリンと違って、イザベルは保護を得られる。メイリンには結婚するまで守ってくれる人間がいなかった。イザベルは違う。あの子が結婚相手を決めるまで、おれがちゃんと守ってやる」

兄の激しい語調に、シーレンは微笑んだ。「では相手を選ばせてやるつもりなんだな」

「そうだ。娘にはメイリンよりもいい思いをさせてやる。彼女のように絶望的になったり、ふたりの悪人からよりましなほうを選ぶことを強いられたりするような思いは、イザベルにはさせない」

「いいことだ。おれたちはマケイブのクランに、並外れてすばらしい女たちを連れてきたんだな。母親そっくりの、気が強くて頭のいい小さな戦士がたくさん生まれてくるだろう」

ユアンがくっくっと笑った。「ああ。そうだろうな」

傷を指で押されると、シーレンは痛みに顔をゆがめた。「くそ、兄貴、まだ終わらないのか?」

「縫う必要がある。おとなしく縫わせてくれないのなら、先にその口を縫って閉じるぞ」

「さっさとやってくれ。リオナのところに行きたいんだ。彼女がおれに会えなくて最悪のことを考えたら困る」

「アラリックをリオナのところにやって、おまえがいつもどおり文句ばかり言っていると伝えさせている。それを聞いたら、リオナにもおまえが無事だとわかるだろう」

「こんな痛みで苦しんでいなかったら、兄貴を殴ってやるところだ」

ユアンがにやりとする。「やってみるがいい。いまのおまえは生まれたての赤ん坊並みに弱っている。リオナなら、背中に短剣が刺さったままでもおまえに勝てるだろうよ」

シーレンは真顔になった。「彼女には驚かされるよ、兄貴。どんな顔で会えばいいのかわからない。リオナはおれのためにすべてを危険にさらしてくれた。どうやったらそれに報いることができる?」

「おまえだって彼女の立場なら同じことをするだろう」ユアンがそっけなく言う。「だから、彼女がおまえのために戦ったのは当然だ。リオナは型にはまらない女だ。おまえは恵まれているぞ、シーレン。自分でもわかっているだろうが」

「ああ、わかっているさ」シーレンはつぶやいた。

「さあ」ユアンが腰をおろした。「傷は縫合した。出血は止まったぞ」

シーレンは起きあがろうとしたが、まったく体に力が入らず、脇腹を下にしてベッドに倒れこんだ。筋肉がふにゃふにゃになったようで、腕をあげるのがやっとだった。

ののしりの言葉を吐きながら、彼はもう一度起きあがろうとした。「ちくしょう、手を貸してくれ」

「ベッドでおとなしく寝ているると約束するなら、リオナの部屋まで連れていってやる」

「リオナのことで取引はしたくない」シーレンはうなった。「一瞬たりとも、彼女のそばを離れたくないんだ」

「おまえは重傷なんだぞ、シーレン。熱を出して力を失っている。ちゃんと看病しないと、死ぬかもしれない」

「いいから手を貸せ」

ユアンがあきれて首を左右に振り、シーレンの上体を起こした。「おまえみたいなやつが誰の腹から生まれたのか、おれにはさっぱりわからない。きっと赤ん坊のときに、城の前の石段に捨てられていたんだな」

苦労して立ちあがると、シーレンは真面目な顔になった。父親についてのキャメロンの言葉が、ぼんやりした記憶となってよみがえった。キャメロンがわめき散らした言葉に、どれだけの真実が含まれていたのかはわからない。いずれにせよ、それを兄たちに伝えるつもりはなかった。彼らの心に疑念を植えつける必要はない。キャメロンは長年、憎悪と復讐だけを考えて生きてきたが、それは彼にとってなんの役にも立たなかった。結局、彼は自らを辱め、父のかたきを討とうとしてかえって自分の父を辱めただけだった。

「やっと終わったな、ユアン」おぼつかない足取りで廊下を歩きながら、シーレンは言った。

「八年たってようやくだ。キャメロンは死に、おれたちは致命傷を受けずにすんだ」

「ああ」ユアンがささやいた。「これで父上も安らかに眠れるだろう。仇《あだ》討ちは果たされた」

「違う」シーレンは即座に否定した。「これは復讐じゃない。なにが高潔で、なにが正しいかという問題だ。キャメロンの行動は高潔ではなかった。だから高潔ではない死に方をした。それで充分だ」

ユアンが眉間にしわを寄せ、横目でちらっと弟を見た。「おまえの奥方には返せないほどの恩ができた。おまえの命を救っただけじゃない。おれの妻を苦しませて娘を危険にさらした男を殺してくれたんだからな」

「リオナに恩がある者は多そうだ」シーレンは淡々と言った。

ユアンが扉をノックすると、シーレンは返事も待たず、もどかしげにずかずかと部屋に入っていった。ベッドにうつぶせになり、顔を横に向けて目を閉じているリオナの姿を見ると、彼の心臓は止まりそうになった。

ギャノンがすかさず手をあげた。「ちょっと前に気を失われましたが、息はあります。あまりにも痛みがひどかったんでしょう」

「薬はないのか？　このクランに治療師はいないのか？　無駄に苦しめたくない」

「落ち着け」アラリックが声をかけた。「騒いだら、リオナが目を覚ましたとき、怖がらせてしまうぞ。本人には、傷は軽くてなにも心配いらないと言ってある。彼女は自分よりおまえのことを気にしている。そのほうがいいんだ。気力がわくからな」

痛みと熱に苦しみながらも、シーレンはベッドの横まで行った。頭がくらくらして、泥の中を歩いてきたような感じだ。それでも彼女のそばにいると心に決めていた。

「短剣は深く刺さっているぞ、ユアン」

「そうだ。抜いたらかなり出血するだろうな。素早く止血して縫合する必要がある」

「リオナ様は闘士です」ギャノンがしわがれ声で言った。「きっと平気です」

この隊長の顔がこれほど蒼白になるのは見たことがなかった。シーレンはどうしていいかわからず、リオナの顔をのぞきこみながら、こぶしを握ったり開いたりするばかりだった。

「出血はそこだけか？」彼はおそるおそる尋ねた。「腹に赤ん坊がいるんだ」

アラリックが首を横に振った。「おれの見るかぎり、ほかに出血はない。腹の痛みは訴えていなかった。背中だけだ」

「倒れる前に、リオナの隣で横になれ」ユアンがむっつりと命じた。「意識を失ったとき邪魔にならないよう、向こう側に行っていろ」

ノックの音が響き、ギャノンとアラリックが剣を抜いた。ギャノンが急いで応答した。扉が少しだけ、つづいて大きく開き、メトセラ（九六九歳まで生きたと聖書に書かれている長命者）ほども年老いていそうな白髪の女が部屋に入ってきた。

女はひどく興奮した様子で、体の前で両手を揉み合わせている。

「失礼いたします、マケイブ族長。治療師をお呼びだと聞きましたので」

ユアンが老女を鋭く見据えた。「腕は確かか？」

女は背筋をぴんと伸ばし、ばかにしたようにユアンを見つめた。「あなたが生まれるずっと前から、治療師として働いておりますよ」

「痛み止めの薬と、縫ったあと傷口にあてる布が欲しい」

「わかりました。わたしが縫いましょうか？　年寄りですけれど、この六十年、手が震えたことはありません」

「いや」シーレンが口を挟み、ユアンに顔を向けた。「兄貴が縫ってくれ。信頼している」

ユアンはうなずき、老女のほうに手を振った。「頼んだものを持ってきてくれ」

女は会釈して出ていった。

「背中から短剣を抜くのに助けがいる」ユアンが言って顔をしかめた。「素早く抜いて、出血を止めなくてはならない。シーレン、隣に横になれ。リオナが意識を取り戻したとき、おまえがいれば安心するだろう」

シーレンはベッドに這いのぼり、リオナの横に崩れ落ちた。もう体力は尽きていた。リオナの後頭部に手をあてがい、髪を撫でる。髪の先端にはべっとりと血がついていた。

「これが終わったら体を洗ってやるぞ。きみがおれを洗ってくれたように」彼はリオナに耳打ちした。「暖炉の前に座ってきみの髪をとき、おれの手から食べさせてやる。初めてきみを見た日からおれが書きためてきた思いを、きみに読んでやる。おれは最初からきみを求めていたんだ。きみが兄貴と婚約していたときも」

リオナの頬に触れ、少しでも顔色を戻そうとした。そこはあまりに白く、冷たかった。

「もっと暖炉の火を大きくしろ」彼はギャノンに言った。「体を冷やしたくない。できるかぎり楽にしてやりたい」

「短剣の両側に手を置いてくれ」ユアンがアラリックに指示した。「おれが短剣を引っ張るから、おまえは背中を押すんだ。抜けたら、両手でしっかり傷口をふさげ」

アラリックがうなずく。シーレンはリオナに体を密着させ、唇を彼女のこめかみに寄せた。

「がんばれ」小声で話しかける。「きみはどんなことも勇敢に切り抜けてきた。今度も勇ましく耐えるんだ。おれはここにいる。決して離れない」

ユアンがアラリックにうなずきかけて合図すると、短剣をつかんで引っ張った。リオナが体をびくりとさせ、ぱっと目を開いた。瞳の奥には恐怖が浮かんでいる。彼女は悲鳴をあげてもがき始めた。

血に染まった短剣が抜ける。アラリックが傷口を押さえつけ、リオナは身をくねらせた。

「静かに、リオナ。おれだ、シーレンだ。落ち着け。治療をしているんだ。兄貴のユアンが、背中の短剣を抜いてくれたんだよ」

ユアンが急いでリオナのチュニックの背中を切り取って肌を露出させた。アラリックの手の下から血が流れ出るのを見ると、シーレンは目を閉じた。

アラリックがさらに強く傷口を押し合わせる。リオナはすすり泣き、シーレンは彼女の手を握った。

彼女の指がシーレンの手のひらに食いこむ。深く爪を立てられても、シーレンは痛みなど気にならなかった。彼女が痛みに耐えるのに役立つなら、なんでもするつもりだった。

「体が燃えているみたい」リオナは息をあえがせた。「ああ、熱い」

「そうだな。すぐにましになる。本当だ。息をしてくれ。おれを見ろ。おれだけを見て、痛みのことは頭から追い出せ」

リオナの視線がシーレンをとらえた。大きく見開いた目には狼狽が浮かんでいる。

「兄貴が傷口を縫ってくれる」シーレンは穏やかに言った。「おれを見つめてくれ。痛みのことは考えずに、おれたちの赤ん坊を抱いているところを想像するんだ」

彼女の目から狂気の光が消え、痛みにかわって温かな喜びがリオナを包んだ。

それから一時間、シーレンは忍耐力を試された。自分も傷の痛みと発熱で衰弱していたが、彼はユアンが縫合しているあいだじゅうリオナをなだめていた。あまりの痛みに彼女の顔から血の気が引くと、シーレンはキスをして、子どものことを話した。彼女が気を失いかけると、頬を撫で、愛していると言った。

最後のひと針を入れ終わったときには、シーレンも朦朧となっていた。

ユアンがベッドから離れ、手の甲で額の汗をぬぐった。「終わったぞ、シーレン。あとは神のご意思にゆだねよう」

シーレンは返事をしない。

「シーレン？」

ユアンはベッドに屈みこみ、弟がついに意識を失ったことに気がついた。彼は顔をあげ、アラリックとギャノンを見やった。

「ふたりとも心配だ。どちらの傷も重いし、かなり大量に出血している。だが、長い時間放置されていたのはシーレンのほうだ。すでに化膿し始めているし、熱も出ている」

「どうしたらいいでしょう？」ギャノンが小さな声で尋ねた。

「連れて帰って、神の慈悲を祈る」

# 34

意識を取り戻したとき、リオナは激しい痛みに包まれていた。全身がこわばり、まるで皮膚が縮んで肉を締めつけているようだ。唇はかさかさに乾いてひび割れ、水を一滴もらえるなら魂を売ってもいいくらいだった。

「まあ、起きたのね」心をなごませる、やさしい声がした。

「ああ、神様。わたしは死んだんですね?」リオナはうなり声をあげた。

声が軽く笑う。「どうしてそう思うの?」

「天使の声がするから」

リオナは片方の目をこじ開けた。なんでもない動作がこんなにつらいとは、想像もしたことがなかった。

「キーリー」彼女はほっと息を吐いた。「来てくれたの」それから顔をしかめた。自分がどこにいるのかわからなかったのだ。あたりを見回すと、そこはマクドナルド城の、かつての自分の部屋だった。

「ええ、来たわよ。大事な人が治療を必要としているときに来ないはずがないでしょう?」

キーリーがベッドのリオナの横にそっと腰をおろした。手には水の入ったゴブレットを持っている。「水はどう?」

「空気よりも欲しいわ」

またしてもキーリーが笑った。「あんまり感動的な言葉じゃないわね」

リオナは体を動かしたときの痛みをものともせず、ごくごく飲んだ。飲み終わると枕に寄りかかって目を閉じ、襲いかかる不快感を振り払おうとした。

「わたし、どうしてこの部屋にいるの？」自分がシーレンの部屋——ここからシーレンに連れ去られて以来、ずっとふたりで過ごしてきた部屋——にいない理由については、あまり深く考えたくなかった。

キーリーが冷たい手をリオナの額にあてて、やさしくさすった。

「窓のない部屋にいてほしかったの。あなたはもう何日も高熱が出ていたのよ。窓からの隙間風は冷たすぎるし、暖炉の火で温めすぎるのもいやだったから」

「なんだかよくわからないわ」リオナは疲れた様子で言った。

ふたたび目を開けると、キーリーが微笑みかけた。

「シーレンはどこ？」意識が戻ってからずっと心に引っかかっていた疑問を、リオナはようやく口にした。

「まだ目を覚ましていないわ」

リオナは体を起こそうともがいたが、背中を貫く焼けるような痛みに、またもや気を失いそうになった。「わたしはここに何日くらいいたの？」キーリーが寝かせようとするのを無視して、かすれた声で尋ねる。

「ここまで戻るのに二日、そのあと七日間熱に浮かされていたわ」

突然、恐慌に襲われて、リオナの喉が締めつけられた。彼女は残っている体力をかき集め、キーリーを押しのけてベッドから立ちあがった。

「彼はどこ？」よろよろと扉に向かいながら訊く。

「誰が？　リオナ、待ちなさい。まだ衰弱しているし、熱もあるのよ」

勢いよく扉を押し開ける。「シーレンよ。どこなの？」

「彼の部屋よ、もちろん。さあ、戻ってきて。お願い。あなたは寝巻きしか着ていないのよ」

リオナはキーリーの手を振り払い、廊下を歩いて角を曲がった。シーレンの部屋の前に立っているギャノンが、リオナを見て渋い顔になった。

あわてて駆け寄り、彼女が膝からくずおれる前に抱き留める。「どうしたんです、奥方様。なにを考えておられるんですか？」

リオナがギャノンの手から逃れようとしていると、キーリーが追いついてきた。

「どいて」リオナは歯をきしらせた。「夫に会いたいの」

ギャノンが表情をやわらげ、彼女の腰に腕を回した。「部屋にお入れしたら、そのあとベッドに戻ると約束してください。死人のようなお顔ですぞ」

「ありがとう」リオナはむっとして言った。「お世辞がうまいことと」

キーリーが笑みを押し殺した。「わたしはここで待つわ、リオナ。でも、すぐ迎えに行くわよ。絶対に」

「頑固な夫に、あなたは死なないんだと言い聞かせるにはしばらくかかるかもしれないけれど」そう言うとリオナは扉をくぐった。

ギャノンとキーリーが当惑して顔を見合わせたが、リオナはすでに部屋の中に消えていた。

シーレンのベッドにたどり着いたときには、足が震えていた。端に腰かけて夫の顔を見る。彼の表情は安らかだった。額にしわはない。身じろぎひとつしないので、リオナは心配になった。

それから怒りにとらわれ、彼の顔のそばまで身を乗り出した。これだけ近づいていれば、聞こえないはずがない。なんとしても声を聞かせるのだ。

「聞いて、あなた、よく聞くのよ」リオナはほとんど叫ぶように声をあげた。「あなたは死なないわ。わたしがあれだけ大変な思いをして助けたんだから。これが感謝の表し方なの？　わたしを置いて死ぬことが？　情けない」

彼の顔を両手で包んで、さらに身を寄せる。

「闘うのよ、いい？　安易にあきらめないで。神様はまだあなたを迎える準備をしておられないわ。だって、わたしはあなたを手放さないもの。目を覚まして、わたしがずっと待っていた言葉を言いなさい。戦場で死にかけていたときに愛していると言ったのは、数のうちに入らないわ。きちんと言ってちょうだい。さもないと、聖別されていない土地に埋葬してやるから。そうしたらあなたは安眠できず、永久にこの城に取りつくことになるのよ」

するとシーレンが目を開き、唇の端をあげて微笑んだので、リオナは唖然とした。美しいグリーンの目がきらめいて彼女を見あげている。

「愛している」

リオナの目に涙があふれた。やがて彼の顔もかすんで見えなくなった。あまりの安堵に体の力が抜けてしまう。シーレンに腕をつかまれて胸に抱き寄せられ、ぐったりと彼に覆いかぶさった。

「そのためにおれを起こしたのか？　その言葉を言わせるために？　おれだって、喜んで言ってやるつもりだったんだ。ところがきみはずっと意識がなかった。おれの声が聞こえない女に愛していると言いつづけるのに飽きてきたところだよ」

リオナは上体を起こして彼を見おろした。「なんですって？　あなたは意識を取り戻していないのだと思ったのよ。死にかけているんだって。キーリーが、あなたはまだ目を覚ましていないと言っていたわ」

「ああ、そうだ」シーレンは楽しそうに言った。「ゆうべ寝たのは遅かった。それも、きみのベッドから離れないなら頭をぶん殴ってでも眠らせるとギャノンに脅されたからだ」

涙がリオナの頬を伝い落ちる。安心のあまり、息もできなくなった。「死にかけていたわけじゃないのね。治るのね。死なないのね」

「きみをひとりにするものか」

シーレンが険しい顔でリオナを見つめた。

「しかし、きみのほうは完全な健康体というわけじゃない。ベッドを出てはだめだ。墓場から出てきたみたいな顔色だぞ」

そう言いながら、震える手でリオナの腕から顔まで撫であげる。

「おれを死なせまいと、死の床から飛び出してくるとは、いかにもきみらしい」彼はささやいた。「心配したぞ。この数日間は、おれの生涯でいちばん長い日々だった」

「あの部屋には戻らないわ」リオナは強硬に言い張った。「意識が戻ったとき、あなたがまだ怒っていて、わたしをこの部屋から追い出したのかと思った。そんな思いはもう二度と味わいたくない」

シーレンの目つきが穏やかになった。彼はやさしくリオナの体の向きを変えると、自分の隣に横たわらせた。リオナが痛みを感じることなく楽にできるよう、気遣いながら毛布をかける。だが、瀕死の重傷だと思っていた夫が目に愛をたたえて見つめているときに、リオナが痛みなど感じるはずがなかった。

「おれの思いどおりにしていいなら、二度ときみと離れない。ああ、リオナ。不安で寿命が十年縮んだぞ。きみとおなかの赤ん坊のことが心配でたまらなかった」

リオナは反射的に手を腹にやった。うろたえた表情になる。

シーレンがその手の上に自分の手を重ねて落ち着かせた。「大丈夫だ。赤ん坊はまだそこにいるぞ、母の胎内に。間違いなく母親そっくりの猛々しい戦士になるだろうな」

「なにがあったのか教えて」シーレンが彼女のほうを向いて横になると、リオナは言った。「記憶があいまいなの。戦いのことはあまり覚えていないわ。怯えてしまっていて」

シーレンが彼女の髪を撫で、額にキスをした。妻に触れずにはいられないかのように。

「きみは立派だった。おれを助けてくれた。そのことは一生忘れない。きみはおれたちのクランを率いて戦ったんだ。最高に勇敢な姫戦士だ」

リオナは眉をひそめ、いぶかしげに彼を見つめた。「どこからその言葉を知ったの？」

シーレンが微笑む。「キーリーが、きみたちの子どものころの夢を教えてくれた。そうだ、リオナ。きみはおれの姫戦士だ」

リオナの心はとろけた。夫の目に浮かぶ憧憬の色を見て、ため息が漏れる。

「おれは長いあいだ、きみを別の人間に変えようとしていた。恥ずかしいよ」シーレンがしかめ面になった。「だが実は、きみがトルーズとチュニック姿でどんな戦士よりも巧みに剣を振るうのを初めて見た日から、おれは胸が苦しくなるほどきみを求めていた。きみを無理やり別の人間にしたら、猛烈な欲望が少しはおさまるんじゃないかと思ったんだ」

「たぶんあなたはわたしの中に、自分と同じものを見ていたのよ。自分の片割れだと思っていたのね」

「ああ、そうだ。なのにおれは抵抗した。けれど、もう抵抗しない」

「だったら、あなたの横で一緒に戦わせてくれる？」リオナは眉をあげて尋ねた。

シーレンが身を屈めてキスをした。彼はひと息置いてから答えた。「正直に言う。できれば永遠にきみをここから出さず、おれの保護下に置きたい。戦うきみを見ていると、つらくてたまらなかったんだ。心のどこかでは誇りを感じていた。彼女を見ろ！　おれのものだ！

と世界じゅうに叫びたかった。だが一方では、きみを極力危険から遠ざけて、死ぬまでどんな害悪からも守ってやりたかった。いま約束できるのは、今後はあまり厳しくしないということだけだ。きみを危険にさらすことを認めるつもりはない」

リオナは微笑み、頭を彼の肩にのせた。「わたしを愛してくれて、欠点も含めてそのままのわたしを受け入れてくれるなら、それで充分よ」

「いつまでも愛している。そのことは約束できるし、絶対に守る。現世でも来世でも、きみを愛するよ。きみはおれのために生まれてきたんだ。きみ以上にすばらしい伴侶はいない」

扉が開き、キーリーがギャノンを従えて飛びこんできた。その後ろからユアンとアラリックも現れた。

「もういいでしょう」キーリーが言う。「自分のベッドに戻る時間よ。あなたはまだ具合が悪いんだから、リオナ」

シーレンが笑顔でキーリーを見た。「リオナはここにいる。ここが彼女の居場所だ。熱はさがったし、隙間風が入ってこないように窓は毛皮できっちり覆っておく」

ユアンがずかずか入ってきて、リオナとシーレンが寝ているベッドを見おろした。

「意識が戻ったと聞いてうれしいぞ、リオナ。メイリンとイザベルのところに戻る前に、深く感謝の意を示したい」

リオナは眉をひそめ、シーレンが小さく笑った。

「自分がなにをしたのか、よくわかっていないんだ。役立たずの夫の命を助けることしか頭になかったらしい」

「弟の命を助けてくれて感謝する。こいつは気難しくて扱いにくいやつだが、このうえなく誠実な男だ。他人の罪の責任を感じて長いあいだ苦しんできた」

リオナがにっこりする。ユアンがつづけて言った。

「できればおれが自分でやりたかったんだが、この世からダンカン・キャメロンを排除してくれたことにも礼を言う。確かな筋から聞いた話では、王はじきじきにきみに感謝の意を表したいそうだ。キャメロンの支援がなければ、マルコムの反乱は成功しない。マルコムには、玉座に挑むための資金も援軍もないからな。実のところ、ハイランド全体がきみに恩を感じている」

「キャメロンの背中に剣を突き立てるとき、そういうことを全部考えていたと言えればいいんですが、本当は夫が殺されるのを防ぎたい一心だったんです」リオナは苦笑いした。

ほかの者も笑い声をあげる。シーレンが彼女を抱きしめて額にキスをした。「休むんだ」ささやき声で言う。「おれの腕の中にいれば安全だ。おれがきみと赤ん坊を守ってやる」

リオナはため息をついて目を閉じた。「そうね。ここが、わたしのいちばんいたい場所よ」

妻から目をそらさず、こめかみに唇をつけたまま、シーレンが手を振ってほかの者たちを追い払った。

キーリーが目を潤ませて、ベッドで抱擁するふたりを見つめた。アラリックは小さく笑いながら、妻を自分の横に引き寄せた。

ギャノンとユアンすら小さな笑みを浮かべ、爪先立ちで音をたてないように部屋を出ていった。

35

「いたっ！」メイリンがもう一本髪にピンを挿すと、リオナは叫んだ。痛むところをさすろうとしたが、キーリーがその手をつかんで髪から引きはがした。

「今日はなんとしても、非の打ちどころがない格好をするのよ」メイリンが言う。

「どうしてよ」リオナはつぶやいた。「国王陛下がお礼を言いたいなら、人目につかないところでおっしゃってくださるだけで充分なのに。こんな仰々しい格好なんて、緊張してしまうわ」

キーリーとメイリンが意味ありげに視線を交わしたのを、リオナは見逃さなかった。

「なに？　どんないたずらを企んでいるの？　見たわよ、その顔」

キーリーがとぼけてくるりと目玉を回した。「あなたを目を見張るほどきれいにしたいだけよ。療養期間が長かったでしょう。今日はとてもいいお天気だし、太陽みたいにすてきに輝いてほしいの」

「口がうまいわね、キーリー・マケイブ。魂胆はわかっているのよ。お世辞を言って、さっきの表情を忘れさせるつもりでしょう」

メイリンが笑った。「まあ、リオナ。やめてよ。さあ、あなたの姿を見せて」

彼女が一歩さがると、リオナはふくらみつつある腹にそわそわと手をやった。キーリーとメイリンは、腹がきつくないようウエストをゆるめてくれていた。とてもうまくできていることはリオナも認めざるをえなかった。

ドレスは足首までふわりと流れ、妊娠の兆候を巧みに隠している。下腹部のわずかなふくらみだけが彼女の状態を示していた。ドレスそのものは最高傑作だ。こんなにすてきな衣装が自分のものだとは、とうてい信じられない。

へりに金糸と赤褐色の刺繍で飾りを施した、琥珀色のベルベットのドレス。それは、彼女の髪と沈む夕日が生み出すさまざまな美しい色合いを表している。

ぶつぶつ文句を言いはしたものの、リオナも自分をきれいに見せたいと思っていた。夫には自分だけを見ていてほしい。緊張しているのは、国王が訪問して賛辞を与えてくれるからではない。自分の格好を見て夫がどんな反応を示すか、それだけが不安だった。

「そろそろ時間よ」メイリンが言った。

「なんの時間？」リオナは苛立って尋ねた。「あなたたち、隠しごとをしているでしょう」

キーリーが謎めいた笑みを浮かべ、リオナの腕を取った。「中庭を見おろすバルコニーまで連れていってあげるわ」

キーリーとメイリンが両側からリオナと腕を組み、部屋からバルコニーに向かった。

急に日光を浴びて、リオナはまぶしさに目を細めた。それからまぶたを閉じ、暖かい陽光を全身に浴びた。また外に出られるのは、とてもいい気分だ。かぐわしい空気を深く吸いこむ。ようやく本格的に春が訪れ、雪が解けて大地は鮮やかな緑に染まっていた。

目を開けて下を見ると、マケイブの戦士全員が中庭に集まっていた。右側にはシーレンのふたりの兄が立ち、その横には護衛に囲まれた国王が座っている。

リオナはメイリンとキーリーに話しかけようと首をめぐらせたが、ふたりの姿はなかった。戸惑ってまた下を向くと、夫が大股で歩いてきて、集まった男たちの前に立つところだった。

だが、シーレンが顔を向けて話しかける相手は彼らではなかった。彼は振り返ってリオナを見あげたのだ。中庭が静まり返る。これからなにが起こるのかわからず、リオナは突然身をこわばらせて唾をのみこんだ。

するとシーレンの声が中庭に響き渡った。「リオナ・マクドナルド。おれが今日ここにいられるのは、きみが戦士をまとめて、ばかばかしいほどすばらしい計画でおれを助けに来てくれたからだ。きみはおれへの愛ゆえに、自分の命を危険にさらした。きみへの愛と尊敬を表すのに、おれにはきみほど立派なふるまいはできない。きみはかつて言葉を求め、閉ざされた心を求めた。だが、おれの心はすべてきみのものだ」

リオナはバルコニーの石の手すりをぎゅっとつかみ、上体を乗り出した。夫の顔を見つめ、シルクのように耳を滑っていくなめらかな言葉に聞き入る。

「そう、きみほど立派なことはできない。きみはすべてを犠牲にしようとした。おれを自分のものと思い、手放したくなかったからだ。

おれはかつて、きみを変えようとする過ちを犯した。恐れを知らぬ勇敢な女を、おとなしく温厚で上品なレディにしようとした。そのほうが自分が安全でいられると思ったからだ。

それは人生最大の過ちだった。死ぬまで後悔するだろう。

いま、きみが求めた言葉を言おう、妻よ。愛している。おれの姫戦士を愛している。王の前で、クランの前で宣言する。おれたちのクランの前で。そうすればきみも、自分がいかに愛され、慈しまれているかわかるだろう」

男たちのあいだから、はやし立てる声があがった。剣が高く掲げられ、歓声や口笛が響く。リオナはこぶしを口にあてた。そうでもしないと、わっと泣きだして、自分やシーレンに恥をかかせてしまいそうだった。「わたしも愛しているわ、気難しい戦士さん」彼女は小声で言った。

「おれは今日、過ちを正すために、王と家族に集まってもらった」喝采がおさまると、シーレンがふたたび話し始めた。マクドナルドの者たち全員に話しかけていることを示すため、少し体の向きを変える。「マクドナルドの名は永遠に生きつづけるだろう。自分たちの名を持たない族長と、クランを分裂させた国王のためにきみたちが戦ってくれたことは、名誉ある勇敢な行為だった」

ゆっくりと視線をリオナのほうにあげていく。澄んだグリーンの瞳には、温かい愛があふれていた。

「今後、おれはシーレン・マケイブと名乗るのをやめる。今日からはシーレン・マクドナルドだ。われわれのクランが永遠につづき、金髪の姫戦士が男たちを戦いに率いた栄光の日の話が、長く語り継がれんことを」

リオナはあんぐりと口を開けた。中庭にいた戦士たちも唖然としてシーレンを見つめた。彼の話を聞くために集まっていた女たちは手を口にあてた。声をあげて泣く者もいれば、エプロンを目に押しあてる者もいる。

ユアンが誇らしげに弟を見つめ、メイリンは夫の横で涙をぬぐった。

リオナは走りだした。転ばないようスカートをぎゅっとつかんで中に入り、階段を駆けおりる。中庭に飛び出すと、そこにはシーレンがいた。リオナの、王の、兄たちの、そして領民たちの前に立っている。

彼の腕の中に飛びこもうとして、リオナは足を止めた。ずっと前に言われた、人前で好意を示すなという警告を思い出したのだ。

「さっさとおれのところに来ないなら、みんなの前でおまえを押し倒すぞ」シーレンが低い声で言った。

リオナは大声をあげながら彼の腕に飛びこんだ。その体をシーレンがしっかりとつかまえる。彼女は唇を彼の唇に押しつけて、領民が何年も語りぐさにするような激しいキスをした。

シーレンにぐるぐる回され、リオナの笑い声が響いた。ふたりのまわりに領民たちが集まり、うれしそうに祝福している。ようやくリオナを地面におろすと、シーレンは彼女を胸に抱いてその目を見つめた。

「愛している。おれの心も魂も、そっくりきみのものだ」

「うれしいわ、シーレン・マクドナルド。わたしは独占欲の強い女だから、あなたの全部を自分のものにしないと気がすまないの」

シーレンがにやりと笑い、ふたたび彼女にキスをした。

「欲張りな女だな。気に入った」

# エピローグ

シーレンは静かに部屋に入った。腕には生まれたばかりの息子を抱いている。部屋の奥では、出産で疲れ果てたリオナが眠っていた。

彼女を起こさないよう赤ん坊をそうっと隣に置くと、彼の人生で最も大切なふたりの人間を見おろした。

階下ではまだ祝宴がつづいている。赤ん坊の誕生を祝うために兄たち夫婦がマクドナルド城に来たので、シーレンは下へおりてクランの者たちに息子を見せてきたのだ。

リオナを休ませ、自分はまた階下へ行ってもいい。だが気がつけば彼は机に向かい、巻き紙と羽根ペンとインクつぼを取り出していた。

以前リオナに言ったとおり、シーレンは雄弁な男ではない。話すより書くほうが、自分の感情をうまく表現できることが多かった。今日はまさにそんな日だ。胸がいっぱいで、心の内にある思いをとても口では表せない。

巻き紙を広げ、急いで日付を記した。これはどうしても書き留めておかねばならない。なにしろ息子が生まれた日なのだから。

だが、ロウソクの明かりの下で字を書きつけているとき、考えていたのは妻のことだった。彼はときどき顔をあげて眠っている妻と子を見つめ、満足そうな笑みを浮かべた。

日記を書き終わると、砂をまいてインクを乾かし、いま書いた文章を読み返した。

〝今日という日は、長く記憶に残るだろう。リオナが赤子を腹から押し出そうと苦しんでいるときは、不安でたまらなかった。しかし心配する必要はなかった。わが姫戦士はいつもどおり勇猛果敢だった。泣きわめく立派な息子をわたしに見せながら、満足げな笑みを浮かべていた。息子はわたしと同じ緑の瞳と黒い髪をしているとリオナは告げ、それは自分がそう命じたからだと言った。反論するつもりはない。わたしがなににおいても彼女にさからえないことは周知の事実だ。

リオナはいま休んでいる。彼女が生み出した奇跡を、わたしは驚嘆のまなざしで見つめずにはいられない。彼女に初めて会った日のことは永遠に忘れないだろう。男の服装、熟練した戦士のごとき剣の腕前、美しい目に宿る挑戦的な輝きに、わたしはすっかり魅了された。だが、リオナはかつて、わたしの心の一部が閉ざされており、それは別の女のものだと言った。だが、最初に目にした瞬間から、わたしの心はすっかり彼女にとらわれていたのだ。

ああ、妻よ、わたしはずっときみを愛していたのだと思う。なぜなら、愛していなかったときのことなど記憶にないからだ。

マクドナルド族長、シーレン・マクドナルド〟

本作は、時代的背景から、現在では差別用語とも受け取れる言葉をそのまま使用しております。ご了承ください。

## 訳者あとがき

中世ハイランダーの戦士三兄弟を主人公に繰り広げられた三部作も、いよいよ今回が最後となりました。

今度のヒーローは三兄弟の末弟シーレン・マケイブ。彼は警戒心が非常に強く、他人に心を許さない冷淡な男です。めったに笑わず、いつも渋面。兄弟の中で、最もとっつきにくい人間と言えるでしょう。でも、それにはわけがありました。彼は八年前、愛した女に裏切られたのです。別の氏族《クラン》のスパイだった女の手引きにより城は襲撃を受け、父や兄嫁は惨殺され、マケイブ一族は甚大な被害を受けました。それ以来彼は他人、特に女を信用できなくなり、心を閉ざして、罪を償うことだけを考えて生きてきたのです。

シーレンの兄アラリックは、隣のクランであるマクドナルドの族長のひとり娘リオナと政略結婚をすることになっていました。ところが彼は別の女性と恋に落ちてしまいます。婚約が破談になり、マケイブとマクドナルドとの同盟関係が危機にさらされたそのとき、シーレンがクランを救うために「自分が兄のかわりに結婚する」と申し出る――ここまでが前作のいきさつでした。

リオナ・マクドナルドは男の服を着たがり、小柄ながら剣の腕前はたいていの男より上という、いっぷう変わった娘。彼女はシーレンを怖いと思いながらも、クランのために彼との結婚を承知します。しかし男女のことにはうとく、まったく知識がありません。結婚式の夜、床入りを恐れる彼女は心を落ち着けようと酒を飲みまくったあげく、酔いつぶれて寝てしまいます。

クランへの義務感と忠誠心だけに支えられた、冷淡な男と風変わりな女との愛のない結婚には、最初から暗雲が立ちこめています。しかもシーレンはこれからマクドナルドの族長となって、見も知らぬ人々を率いていかねばなりません。彼らに明るい未来は訪れるのか？シーレンは果たしてリオナに心を開き、愛を育むことができるのか？

本書ではまた、第一作からつづいている、マケイブと宿敵ダンカン・キャメロンとの対決の行方にも注目していただきたいと思います。クラン同士の長年にわたる対立に、作者はどのような結末を用意しているのでしょう。

本シリーズはコンテンポラリーロマンス作者マヤ・バンクスにとって、初の中世スコットランドを舞台としたヒストリカルです。そして彼女は自身のブログや、公式ホームページでの質問コーナーにおいて、今後もスコットランドのヒストリカルロマンスを書くつもりであることを明言しています。詳細は未定ですが、本シリーズの続編という位置づけではなく別のシリーズとなるようです。ハイランダーをこよなく愛する訳者としても、今後が楽しみでなりません。

## マグノリアロマンス／既刊本のお知らせ

### ハイランドの美しき花嫁
マヤ・バンクス 著／出水 純 訳
定価／960円(税込)

結婚は床入りが終わって
初めて有効になるんだ。

修道院で暮らすメイリンの大腿部には、前国王の紋章の焼き印が押されていた。それは、彼の庶子であるあかしで、彼女と結婚した者は広大な領地と多額の持参金を得ることができるのだ。ゆえに、心ない者が夫になれば、財産を得たあとにメイリンを不要とし、殺すかもしれない。だからこそ、彼女は身を隠さねばならなかった。しかし、残酷なキャメロン族長の部下に見つかり、メイリンは花嫁としてさらわれてしまい——。

### ハイランダーの天使
マヤ・バンクス 著／出水 純 訳
定価／900円(税込)

こんなに美しい女は
天使としか思えない。

マケイブの族長の弟アラリックは、マクドナルドの族長の娘との結婚が決まっていた。彼女に正式に結婚を申し込むためにマクドナルドに向かったアラリックの一行は、何者かの襲撃に遭う。なんとか襲撃者たちから逃がれたものの、アラリックは脇腹に深い傷を負い、意識を失った。そんな彼を助けたのは、自分の属していた氏族から追い出され、ひとり領地の外れで暮らすキーリーで……。

### 危険な男の誘惑
マヤ・バンクス、ほか 著／市ノ瀬美麗 訳
定価／960円(税込)

飽きるくらい
きみに愛情を伝えてやる。

ウエイトレスとして働くジェシーは、店をよく訪れるふたりの刑事に誘惑されつづけている。同時にふたりの男と関係を持つのを躊躇っていた彼女だが、あることがきっかけで彼らの家を訪れた。それが、恐ろしい事件に巻きこまれることにつながるとは思わずに……。ふたりの刑事に誘惑されるヒロインを描く、マヤ・バンクスの作品をはじめ、カーリン・タブキとシルヴィア・デイによるホットなラブロマンスを集めたアンソロジー。

ハイランドの姫戦士

2013年03月09日　初版発行

著　者　マヤ・バンクス
訳　者　出水　純
装　丁　杉本欣右
発行人　長嶋正博
発　行　株式会社オークラ出版
〒153-0051　東京都目黒区上目黒1-18-6　NMビル
営　業　TEL:03-3792-2411　FAX:03-3793-7048
編　集　TEL:03-3793-4939　FAX:03-5722-7626
郵便振替　00170-7-581612(加入者名:オークランド)
印　刷　図書印刷株式会社

定価はカバーに表示してあります。
乱丁・落丁はお取り替えいたします。当社営業部までお送りください。

ISBN978-4-7755-1996-7